JN079805

大釜心一
OGAMA Shinichi

文芸社

目次

＊本作品が描く時代に使用されていた言葉も含まれています。

明治後期滋賀県地図

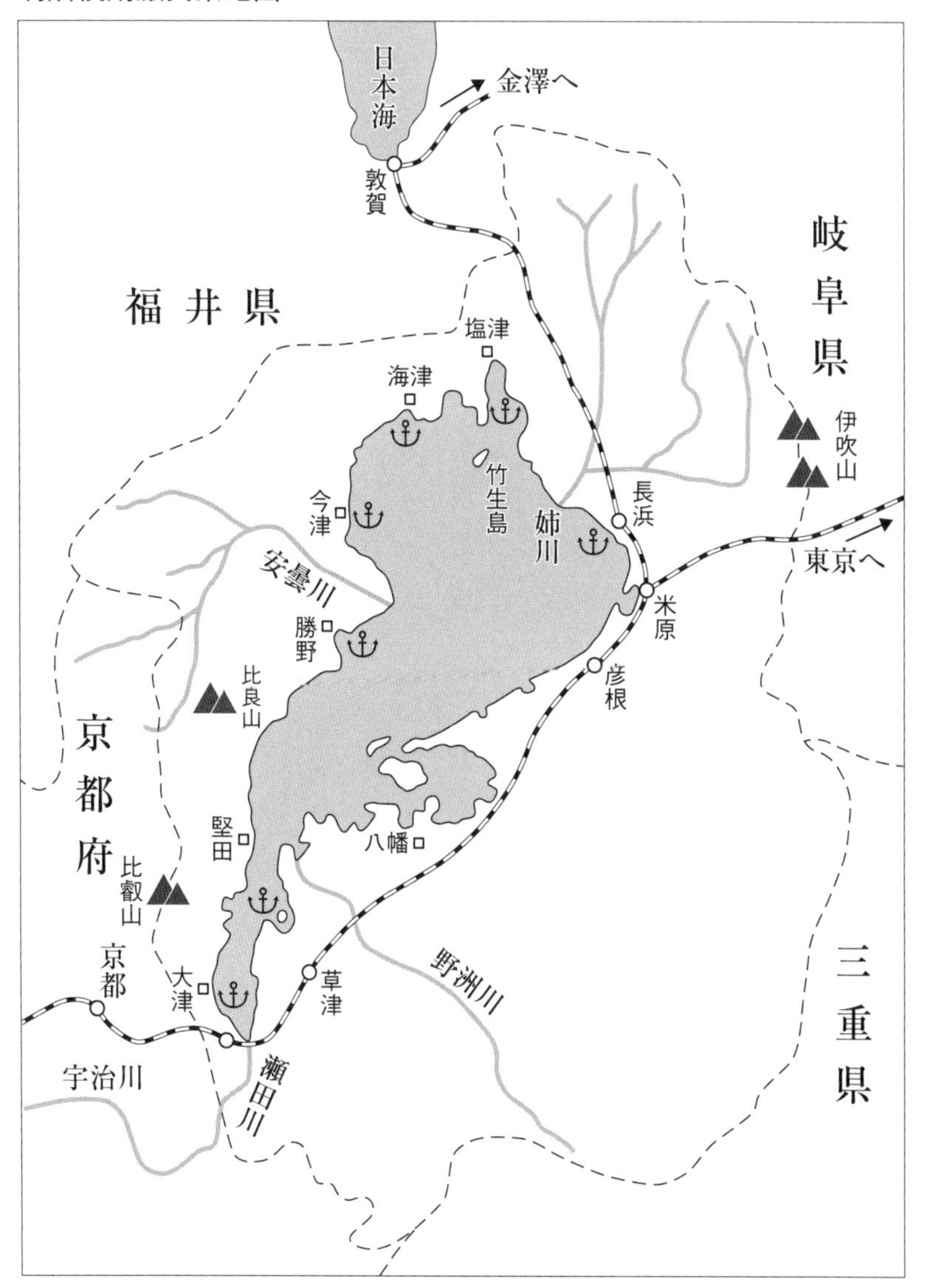

日本海
金澤へ
敦賀
福井県
岐阜県
塩津
海津
竹生島
今津
姉川
長浜
伊吹山
安曇川
東京へ
米原
勝野
彦根
比良山
京都府
堅田
八幡
比叡山
三重県
京都
大津
草津
野洲川
宇治川
瀬田川

明治後期の大津（中心部）

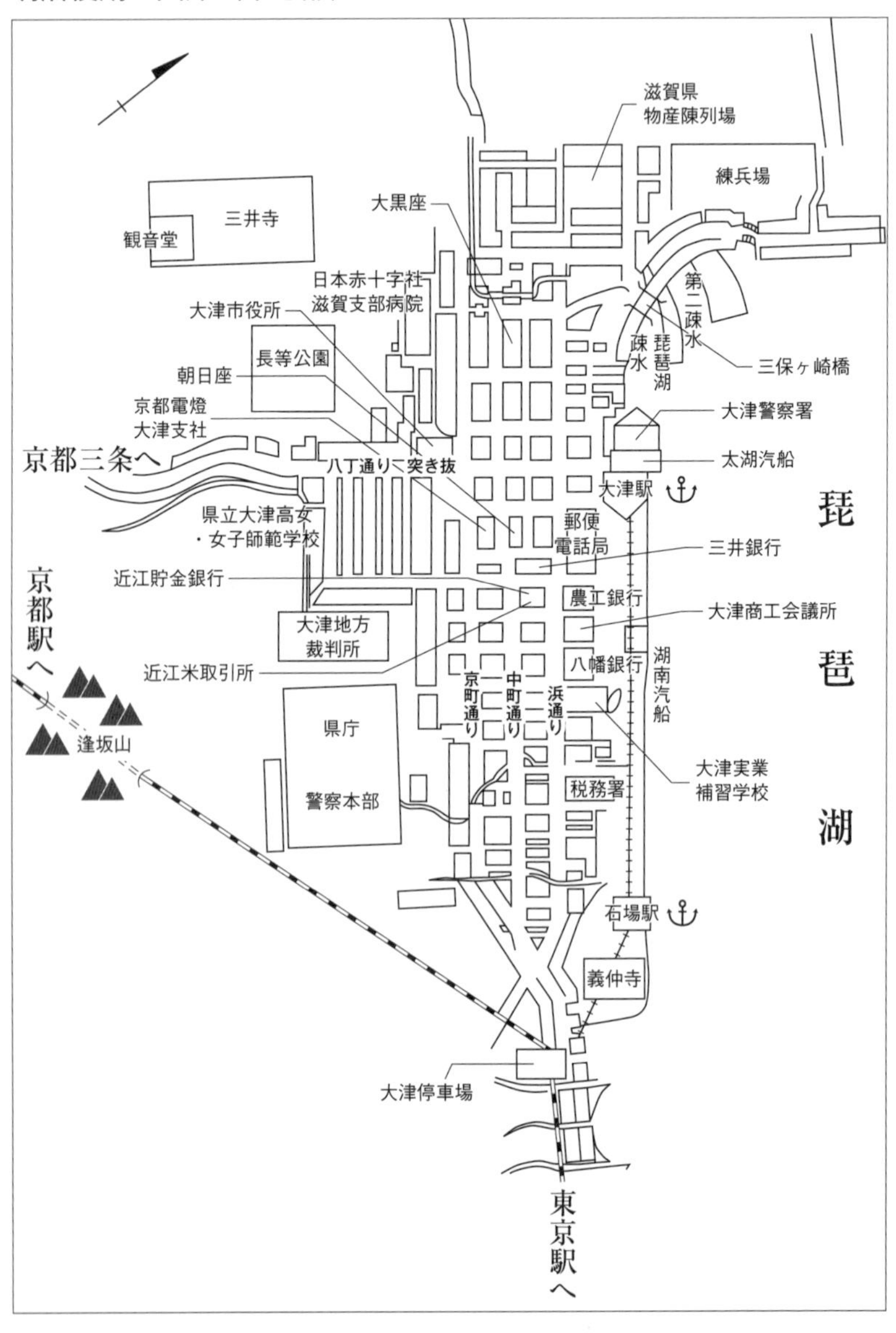

滋賀県
物産陳列場
練兵場
大黒座
三井寺
観音堂
日本赤十字社
滋賀支部病院
大津市役所
第二疏水
疏水
琵琶湖
三保ヶ崎橋
長等公園
朝日座
京都電燈
大津支社
大津警察署
京都三条へ
八丁通り
突き抜
太湖汽船
大津駅
琵琶湖
県立大津高女
・女子師範学校
郵便
電話局
三井銀行
京都駅へ
近江貯金銀行
農工銀行
大津商工会議所
大津地方
裁判所
八幡銀行
湖南汽船
近江米取引所
京町通り
中町通り
浜通り
県庁
警察本部
逢坂山
大津実業
補習学校
税務署
石場駅
義仲寺
大津停車場
東京駅へ

蒸気船が運んできた恋

一

本庄省三は誰かに後をつけられている気配を感じていた。足を早めると背後の足音が早く、緩めるとゆっくりとなる。まちがいない。歌会が終わって、西鶴寺を出て暫らく歩いてからのことだ。女物の下駄のようだ。誰だろう。自分が女性に後をつけられる覚えなどない。振り返ってみたいが、勘違いかもしれない。もし振り返って思い過ごしだったら、軽蔑の目で見られるのだろうか、それとも無視されるのか。そんなことが頭の中を駆け巡っている。彼は振り向きたいのを我慢して、昔の東海道に重なる京町通りを歩き続けた。

一月の大津は比叡の山から吹きおろす風で凍てつくように寒い。一週間前、雪が降り積もったが二日して解けた。この分では今夜あたりもう一降りあって、雪が残るかもしれない。彼は肩を丸め、風呂敷包みを小脇に抱えて、羽織の袖の中に凍えた手を入れた。明治も進んで四十年代になると、京町通りは昔の街道筋から、すっかり大津市の賑やかな商店街に変わっていた。しかしこの寒空の夕暮れ時ではすれ違う人はいない。

下宿先が近くなってきた。彼は京町通りを折れて路地に入って歩みを止めた。下宿は路地をもう少し奥に入る。その路地の角で誰が来るのか見てみようと思った。誰かが自分の後をつけているのでなければ、足音はそのまま通り過ぎるはずだ。

足音がだんだん大きくなり近づいてくる。人影が路地に入ってきた。（危ない！）。道の真ん中に突っ立っている省三は、とっさに避けようと身構えた。だがその前に、人影はすっと横に身をかわすと、二、三歩行き過ぎて、くるりと向き直った。やっぱり女性だ。

「あなた、本庄省三さんって言わはるんやね」

その女性はいきなり言って、省三の顔を見た。目が合った。

「そんなにびっくりしなくてもいいわ。わたしも、さっきの歌会に出てたんよ」

そう言われてみると、確かに男性に交じって三人ほど女性がいた。その中にこの若い女性がいたかどうかははっきり覚えていない。前年の十二月に入会を申し込んで、今月が初めての例会だった。緊張でとても会員の顔など覚える余裕はなかった。特に女性は彼には遠い存在で、まともに顔を見る勇気がなかった。

「僕、誰もおぼえてないいんです。きょうが入会して初めてやったんです」

省三はやっとそれだけ言った。

「でも、初めてにしては、あなたの歌よくできてたわよ。心にずっしりきたわ」

そう聞くと省三も少し落ち着いて、目の前にいる女性を見ることができた。自分ぐらいの年だろうか、それとも一つ二つ下だろうか。髪は日本髪に結わず、後ろに束ねて白い艶（つや）やかなリボンで結んでいる。おそるおそる視線を顔の真ん中に移すと、大きめの目が彼の目ともう一度合った。

「わたし、岡田百合。ゆりってお花の百合て書くんよ。わたしあなたが向こうの中町通り歩いてるの見たことあるわ。きっとこの辺に住んでると思って後についてきたんよ」

そう言って、いたずらっぽく笑った。大津は琵琶湖に沿って平行に浜通り、中町通り、京町通りが走っている。

その時不意に比叡おろしの風に乗って雪が舞い落ちて、彼女の白い頬と着物に振りかかった。名前のように白い百合のような人だ、と省三は思った。彼の胸が高鳴った。

「僕、本庄省三。浜通りの税務署に勤めていますです」

こわ張った声になってしまった。

「知ってるわ、それ。それで本庄さんは、どこに住んでるの？」

百合は覗き込むように尋ねた。

「うん、この路地の妙法寺に下宿してます」

「そう、お寺に下宿してるの……」

百合はなおも省三の顔を覗くようにして言った。

「これでわたし、あなたのこと大分わかったわ」

省三はびっくりした。

「本庄さんって、字とてもお上手なんやってね」

「誰がそんなこと言うてるんですか？」

省三は驚いてしまった。自分が税務署に勤めていることや、署内の些細なことを、どうして初対面のこの女性が知っているのだろうか。

「それは内緒にしとこうかな」

そう言って、百合は得意そうに横を向いた。白地に藍色の縞模様の袖が勢いよくひるがえった。横顔も白くて美しい女性だと省三は思った。

「もう一つ聞いてもいい？」

百合はまた省三の方を向き直って、一、二歩近づいて言った。省三が黙ってうなずいた。

「本庄さんって、大津の人やないでしょ。どこから来たの？」

彼女は片手に持っていた風呂敷包みを持ちなおした。省三は凍える頬を赤くして北の方を向いて言った。

「僕はこの湖のずっと奥の今津の港から来たんです。船に乗って」

「そう、本庄さんは蒸気船に乗ってきたの……」

路地からは家が建て込んでいて、すぐ二筋先にある琵琶湖は見えなかった。しかし省三の視線の向こうには、大きな湖の北の端近く、季節ごとのみずみずしい色彩の中に、重苦しく沈む家並みの村々が点在しているはずだった。

二

話は前年の春にさかのぼる。

本庄省三が大津港の太湖(たいこ)汽船の桟橋に降り立ったのは、明治四十一年四月二十二日の午後三時半だった。やっと着いた。その思いは四時間の荒れた船旅だけではなく、重いしがらみから抜けられた開放感から出たものでもあった。

琵琶湖周辺では、湖の東側は明治二十二年に東海道線が開通し、鉄道の時代になってい た。省三の生まれた西側は鉄道の敷設が遅れている。明治の初頭に華々しく就航した汽船が、船体は大きくなり速度は増したが、まだ主な交通手段だった。

彼は持ち物の柳行李と二つの風呂敷包みを足元に置いて、空に向かって大きな伸びをした。百人余りの同乗者のうち後から降りた人たちには、立ち止まっている青年と足元の荷物が邪魔になる。人々は省三を避けるようにして、狭い木造の桟橋を渡って大津駅に向かい、やがて人混みの中に消えて行った。とうとう人生が始まった。そんな気がして、彼は柳行李を右脇に抱え、風呂敷包み二つを左手に持って歩き出した。

大津駅前（現在の京阪線びわ湖浜大津駅）の広場には何台もの人力車が客待ちをしている。かつてこの駅へ、東海道線の列車が大津停車場（現在の膳所駅）からスイッチバックしていた。大阪から東京への乗客も荷物もすべて船で、駅に隣接する大津港から琵琶湖の対岸にある長浜港まで運ばれたものだった。今はこの駅は路線変更で東海道線の沿線から外れて、大津停車場からの支線の終着駅になっている。しかし駅は大津港と隣接していて依然として大津の中心であった。

省三は両手に荷物を抱えたまま人混みを抜けて、『突き抜』と呼ばれている大通りに出た。その道は京都の三条大橋に通じる大津の目抜き通りであった。暫らく彼が宿泊する木賃宿は、『突き抜』を少し歩いた駅の近くにあった。

『やど』という墨書きの木の看板が軒先に掛かっている。父の荘平が教えてくれた通りすぐに分かった。町家らしく間口の狭い二階屋だった。荘平もあの事件以来家が落ちぶれて、京都への行き帰りはこの木賃宿を使っている。

「女将の安原ヤスさんには、『万事宜しく』と手紙を書いておいたからな」

荘平は自信ありげな口ぶりで言った。

入口の格子戸を開けると、土間が続いてその奥に上がり框が見えた。薄暗いランプが奥のふすまを照らしている。

「ごめん下さい」

省三が声をかけると、ふすまが開いて年配の女将らしい女性が現れた。

「本庄省三です。お世話になります」

「ああ、本庄さん、おいでやす。ヤスどす。お待ちしとりました。お父さんからご丁寧な手紙もろうてます。遠いところ疲れなはったやろう、早うお上がりやす」

京なまりのヤスは省三を玄関の板の間に上げて、先に立って二階の部屋に案内した。

部屋は四畳半で、真ん中に小さな座卓が置いてある。省三は持ってきた柳行李と風呂敷包みを、やっと下ろすことができた。隣はふすまで、もう一方は押入れになっている。入口の対面に明り取りの小さな障子窓があった。障子を開けてみると、隣家の古びたしぶき板がすぐ前に迫っている。窓は格子で塞がっているので、首を出して外を見ることはできなかった。

省三は下に置いた風呂敷から、小さく折り畳んだ袴(はかま)を取り出して着物の上にはいた。階段を下りて、玄関で女将に税務署へ行く道を聞いた。

「『突き抜』を左に曲がったら、浜通りどす。そこを真っすぐ、ずっと行きなはったら吾妻川いう川がおます。そこの橋を渡ったら浜側に、『税』と書いた鬼瓦をのせた大きな建物がおまして、そこが税務署どす。それは恐ろしい所やそうどすなあ」

ヤスは首をすくめてみせた。宿の玄関に時計が掛けてあった。四時二十分をさしている。まだ十分間に合いそうだ。とにかく署長に挨拶を済ませて、できたら辞令を貰っておきたいと省三は思った。

道々郵便局があり、銀行が幾つもある、小学校もあった。省三が今まで勤めていた今津の町とは大違いだ。この大きな町で思いっきり仕事ができる、そう思うと興奮で体が熱くなるのを覚えた。

署長室は入口を入って、大部屋の奥にあった。

「本庄君、君のことは今津署の山岡署長から聞いている。前途有望な青年だから、あなたからも直々に薫陶を願いたい、と書いてあった。山岡さんらしい、熱のこもった手紙だったよ」

そう言いながら、署長の遠藤貫太郎はいかめしい顔をちょっとほころばせた。机の前で直立して、緊張でこわばっている省三はほっとして、やっとまともに署長を見ることができた。黒い洋服にチョッキも黒い。ネクタイは濃紺で、顎と口にひげをはやしている。省三には大変な圧迫感があった。高い背もたれのイスに深く腰を掛けて遠藤は続けた。いつの間にか机に省三の履歴書を置いて見ている。

「それで、君は今年十七歳。尋常高等小学校を出て、実業補習校で一年勉強した。一年半家で農業の手伝いをして、それから今津税務署に臨時雇員で入って、今回今津署からの推薦で大津署に正式雇員の採用が決まった、そういうわけだね？」

遠藤は書類から省三に目を移した。

「はい、その通りです。署長」

省三は直立不動の姿勢のまま大きな声で答えた。

「よろしい、元気があって結構だ。上の学校に進みたかっただろうが、それぞれ家の事情があって、滅多にやってもらえない。ここの署でも君のような境遇の若者がほとんどだ。それで、君は何か勉強しているのかね」

「はい、ここでは正式な雇員にしていただいて毎月決まった俸給がもらえます。それでこの四月から早稲田大学の通信講義録で勉強するように申し込みました」

「そうか、学問は大切だ。若いうちにきちんと勉強をしておくことだな」

そう言うと遠藤は立ち上がり、省三の横を通り抜けて入口の扉を開いた。

「大山君、大山課長、京都局から本庄君の辞令が届いていたね。こちらへ持ってきてくれないかね」

遠藤は部屋の真ん中に戻り、立ったまま辞令が来るのを待った。

「本庄省三殿、貴殿を京都税務監督局管内大津税務署の雇員として採用する。俸給月九円……」

遠藤は辞令を読み上げ、省三に渡して言った。

「今は見習いで雇員の身分だが、二、三年勤勉に勤めれば官吏になれる。官職も属に昇任して一人前の税務官になれるよ。俸給も頑張ればだんだんと上がる」

公務員は身分が官吏と官吏に入らない、いわば見習いである雇員・傭員に分かれていた。雇員は事務の補助職、傭員は主に体を使う役務に従事する補助職員と区別されていた。官吏の中では判任官と高等官に分かれる。判任官は下級官吏で、高等官は奏任官、勅任官、親任官と順に身分が上がる。一方、官職は官吏に入らない雇員・傭員にはない。一般の税務官と職員が属で身分は判任官相当、課長が奏任官相当で、一番上が大臣で親任官相当となっていた。

遠藤はもう一度扉の前へ行って、

「大山課長、庶務課の職員を呼んでくれ、本庄君を紹介しておこう」

そう言うと再び部屋の真ん中に戻った。

「本庄君には庶務課に入ってもらう。課長は直税課の大山課長が兼任で見ているけれど、実質は川勝主任が庶務課の責任者になっている」

大山課長と二人が署長室に入ってきた。一人は年恰好五十を超えているのではないか、と思われる短髪のごま塩頭の人物であった。小声だが省三に聞こえよがしに言った。

「この忙しいのに見習いが入ったぐらいで、いちいち集められたらたまらんわい」

遠藤は聞こえなかったのか、その男に向いて言った。

「川勝さん、彼が、今度今津署から転勤になった本庄省三君。これであんたとこの増員はできましたな。前途有望な若者なので頼みますよ」

「何が前途有望や。一から叩きなおさんといかんわい、手間のかかることや」

また小声で言った。遠藤署長にも聞こえたはずだが、彼は川勝から省三の方に向きなおって、

「本庄君、彼が庶務課の主任で責任者の川勝鶴吉さん」

省三もすかさず、

「川勝主任宜しくお願いします」

元気よく言って頭を下げた。

「へい、ようおす、早いとこ仕事覚えてもろうて、みっちりやってもらいましょ。署長、わたしゃ忙しいんで、席に戻ります」

そう言い残して川勝はすたすたと署長室から出て行った。部屋の隅にもう一人、二十代前半の年恰好の長身の若者が立っている。

「馬場君、こちらが本庄君。君と一緒に働くことになるので一つ宜しく頼むよ」

遠藤がそう紹介すると馬場青年は黙って頭を下げた。

「本庄君、彼が馬場栄一郎属で、君の先輩ということになるな。なかなかの物知りだから何でも教えてもらうことだな」

一通り挨拶が終わって、省三が馬場の後ろについて大部屋に入ると、小さな机が用意されていた。机は通路側を向いている。彼がイスに座ると、いきなり後ろから大声が降ってきた。

「おい、新入り、ちょっとこっちへ来な」

省三は自分のことだろうか、と思っておそるおそる後ろを振り返る。

「ほら、お前のことや。新入りはお前しかおらんがな」

川勝鶴吉であった。省三が立ち上がって川勝の机の前に行くと、

「何をのんびり構えてるんや。新入りやったら、主任、なにかする仕事はおまへんか、言うて座る前に来るもんやがな」

川勝は怒りのこもった細い目でにらみつけた。

「あのな、庶務課ちゅうのは、ここではこの署の皆さまのためになんでもやる所なんや。その心構え覚えときや。それに新入りの庶務課員は人より先に帰ったらあかん。最後の一人を見送ってから帰るもんや」

「はい、分かりました。宜しくお願いします」

省三は川勝の机の前で直立をしたまま答えた。

「それで、やらしていただく仕事は何でしょうか？」

川勝は横座りになって、なめるように省三の頭の先からつま先までを見た。

「こら、お前、羽織も袴もしわくちゃやないか。署に出る時はしわぐらい伸ばして出てくるもんや」

「申し訳ありません。さっき船で大津へ着いたばかりなもんで、そのまま税務署へ来たんです。船中で横になったりしてしもうて羽織にしわがよったんです。袴も風呂敷にきつうたたんで持って来ましたんで」

省三がそこまで言うと、

「何をごちゃごちゃ言うてるんや、仕事場は神聖なところや。しわ一杯つけて出てくる奴があるか」

川勝は机をドンと叩いた。事務所の中に大きな音が響いた。何人もの署員は二人の方をちらっと見たが、みな何も言わずすぐにうつむいた。

「はい、明日からしわを伸ばして出署します」

省三は素直に頭を下げた。

「ほんなら、ほら、これ今月分の俸給一覧表や」

そう言いながら、川勝は自分の机の上に置いてあった長い紙と、ごちゃごちゃになった書付けや伝票の一山を手に取った。

「ここでは給料は課長が一人ひとりに手渡す。お金と一緒に明細の付いた一人ずつの俸給票がいる。それ作るの庶務課の仕事なんや。明日の朝までにやっといてんか」

そう川勝は言って、一覧表を省三の前に放り投げ書類の山を省三の机に移すと、イスから立ち上がった。それと同時に署長室の前の壁に掛かっている時計が六時を打った。

「ほなら、わしゃ、帰るわ。明日までにちゃんとやっとくんやで」

川勝は何も持たず机の間を抜けてすたすたと出て行った。

省三は俸給一覧表を手に取って途方にくれた。一覧表から職員個々の基本俸給に残業・夜勤手当、各人が使った経費などを加算して職員別に一枚の俸給票を作る。今津署にも俸給票はあった。けれども大津署と形式が同じかどうか分からない。それにどこに用紙があるのか。筆も墨もまだ宿に置いたままだ。省三は自分の後ろの席で、黙って事務をとっているる馬場栄一郎に聞いてみようと思った。

「あのー、馬場先輩、川勝主任から俸給票を明日までに作れと言われたんですけど、手本ありますか？　それと用紙はどこですか？」

馬場は特に面倒がる様子でもなく、自分の机の引出しを引いて探し始めた。

「俸給票作るの、川勝さんの仕事なんや。そやから僕は手本というのは持ってないけど、いつのやったたか、僕の、机の中にあったはずや」

そう言いながら、

「あった、あった」

机の奥から紙切れを引っ張り出して、省三の前に差し出した。しわくちゃになっている。

「ま、こんなもんや。そやけど本庄君、この時間から署員全員の俸給票を作るの無理やで。朝になってしまうわ」

「川勝主任の指示やし、やらないと。馬場さん、紙と筆貸してもらえませんか」

馬場は立ち上がって、後ろの壁の方へ向かった。大きな戸棚が壁際に置いてある。用度品置き場らしい。今津署と同じ配置である。事務所をよく見てみると、今津署よりは二回りほど大きいけれど配置はよく似ている。馬場は引出しから紙と筆、硯、墨を取り出し、別の戸棚から紙切り用のナイフを出した。省三は馬場の挙動を見ながら、どこに何がしまってあるのか覚えていった。

省三は自分の小さな机に座ると、馬場の俸給票に揃えて紙を切った。三人書き終わったところで後ろの席で馬場が立ち上がった。

「本庄君、僕の仕事は終わったし帰るよ。お先に」

馬場は両手を振って事務所を出て行った。直後に後ろの方で時計が七つ鳴った。

突然通路を挟んで向かい側の最前列にいた、顔の黒い細い目をした若者が、省三の前にやってきた。

「本庄君、いきなりから重労働らしいね」

そう言って、省三の前から書類を覗き込んだ。

「僕、浜田金之助、君と同い年だよ。宜しく」

彼はばさばさの髪の頭を下げた。

「今津署から山岡署長の愛弟子が来るって聞いてたよ。山岡署長は直言居士やから上の受けはようないけど、人格者やってみんな知ってる」

「僕、伊藤佐吉です。僕も同い年。三人仲よくやろうよ」

突然左横から声がした。省三の左横の席にいる色の白い五部刈りの若者だ。省三はあわてて立ち上がった。

「僕、本庄省三です。新参ですので宜しく」

「それにしても、庶務課とは気の毒な所に配属になったもんや」

浜田は真剣な眼差しを省三に向けた。

「僕、明日の朝までにやる仕事あるんや。急がないと」

省三はイスに座って続きの仕事を始めた。

「ズル吉の仕業か」

浜田は省三が書いている文字に目を落としながら小声で言った。

「君の歓迎会は、僕、浜田金之助が考えてる。任しといてくれ。詳しいことは明日連絡するよ」

続いて浜田が省三の頭の上から言うと、二人は自分の席に戻った。

八時には省三を残し全員が帰って、事務所は一人だけになってしまった。そこへ羽織袴のない着流しの若者が、大部屋の奥の方からやって来た。

「僕、小使いの広川三四郎、といいます。庶務課の下にいるという形になっていますもんで宜しくお願いします。川勝主任さんから八時になったら帰ってもよい、と言われてますんでこれで帰らせてもらいます。戸締りは臨時傭員の駒田潤吉がやりますさかい、仕事が終わったら小使い室に声をかけて下さい」

広川は色白で子供っぽい印象がする。省三よりは一つ二つ年下のように見えた。

「小使い室は事務所の突き当たりを左に曲がった別棟になっています。駒田はそこに泊ってますんで」

広川も帰ってしまった。

省三が全員の俸給票を書き上げたのは、午前二時を回っていた。もう一度、川勝から手渡されている一覧表と照らし合わせ、間違いがないか点検する。

『公務員は人に公正で仕事は正確でなくてはいかん。どんなに急いでいても仕事は点検を怠らず、正確さを心掛けること』

今津署の山岡署長が若い職員たちに繰り返し教えたことだった。四十五人分の書類を自分の引出しにしまった。分厚かった。今津署の三倍はあると省三は思った。

広川が言った通りに小使い室で休んでいた駒田を起こした。彼は広川より年配らしかった。もしかすると省三よりも年上かもしれない。

大津署を出る時は三時前になっていた。今朝、父母と兄に見送ってもらって今津港を出た。それから半日船に乗って大津港に着いて、「突き抜」の安原ヤスの宿に入って……一日のことだが、もう何日もたってしまったような気がする。省三の長い一日が終わろうとしていた。


「本庄さん、時間ですよ」

誰かが遠くでふすまを叩きながら呼んでいるような気がする。省三は耳の奥で人の声を聞きながら、まだ眠っていた。

「本庄さん、朝ご飯ができとりますえ」

今度はふすまが開いて、耳元でヤスの大きな声がした。省三はびっくりして飛び起きた。まだここが大津で、ヤスの宿に泊っていることが思い出せない。

「帰って来やはったのは、朝方ちゅうやおまへんか。初日から何ちゅう所でっしゃろ」

そんなことをヤスは独り言のように省三の枕元でつぶやいた。そうだ、昨夜大津税務署から帰ったのは三時を回っていた。宿は入口にランプが一つ灯っているだけで、もう誰も起きていなかった。省三は手探りで二階に上がり、敷いてあった布団にもぐりこんだのだ。

とにかく羽織と袴だけは脱ぎ捨てた。そこまでは覚えている。

省三は飛び起きると、敷布団の上に座ってヤスに言った。

「女将さん、羽織と袴のしわを伸ばさんとあかんのです。こて貸して下さい」

ヤスはびっくりした表情で、

「あんたはん、なにを言うておいでやすんや。とにかくご飯をちゃんと食べなあきまへん。なんぼ若いから言うても、食べるもの食べてからのことどすがな」

「昨日、羽織と袴にしわ一杯ある言うて上司におこられたんです」

「なにを、しわぐらいで男はんがおこられなあきまへんのや。しわはわたしがとっときます。そやから、本庄さんは朝ご飯食べといてください。下の部屋に用意しとります」

ヤスは省三の羽織と袴を持って立ち上がった。


省三は、ヤスが丁寧にこてを当ててくれた羽織と袴を着て宿を出た。山岡署長から餞別にもらった、藍地に白波の風呂敷包みに筆と墨を包んで小脇に抱え、昨日と同じ浜通りを急いだ。昨夜の仕事は身にこたえたが、それよりも生家を出て新天地で生きていく喜びの方が大きかった。浜通りを折れるとすぐに郵便局があり、農工銀行、近江貯金銀行、八幡(はちまん)銀行などが並んでいる。ここで思う存分働いて何者かになってやる。まだ何者かは、はっきり彼の頭の中に描ききれていなかったが、胸の中はたぎるような思いで一杯だった。

税務署までは二十分で着いた。小使いの広川三四郎と臨時傭員の駒田潤吉が机に雑巾をかけていた。

「お早うございます。昨日はさっそく大変やったそうですな。駒田から聞きました」

広川は雑巾の手を止めて、省三の方を見た。

「ああ、お早うさん、広川さん、駒田さん。僕も手伝いましょう。雑巾はもう一枚、どこにありますか?」

省三は風呂敷包みを自分の机に置くと、雑巾を探した。

「本庄さん、いいですよ。私どもがやりますさかい」

駒田は言った。

「今津署では、小使いさん一人やったんで、僕ら若いもんも一緒に掃除をしたんです」

「そんなら、箒で署長室と事務所の廊下を掃いといてください」

広川が言った。

掃除はすぐに終わった。署員が一人二人とやってきた。年配の職員は客用の肘掛イスに座って何人かで話し込んでいる。若手は自分の席でもう事務を始めていた。

長身の馬場栄一郎がのっそりとやってきて、すぐ席に座って仕事を始めた。七時の定時ぎりぎりに、細い目の川勝鶴吉が口を一文字に結んですたすたと事務所に入った。

「お早うございます。川勝主任」

省三は立ち上がって大きな声で挨拶をした。川勝はちらっと省三を見ただけで何も言わずに自分の席に座った。省三は一呼吸おいて、自分の引出しから昨夜書き上げた俸給票を取り出して、川勝の席へ持って行った。

「主任、俸給票書けましたので、持ってきました」

川勝は一瞬細い目を吊り上げて驚いたような顔つきになったが、すぐに省三を見据えた。

「間違いあらへんやろうな。人の俸給間違うたら、弁償もんやで」

「ない、と思います。再検してますもんで」

「ほなら、もろとくわ。違ごうてたらただでは済まされへんで」

川勝は鋭い目で省三をにらむと、ここに置け、という仕草で自分の机の隅を指した。それから彼は自分の引出しから一杯紙切れを取り出して、机の上に置いた。一山おくと、別の引出しからもう一山紙切れを出して、机に積んだ。

「出張清算・夜勤手当の計算、接待の伝票、物品購入の領収書、これみな仕分けして、人別に計算しとくこと。そやな、京都の局に連絡せんならんし、明日じゅうに全部やっとくんやな」

省三が黙って紙切れを見ていると、

「字が読める職員やったら誰でもできることや」

省三が紙切れを川勝の机から自分の机に移しているうちに、彼の姿は消えていた。

省三が紙切れを整理して一日が終わろうとしていた時、浜田金之助が省三の所へ来た。

「省三君、歓迎会、あした『とり吉』でやることにしたよ。君の宿のすぐ近くや。君は恒例によって、タダなんや」

浜田は省三の机に覆いかぶさるようにして言った。まだ先輩の署員が何人か残っていた。

「おおきに、悪いね。早々に世話焼かして」

省三は小さめの声で言った。

「かまへん、かまへん。それ楽しみにみんな仕事してるんやさかい。ほんなら、あした仕事終わったら、みんなで行こう」

浜田は自分の席に戻ると、また仕事を始めた。

『とり吉』の二階の大広間に、七輪を据えた二つのテーブルを囲んで、税務署の若手九人が集まった。広間には税務署の集まり以外にあと四組の客があって、もうすべての宴会が始まっていた。七輪の上のすき焼き鍋から湯気が勢いよく吹き上がっている。大層な活気であった。

　三年前の明治三十八年には、日本中が日露戦争の勝利に大いに沸いた。省三の隣家でも出征第二軍所属の歩兵上等兵が、その年の暮れに遼東守備隊より帰国した。上等兵が今津港に凱旋した時には、集落の全員が港に集まって帰還を祝った。まだその記憶は生々しい。

　その後講和条約をめぐってロシアに譲歩しすぎだ、という一派がいて、国中不穏な雰囲気になったが、今は収まっている。大国ロシアに勝ったという自信が国民の隅々まで行き渡って、何でも頑張ってやれば成功する、そんな気概が下々にまで充満していた。

「それでは、きょうは、本庄省三君が今津署から転勤してきましたので、大津署の若手全員で歓迎会を開きたいと思います。最初に本人から一言挨拶をしてもらいます。それから今夜は無礼講ですんで、日ごろの鬱憤を大いに吐き出してもろうて結構です」

　浜田が立ち上がって場慣れした口調で口火を切った。省三はここへ来る道中、なにを言おうかと考えながら歩いていたが、まとまらないうちに着いてしまった。

「着いた早々皆さんにこのように歓迎してもろうて光栄です。今津の小さな町から来て、大津にはあんまりぎょうさん家があって、人が一杯いて、大きな役所も会社もあって、びっくりしてます。こんな所で働けるの夢みたいに思うとります。日本のため、大津税務署のために精一杯頑張らせてもらいますので、皆さまのお力添え宜しくお願いします」

ありきたりの挨拶になったが、緊張で頭がこちこちになっているわりには、言葉がひとりでに出てきた。省三が座るのを待って、白い割烹着を着た仲居さんがテーブルに一人ずつ、お盆に酒を載せて持ってきた。それぞれのテーブルで肉を鍋に放り込む者、すき焼き用のタレを入れる者、急に周辺があわただしくなった。ざわめきの中で、

「省三君、庶務課は大変や。あの川勝鶴吉の下では苦労するよ。あのズル吉め」

一人が省三の所へ寄ってきてそう言うと、その声を聞きつけてもう一人が来て、

「署長も遠慮して、なにも言わないんや。ズル吉の方が年上やし、それに東京の政府の誰かさんとなんか関係があるらしい、という話や」

後で省三も知ったことだが、川勝の弟が東京で政府の大物のカバン持ち、最近の言葉では秘書をしているとのことであった。もっとも秘書は一人ではなく何人かいるそうだが。

「僕らも、ひどい目にあってるよ。若手が庶務課に頼んだこと、何にもやってくれないんやから。僕らのような雇員の旅費やら夜勤手当の清算は後回し。しかも抜けだらけ、間違いだらけ。どんだけ損してるか」

もう一人が言った。

「本庄君が来たんやから、庶務課もようなるよ」

どこかでそんな声がした。

いつの間にか浜田が近くにいる。彼は立ち上がると黒い顔を赤くして言った。

「要するにやね、日本国も日清・日露の戦争で大借金したわけだ。それを返すのには大変な税金がいる。返せなければ国が破綻する。日本国は我々、税務署員の双肩にかかっている、ということだ」

「それなのに、俸給の少なさはどうや」

「下宿してたら食い詰めてしまう」

遠くで声の応酬があった。

省三の横に土田庄治という一つ年上の青年が来て座った。

「本庄君、君は今どこに住んでるの？」

「はい、とりあえず駅前の宿にいます」

「宿は高いやろう。いくらぐらい払うの？」

「僕の父の知り合いなもんで、父が交渉してくれたんですけど、賄いつきで月七円ぐらいと聞いてます。早いとこ下宿先を見つけて自炊せんとやっていけへんです」

土田は省三に自分の杯を渡すと、酒を注ぎながら言った。

「僕もいま下宿してるけど、賄いなしで三円払ってるよ。とてもやっていけないし、他の下宿を探しているんや。この前、京町通りから路地を入ったお寺で下宿人を探している、と聞いたんで行ってみた」

省三は酒を飲み干すと、杯を土田に返した。酒を注ぎながら、よい話かもしれない、と思った。九円の俸給で七円を払ったらやっていけないのは当たり前だ。手持ちのお金は今津署で働いた時の郵便貯蓄で、すぐに底がつくのは目に見えている。

「寺の本堂の横に十二畳の部屋が空いていて七、八円で貸す、ていうんや。中を見せてもろうたら自炊できるようにはなっていた。僕の同郷で県庁に勤めているのがいて、彼も自炊ができる下宿を探している、て聞いた。それで彼に話をすると乗り気やった。もし君も入って三人で部屋を借りると安上がりになるんやけど」

「土田さん、興味あります。ぜひ仲間にいれて下さい」

歓迎会は若者の熱気が爆発して、やがて息切れしたように静かになって終わった。

月末の給料日、終業の六時になると、大山課長は部下の署員を自分の机の前に集めた。

「さっき、署長から『今月もみんなよく頑張ってくれた。よくねぎらってやってくれ』との話があった。それから『今月から俸給票の字が今までと違うが、誰の担当になったのかな。丁寧で心の籠った字になって感心している』と、おっしゃっておられた」

そう言って、後ろの方にいた省三にちらっと目をやった。周りにいた何人かが彼の方を見た。彼は思いがけずお褒めの言葉をもらって戸惑ってしまった。朝方まで頑張った甲斐があった、と思った。川勝は細い目を見開いて床の一点を見詰めている。

省三の今月分の給料は一週間の勤務で、日割り計算になっている。二円四十銭である。これから来月までもう収入はない。始末（節約）しなければやっていけない。


宿に戻ると、母の美保から荷物が届いていた。家を出てから一週間がたったのだ。省三は母親の息遣いを感じながら柳行李を開いた。母からの手紙が荷物の一番上にのっている。端正で男勝りの字である。荷物の入り数が書いてある。息子の大津での下宿生活に彼女が入用と思った物を送ってくれたのだ。

兄の荘二郎は兵役の体格検査の結果『第二種乙種輜重輸卒抽選番号十八番』になった、と書いてある。家族全員の屈辱である。颯爽と行進する兵隊の後ろから、大きな荷車を押してついていく貧相な集団が輜重輸卒（戦争物資の輸送・運搬の兵卒）だ。『輜重輸卒が兵隊ならば、蝶々トンボも鳥のうち』という戯れ歌が頭に浮かんだ。荘二郎の胸のうちはどうなのだろうか、と省三は思い遣った。

しかしこれで戦争が起きなければ、まず兄は徴兵されることはないだろう。省三は内心ほっとしていた。もし兄が徴兵されたら、二年間は家を離れねばならない。彼は兄に代わって母と一緒に百姓をすることになる。もちろん、今の仕事も辞めねばならない。兵役に行くにしろ、百姓を続けるにしろ兄の小柄で弱々しい体つきを思い浮かべて、彼の胸は痛んだ。最後に、家のことは心配せずに職務に精励せよ、と力強い母の言葉があった。彼は、今の本庄家の窮状を救うには、自分が頑張るしかないと改めて思った。

翌日から署員が次々と、自分の給料のいくばくかを郵便貯蓄にしてくれ、と庶務課にやってきた。今まで川勝が小使いの広川を使ってやっていた仕事であったが、省三が引き受けることになった。通帳とお金を預かって、郵便局へ持って行く仕事である。中にはお金を引き出して欲しい、という署員もあった。日によっては何度も郵便局へ足を運ぶことになった。署員が彼に貯金の出し入れを頼む時、ちょっと交わす会話に署員それぞれの生活の輪郭といったものが垣間見える。これが後に職員ごとの綴り(ファイル)を作ってみようと思い立つ切っ掛けになった。

父荘平から五月十五日付けの手紙が来た。この前突然今津税務署の山岡署長が家を訪問されて「ご子息は前途有望な人材なので、滋賀県の中心である大津署へ行ってもらった。家の事情もあるだろうが、心置きなく仕事に励(はげ)めるようにしてやって欲しい」と言われた、と書いてある。

初めて臨時雇員で入った今津署で、山岡署長から仕事の一から指導してもらった。社会人として税務署員として何が大切かを、実務の中で直々に教えてもらった。それが今の自分の仕事に生きているのは明らかであった。


昼時間省三が自分の席で、宿のヤスが作ってくれた握り飯を食べていると、土田庄治がやってきた。

「この前話してたお寺の下宿のこと、うまいこと行きそうなんや。あの十二畳の部屋六円で貸す、ていうことになった。三人で分けると一人二円になる。京町通りからちょっと路地を入った所にある妙法寺というお寺やさかい、ここから歩いて、そやな十分はかからんと思う」

「一人二円で済むんですか。そら、大助かりです。土田さん交渉上手やないですか」

省三は目を輝かせた。

「僕らみたいな田舎から来たもん、高い下宿代払ってたらやっていかれへん。ご飯炊いて、漬物漬けて、昼食にはおにぎり作って持ってきて始末せんと、家へ仕送りなんかできやへんよ」

土田は着古した縞の羽織から出した骨太の両手を省三の机の上においていた。省三はまだ食べ残っている握り飯を、包んであった竹の皮に置くと、土田の手を握った。

「土田さん、おおきに。自分たちでご飯炊いて、一日三度白いご飯食べられるて贅沢なことやないですか。それでいつから、そこ入れてくれはるんですか」

「もう部屋空いてるさかい、住職はん、いつでもよいて言うてはった。そやから僕はこの五月の二十五日から入ろうて思うてるんや」

「そんなら、僕も二十五日に移りますんで、土田さん宜しくお願いします」

もう一度省三は土田の手を握った。彼が言った。

「苦しいもん同士、お互いさまや。僕も省三君が入ってくれて助かるんやしなあ」


翌日省三が机に向かっていると、横から小さな声がかかった。

「省三君」

省三が声の方を見ると、今津署で一緒に仕事をしていた中道徳雄が立っていた。

「えっ、中道君どうしたの」

省三が驚いて立ち上がる。

「びっくりしたかい？　今度、僕も山岡署長の推薦で八幡署に採用されたんや。今は赴任の途中。これから大津駅へ行って汽車に乗るけど、ちょっと時間があったさかい省三君に会いに来たんや」

幸いに川勝は席にいなかった。省三は後ろに座っている馬場に声をかけた。

「馬場さん、今津署から昔の同僚が会いにきてるんです。ちょっと入口の机の横で、立ち話さして下さい」

馬場は聞こえなかったようなふりをして、机に向かっている。

「今津署は、山岡署長の推薦で、若手が他所の署にどんどん採用されてるよ。その代わり新しい人が入ってきてる。省三君も帰ったらびっくりするよ」

税務署の入口で立ったまま、先ず中道が報告した。二人ともよく似た背丈だ。中道はお寺の次男坊で、家の暮らし向きは幾分省三より恵まれている。しかし長男がお寺を継ぐために家を出て、大きな町の中学校へ行くと、もう次男には外で勉強をさせる余裕はなかった。その地方ではまだ家から通学できる範囲に中学校はない。彼は小学校を出ると、暫らく家で寺の手伝いをして、それから今津税務署に臨時雇員として採用された。

「八幡ならここから汽車ですぐ行けるね。ここの仕事に慣れたら中道君に会いに行くよ」

「うん」

中道は元気なさそうにうなずいた。省三は、初めて親の元を離れて知らない町へ働きに行く彼が、不安で一杯なのだと察した。

「中道君、心配いらないよ。山岡署長が、君なら八幡署でやっていける、て思われたんで推薦して下さったんや。山岡署長が教えて下さったようにやったら、どこでもやっていけるよ」

中道は首を上げると、省三を正面から見て言った。

「うん、そうやな。僕も向こうで慣れたら、また省三君に会いに来るよ」

中道は左手に柳行李を抱え、右手に風呂敷包みを持って、とぼとぼと大津税務署から出て行った。

三

五月二十五日から妙法寺での三人の共同生活が始まった。三人の部屋は本堂の西側にある十二畳で、本堂とは壁で隔たれていた。庫裏(くり)へは廊下でつながっている。庫裏には住職用の竈(かまど)があって、それ以外に、檀家が一年に何回か行事の時に使う竈が本堂と庫裏との間にしつらえてある。下宿人はその竈を使ってもよいことになっていた。竈の横には大きな薪置き場があったし、漬物の桶を幾つも置いておける場所もあった。粗雑な造りだが石の流し台もある。

　土田は前の下宿でも自炊をしていたので、鍋釜から包丁、茶碗、薪まで持ってきた。とりあえず他の二人が自分の物を揃えるまで、土田の持ち物を使うことになった。

　食事の準備は当番制に決まった。その日の当番が朝ご飯を炊く。朝食は三人一緒にして、当番が朝炊いたご飯でお握りを作って昼の弁当にする。夕食は朝炊いたご飯の残りでそれぞれが別々にすることになった。


　すぐに三人の共同生活は軌道にのった。土田は前の下宿で漬けていた漬物桶を三つ持ってきた。梅干も一甕（かめ）つけて流し台の横に置いている。

「省三君、僕の漬物も梅干も一緒に食べようよ。もうじき青梅がとれるし、今年は三人分、梅干作りをしよう」

　三人は、朝は土田の漬物で済ませ、弁当に梅干を一つずつ入れて持って行った。朝は三人一緒に食べるが省三は一番早くお寺を出た。土田は県庁へ通っている友人橋本繁次郎と同じころにお寺を出る。

　省三は他の署員より一足早く職場に着いて、小使いの広川と臨時傭いの駒田と一緒に、事務所の雑巾掛けをした。駒田は家庭の事情で小学校を途中で止めてしまったので、読み書きが満足にできなかった。別棟の小さな小使い室で、夜ひとり字を勉強していた。

「本庄さん、僕の字を見てもらえませんやろうか？」

駒田がおそるおそる出してきた汚れたノートに、拙い文字がびっしり練習してあるのを見て、省三は駒田の読み書きの教師になった。


七月に入ってすぐの日曜日、朝食のあと土田が言った。

「おとつい署からの帰り、中町通りの柳町で八百屋をのぞいたら、青梅が一杯並んでた。今が梅を買うのに一番よい時期やと思う。ご飯食べたら、三人で梅買いに行こうよ」

「そやけど、僕ら甕持ってないよ」

省三が言うと、

「ちゃんと甕屋も見つけてあるし、値段も聞いてある。それに重石の石はお寺に一杯転がってる。和尚さんに声をかけたらもらえるはずや、心配はいらんよ」

「土田さん、さすがは先輩ですな。行き届いてますよ」

省三が感心して言うと、土田は照れながら、

「僕ら貧乏人、こんなことに頭、使わんかったら生きて行けへんよ」

出かける前、省三は前の日に洗濯して干しておいた浴衣に着替えた。洗濯は土曜日帰宅

してからするようにしている。

「省三さん、さっぱりしましたな。浴衣、涼しそうな柄ですよ。それに何か生き生きとして見えますな」

土田が省三を見ながら言った。最近省三は役所の仕事にも慣れてきて、大津での生活が楽しく感じられるようになっていた。三人は、梅と甕を買いに中町通りへ出た。暑い日ざしが照りつけて、さすがに人通りは控えめだったが、若い三人は省三を中にして勢いよく町を闊歩した。

梅干を漬けるのに使う紫蘇(しそ)は、いつの間にか土田がお寺の庭に生えているものを刈り取って、和尚さんから借りた筵(むしろ)の上に干していた。梅干は土田の指導で少しずつ出来上がっていった。


八月になった。荘平から手紙が来た。荘平の妹のきくが、東京からお盆に里帰りで帰ってくる、省三にも会いに帰ってくるように、との内容であった。

きくは明治の初め、本庄家から二里（八キロメートル）ほど離れた川内村の中山家に嫁いだ。夫龍平との間に長く子供ができなかったが、明治十五年やっと息子の龍之介を授かった。一人息子の龍之介は明治二十八年大阪の輸入品商社今井文吉商店へ奉公に出た。

その直後夫が亡くなって、きくは川内村で一人暮らしをしていた。

今井商店は急速に業容を拡大して、明治三十二年に東京支店を開いた。龍之介は本店から東京へ派遣された一人だった。彼は高級毛織物ラシャの輸入販売を手がけていた。明治三十六年に芝高輪に家を買って母親のきくを呼び寄せた。

きくは二年に一度は古里に帰ってきて、実家の本庄家に滞在した。そのたびにきくの着物や持ち物は立派になっていた。龍之介が成功していく姿は省三には眩いばかりだった。叔母のきくから東京の話や、従兄弟の龍之介の仕事ぶりを聞くのは、彼にはたまらなく好奇心のくすぐられることだった。

「そんで、龍之介のお兄さん、洋服着て、ハットていう帽子被って会社行かはるんか、きく叔母さん」

「そうや、汽車に乗って毎日日本橋へ通うてるよ。外人相手に商売もするそうや」

「龍之介兄さん、外国語できはるのか、叔母さん」

「勉強したそうや。英語できんかったら商売にならん、と言うてたよ」

「えらいなあ、龍之介兄さん。それに毎日汽車に乗れて、よいなあ。叔母さんも汽車に乗ってよう東京駅へ行かはるんか？」

「そうやなあ、時々買い物に行くかなあ」

余り省三が羨ましそうな顔をするので、きくは言った。

「けれどもな、誰も知り合いのない東京で暮らすのは、淋しいことやで」

女中もいて身の回りのことを全部してもらって、なに不自由なく暮らしているように思えるきくから、こんな言葉を聞くのは意外だった。

「いつも古里のことを思うて暮らしてるんや。ここの家がこんなになって、兄さんも情けないことになってしもうた。荘二郎はあの通りのひ弱い体やし、省三、本庄家はあんたが頼りなんやで」

きくとの話はいつも省三に、あんたが頑張るんや、ということで終わった。

省三が大津へ旅立った直後、龍之介は結婚した。花嫁は横浜の時計屋の娘で、祖父は小身だが元旗本であったそうだ。きくは荘平に何度も、東京に来て息子の父親がわりに結婚式に出て欲しい、といって手紙を書いてきた。荘平は行かなかった。

兄荘二郎からの手紙には、龍之介の結婚式の写真が送られてきた。龍之介も立派な紳士になっているが、花嫁は十八歳、品があってこの辺りでは見たことがない器量よしだ、羨ましい限りだ、と書いてあった。堅物の兄がそんなことを書いてくるのだから、よほど別嬪さんなのだろう、と省三は思った。この結婚から戦後日本映画の最盛期に、銀幕を飾る女優の一人が生まれることになるが、それは後の話である。

七時を過ぎても省三は机に向かっていた。その横に、いつの間にか浜田金之助が立っている。

「省三君、もう仕事止めろ」

そう言って彼は自分の手で省三の目を塞いだ。

「これ、何するんや。仕事の邪魔をするな」

省三は浜田の手を払いのけた。今度は浜田は省三の顔に自分の額を近づけて、

「署長も課長も見てない所で頑張ってみても仕方ないやろうに。ズル吉も馬場さんも君に仕事押し付けて、二人とも楽しているんや」

「浜田君、何てこと言うんや。上司の悪口言うたら、僕が怒るぞ」

「僕が言うとるんと違う。みんながそう言うとるんや」

浜田は顔を上げた。

「まあ、君の好きなだけ仕事をしたらよいんやけど。省三君、今度の日曜日ボートレース見に行かないか。琵琶湖の三保ヶ崎であるんや。店も一杯出て面白いよ」

「ボートレース、そんなの見たことないなあ。レースって、ボートで何をするの？」

省三も手を止めて、顔を上げた。

「レースって、何の意味か知らんけど、何人もの選手が船漕いで競争するんや。今度見に行くんは中学の生徒の競争や。それに、省三君、女の子、一杯見に来るよ。まあ上から下までより取り見取りや。いや違う。見ほうだい、てことや。それに屋台が一杯出て、面白いもんも、うまいもんも売ってる」

浜田は省三の顔を見て、にやりと笑った。

「面白そうやな。今度の日曜日、なんにも予定ないし、土田さん誘うて行こうか」


八月四日、省三は土田と妙法寺を出た。大津駅まで来るともう人通りが増えてきて、屋台が西近江道に沿って並び始めていた。更に湖岸を北の方に進むと、『大日本武徳会第八回端艇(ボート)競漕会』と書いた横断幕が地面に打ち付けてある。その付近になると屋台がぎっしり並んでいて、人通りもすれ違う人の肩が当たるほどになっていた。二人とも物珍しさで、屋台の店先に立ち止まっては眺め、また歩いて、ほんの少ししか前に進めなかった。浜田が言った通り、女学生風の女性が何組も連れ立って歩いている。ひさし髪に袴姿でさっそうと闊歩する姿は眩しかった。

「土田さん、華やかですな」

人混みをかき分けながら省三が言ったが、土田の返事がなかった。省三が後ろを振り向くと、彼はいつの間にか四、五歩遅れて重そうな足取りで、人の群れの中を歩いている。

「土田さん、どうしやはりました？」

省三は、人を分けて後戻りをした。

「省三君、足のふくらはぎが押しつぶされるように痛む。膝から下が重たい」

土田の顔は青ざめている。

「省三君、せっかくここまで来たけど、きょうはもう先へ行かれへん。引き返して家で寝るよ。僕のこと心配せんで君ひとりで行っといで。浜田君との約束もあるし」

土田は省三に背を向けると、人波の中に飲み込まれるように消えていった。土田さんは脚気（かっけ）かもしれない、省三は冷や汗が夏襦袢の背筋に流れるのを覚えた。彼もこの一か月ぐらい、土田が重そうに足を運んでいるのに気付いて心配はしていた。

脚気はついこの間の日露戦争まで脚気菌で伝染すると信じられていた。日露戦争では戦死戦傷死者五万六千人に対し、病死した兵士は二万七千人、うち脚気で病死した兵士は一万八千人にのぼるという恐ろしい病気である。最近になって脚気は伝染病ではなく、栄養の加減で罹るという説が有力になってきていた。しかし食べるだけで精一杯の一般家庭では、栄養のことなど考える余裕がなかった。依然として脚気は肺病と並んで若者を襲う恐ろしい病気であった。

省三はひとりになって今度は歩を早め、浜田金之助との待ち合わせになっている琵琶湖疏水の上に架かる三保ヶ崎橋の上に来た。ひどく心が重くなっていた。

暫らく橋の上に立っていると、南の方から浜田の姿が人の間に見えた。黒いいかつい顔はすぐに分かる。その後ろ横に人波をよけながら歩いている女性が見える。

「やあ、待たせて済まんかった。人が多うて、なかなか着けんかった」

浜田がしゃべっている間に彼の横に女性が立った。省三は一瞬見覚えがある顔だと思った。

「富子さん」

省三はびっくりして叫んだ。大津署の交換手の富子である。税務署には電話が一台、署長室の横の電話室に据えてあった。そこには富子と岡野の二人の女性が勤めている。男ばかりの職場で女性は彼女たち二人きりである。

省三は富子の顔は知っていたが、今まで話をしたことがなかった。彼女たちは署長と課長に厳重に守られていて、若い署員がおいそれと近づけない存在のように思えた。しかし、若い署員の中ではいつも話題の中心になっている。省三はどうして富子が浜田と一緒にここにいるのか不思議でならなかった。

「どうして富子さんが、浜田君と一緒にいるんですか？」

省三は富子を真っすぐに見ながら尋ねた。彼女は、同年輩の女学生のように頭をひさし髪にしていない。髪は後ろに束ねてリボンで結ってあった。うすく紅を引いた口にほほ笑みを浮かべながら省三を見返した。

「本庄さんって、字がとってもお上手なんやわ。わたし給料貰うたら、いつも感心して見てるんよ」

省三は気恥ずかしくなって顔がほてってくるのを感じた。

「こいつ、赤くなってるよ。君は女の子と話したことあるんかい?」

浜田は腕組みをして、見下げるように省三に言った。

「ない。そんな恥ずかしいことしたことない」

省三がきっぱりと否定すると、

「そうか、そうやったら、女の子と接吻したこともないな」

「金さん、厭らしいこと本庄さんの前で言わんといて。わたしらそんな関係と違うんやから」

富子は浜田をきっとにらんだ。艶(つや)やかな黒髪を括っている紅いリボンが揺れた。

「冗談や、富子。そやけど、こんな初心(うぶ)なやつからかうの面白いや」

「本庄さん、間違わんといて、わたしら変な関係と違うんよ。二人とも同じ小学校行ってたの。金さんが一年上やったけど。そやから二人とも小さい時から知ってたんよ」

富子は真剣な表情で言った。

「あれ、省三君、土田さんいないけどどうしたの？　一緒に来るって言うてたのに」

浜田は突然気がついたように省三の周りを見回した。

「土田さん、一緒にこの橋の近くまで来たんやけど、ふくらはぎが痛い言うて帰らはったんや」

そう省三が言うと、浜田は黙ってしまった。暫らくして低い声で、

「土田さん、脚気かもしれへん。大分前に足ひきずって廊下を歩いてるの、見たことがある」

「早う浜辺に行ってよい場所とらないと、試合が始まってしまうわ」

富子はそう叫ぶと先に立って歩き出した。富子の後を浜田と並んで歩きながら、省三は聞いた。

「君ら、二人でよう街歩いてるんかい？」

「そら、近くの人目の多いところは行かんよ。きょうみたいな、街から離れてて人出の多いところは誰にも見つからんし、もってこいなんや」

「そうか、やっぱり浜田君でも見つかるとまずいんかい。お忍びで歩いてるて思うと、胸

がどきどきしてたまらんね」

　省三はこんなのを、小説で読んだことがある逢引というのだろうか、と思った。自分の逢引でもないのに、新鮮な驚きで胸がはずむのを覚えた。

「君をボートレースに誘うた後で、富子と街で会う約束をとった。僕ら約束する時、『どこそこへ電話つないで下さい』言うて電話室に行くんや。その時約束の時間と場所書いた紙切れを富子に渡す。後で富子が『浜田さん電話つながりました』と呼びに来ると、電話室へ行ってスピーカーの前に立つ。その時都合はどうか、返事書いた紙もらうんや」

「えっ、ほんなら仕事中に君らそんなことをして遊んでるの？」

　省三はびっくりして聞きなおした。

「そんなことして署長や課長に見つかったら、大変なことになるんと違うんかい」

「うん、見つかるとまずいかもしれへんな。だけどもう一人の岡野さんも伊藤君と付き合ってるし、電話室から見つかることはないはずや」

「えっ、伊藤君も岡野さんと逢引してるの？」

　省三はもう一度びっくりして叫んだ。

「逢引なんて、古臭い言葉使うな。まるで時代もんの小説に出てくるみたいやないの。僕らは、付き合ってる、とか交際する、て言うんや」

「付き合う、交際する、そんな言葉初めて聞いた。そうか、交際するのか、洒落てるなあ」

省三は感心して噛み締めるように反復した。

「そんで富子と街で会うた時、富子に『今度の日曜ボートレース見に行かんか、中学校の競漕やさかい、一杯中学生来るよ』言うて誘うたんや。ほんなら、富子から『そんなの興味ないわ』て断られた。『屋台の店ぎょうさん出て、おいしいもんやら、珍しいもんも一杯売ってるで。それに省三君も土田さんも誘ってあるし、二人だけと違うて大勢で行くさかい見つかっても大丈夫や』言うたんや。そしたら『あら、それやったら行こうかな』いうことになった」

「浜田君、女の子って食いしん坊なんかい？」

省三がそう言ったのが聞こえたのか、富子が後ろを振り向いた。

「あんたら、何言うてんの。あんたらに女の子のことなんか分からへんわ」

省三はまずいことを言ってしまった、と思って、浜田と顔を見合わせた。

三人は湖岸の砂浜に着いて、一番前列に場所をとった。競漕のボートは汽船に曳航されて出発点に着き、号砲と共に漕ぎ出した。浜田も富子も特に応援するチームはなさそうだった。しかし試合が進むにつれて周りの熱狂に煽られて、大声を出したり固唾(かたず)をのんだりして見ていた。省三も同年輩の若者が力を出し尽くして競技をしているのを見ると、爽やかさと同時に眩しさも感じた。

朝から空は曇りがちだったが、薄日が射し始めた。富子は省三が気の付かないうちに、花柄の洋傘をさしていた。開いた傘の下から、ちらっと彼の方を見て、またなんでもなかったように試合を見たりしている。

いよいよ決勝です、というメガホンの声がした。赤シャツの山陰の中学と白シャツの京都の中学の倶楽部チームの争いになった。初めは並んで進んでいたが、やがて赤シャツが先に出てどんどんと差を広げた。山陰の中学の優勝で終わった。三人ともレースが終わるまで息を詰めて試合を見ていた。

「さすがは決勝や、力が入ってしもうたなあ。どうや、帰り、かき氷食べて行こうか」

浜田が黒い顔から汗を三筋ほど流しながら二人に言った。見物客もぞろぞろと湖岸から離れて、道路に戻って行く。

三人は浜田を中にして、時おり真夏の太陽が照りつける中を、言葉少なに歩いた。途中かき氷の屋台を見つけた。最近出回り始めたラムネが、何本も水槽の中に浸かっている。

「ラムネもよさそうやなあ。初めにラムネをぐいっと飲んで喉うるおそうか」

浜田が水槽を覗き込んで言った。省三は土田のことや、女性との付き合いとか交際とかいう未知の世界のことで頭が一杯になっていた。浜田の声で我に返った。三人は床机に座って、ラムネを飲んで次に氷を食べた。省三には富子と付き合っている同い年の浜田が、自分よりはるかに大人びて眩しく見えた。


夕方妙法寺に帰ると、土田庄治は布団に横たわっている。眠っているらしい。

翌朝には彼はもうよろよろとしか歩けなかった。省三に支えられて職場へたどり着いた。昼から上司の課長の指示で、税務署に近い隣の町内の内科医へ行った。『脚気はかなり進行している』という診断結果が、噂として職場中に広がった。土田は職場へ戻らなかった。翌日妙法寺へ彼の兄が田舎から迎えに来ることになった。

その朝省三が出勤する前、土田は布団に横たわったまま声をかけた。

「省三君、もう暫らく会えないね。もし病気が長引いたら税務署に戻れんかもしれん。そしたらさようなら、やね」

土田は顔を壁の方に向けていた。

「省三君、おおきに。貧しい者同士同じ部屋で暮らせてよかった。暫らくだったけど楽しかったよ。それと、ここにある漬物も梅干も残していくよ。今年の梅干は上出来でよかった」

「土田さん、病気治ったら必ず税務署に戻って下さい。さようなら、なんて言いとうないです」

省三は、暫らく土田の布団の前で佇んでいたが、覚悟を決めて立ち上がると、振り返らずに下宿を出た。

土田庄治は盆があけて三日あと退職願を出した。

七月から税務署では二大繁忙期の一つ、所得税の事務が始まっていた。署員は管区の役所回りや書類の作成で殺気立っている。東京から難しい指令が出ていた。署長は税務官を叱咤して、自分の担当する各町村役場に納税率を上げさせるように指示を出している。出張も夜勤も多く、庶務課の事務は大変な量になった。川勝鶴吉は相変わらず席にいたかと思うと、いつの間にかいなくなった。省三に対する彼の態度も変わってきて、庶務課の仕事は省三にまる投げになっている。馬場栄一郎は主に税務署の物品管理を担当していたので、自分のペースでひょうひょうと仕事をしている。帰るのも早かった。省三は残業につぐ残業をこなさねばならない。省三はとうとうお盆には帰郷できなかった。

九月の初めに弟の省吾から手紙が届いた。省吾は九歳で尋常小学校三年生になっている。

一ふで申し上げます。

兄さんは、あつけ（暑気）にもあたらず、ごきげんよろしゅうございますか。わしはおかげで、たっしゃにくらしています。

おかあさんは、おやのあるあいだは、どこにいても、ぼんやしょうがつには、くるものやに、省三はなんでこんのじゃ、というて、おこっていやはる。

ぼんにもおかあさんは、省三がくるかくるか、といってまい日まっていられましたから、ちょっとすきがあったら、ちょこちょこときなさい。みやげなにもいりませんから。

八月三十一日　省吾より

にいさまへ

美保が省吾に書かせたのだろうと思うが、家族の期待を裏切ってしまった省三の胸に後ろめたい思いが残った。

同じ時期、荘二郎から東京のきくの訪問についての手紙が来た。きくは、実家の本庄家と、亡夫の弟が継いでいる川内村の中山家に都合一か月余りいた、と書いてあった。「省三に会えんかったのは、残念だ。龍之介が、よう『省三はどうしているか』と聞いている。住所を教えておくれ」と言われたので、紙に書いて渡しておいたそうだ。

龍之介は妻を迎えたので、今までよりも大きな家を大森山王に買った。今井商店の東京支店長が、自分の邸宅の近くを紹介してくれたそうだ。日本橋の会社に通うのには、今までの芝高輪よりちょっと遠くなったそうだ。荘二郎は手紙の最後に、龍之介の新しい住所を書いてくれている。

省三は東京に行ったことがない。京都よりもはるかに人が多く、新しい巨大な建物も、日本を動かす組織も、国家規模の仕事も、そこでどんどん作られている。それを想像するだけで血が騒ぐのを覚えた。十歳年上の従兄弟が何の後ろ盾もなくそこへ行って、母親を引き取り、しかもどんどん暮らし向きを向上させているようだ。「すごいなあ、龍之介さんは」ひとりでに口に出た。

十月になって、荘二郎から手紙があった。

秋も蕭々（しょうしょう）と深けて来た。黄ばみたる稲田を騒がす風は袷（あわせ）を通して寒い。愈愈（いよいよ）忠勤せられつつあるそうで、嬉しく存ずる。
僕の方もマア愚図愚図やって居るから安心して呉れ給え。
夜分や其の他在宿中なにしておられる？

定めて熱心に勉強してられるだろう、とは思って居るが、励んで呉れよ。中学講義録購読は引き続きやっているか？　近所の川崎祐二君は去る九月を以て第五学期を終了せられたよ。御身も何とか出来得る限り節約して、一文たりとも其の方へ投じ、頓挫せずやって呉れ給え。財政が許さなければ止むを得ぬが、これ位やり繰りして……。

省三は大津税務署に転勤になってから、早稲田大学の通信中学講義録で勉強をしている。やっと叶った夢である。俸給九円の中から一円六十銭を講義録購読で使うのはぎりぎりを通り越していた。二円の下宿代、三円はかかる食事代、一円五十銭の風呂代と雑費、一円を母への仕送り、一円の貯金……もう俸給は超過してしまう。その穴埋めは夜勤でまかなうのと、三円の食事代を切り詰める他はなかった。

川崎祐二は荘二郎と同い年の友人である。農業をしながら五年間こつこつ勉強をして講義録を終えたのである。

土田庄治が古里に帰ってから、妙法寺での共同生活は県庁に勤めている橋本との二人になってしまった。土田のことがあって、九月の下宿代はうやむやになっている。二人とも二円を払っただけだった。住職から特に文句は出なかった。しかし約束はひと間六円で借りていたので、いずれ六円払ってくれと要望されるのは明らかであった。一人三円の家賃になる。これではやっていけない。橋本も農家の次男坊で、いくばくかのお金を古里の両親に送金せねばならなかった。

「省三さん、僕はここの生活、特に嫌なことも困ったこともないんですが。ただ下宿代が三円になるのは困ります。それで二人して四円にまけてもらうように住職に交渉したらどうか、と思うんやけど」

橋本は座布団にきちんと座って、省三の方を向きながら言った。

「僕も、一人三円になったらもうやっていかれへんです。橋本さん、住職さんの機嫌のよさそうな時見つけて行きましょう」

省三も賛成した。

その機会はすぐにやってきた。住職がほろ酔い加減で檀家の法事から帰った時を狙って、二人は交渉に駆けつけ、下宿代は二人で四円、ただし半年限りということで話をつけた。

十二月に入ってその十日に年末慰労金が出た。署長が全員を集会室に集め訓辞をした。今年の年末慰労金は税務署にはよく出してもらった、というのが署長の評価だった。「日本国も日清、日露の戦役で大きな借金を抱えている。それで税務署にしっかり税金を集めて欲しい、というのが国の期待である。諸君もその期待に応えるべく担当の役所・役場を指導して納税率の向上に取り組んで欲しい」と署長は言った。地主の土地にかける地租も所得税や営業税などの国税も、徴収業務は市町村の役所、役場に委託されている。

十円以上貰った者は、半分以上貯蓄に回すようにとの話があった。省三は十八円であった。彼の等級では異例の高額である。省三の取り組んでいる職員ごとの綴り（ファイル）が大分できてきて、署長に見てもらった。署長から「面白い試みだ、僕の参考にもなる」と言われた。

署員の興味は自分がいくら貰ったか、から誰がいくら貰ったか、に移っていった。俸給は各人の等級で決まっているが、慰労金は等級以外に評価が当てはめられるので、自分が上司や署長にどう評価されているかそれぞれ興味津々だった。

庶務課の職員では同じ等級で比べると、川勝主任はしんがり、馬場属は中ぐらい、本庄は一番、との噂であった。各課の個人別の慰労金の金額があっという間に署内に広がり、二、三日で鎮まり、やがて話題から消えていった。

省三は十一円を貯蓄、三円を母に送金した。

署員間ではしんがりだと言われている川勝が、このところ威勢がよい。前にも増して肩で風を切って歩いている。しばしば京都の監督局へ行っているらしい。一度署長から馬場が呼ばれて署長室に入った。川勝主任はどこへ行って何をしているのか、と尋ねられたらしい。

年末にもう一つ辞令が来た。省三の俸給が十一円に昇給した。彼は自分の仕事ぶりが署長に評価されているのだと感じている。彼は庶務課の事務の整理にも取り組んでいた。自分の一存でできる課の帳簿などは手間のかからないように工夫して変えていた。署全体のことはまとまったら署長に許可をもらおうと、準備している。

京町通りを西に進んで『突き抜』を横切った所に西鶴寺がある。その寺に若い人たちの歌会があって、住職が指導をしていると聞いていた。あそこは歌の道場だと言う人もいる。省三はこの話を聞いた時から、入門してみようと思っていた。父の荘平が歌をやっていたので、省三も小さいころから歌に馴染みがあった。今まで何の趣味も稽古事も持てなかった省三だが、歌だけはやりたいと思っていた。

慰労金が出た次の日曜日、朝早く省三は西鶴寺を訪れた。日ごろからお寺に住んでいるので勝手が似通っていて、初めてのお寺でも何の違和感もなかった。住職ともすぐに親しくなれた。綿入りの墨染めの襟から少々くたびれた坊主頭を出して住職は、月一回の例会で月謝が三十銭、昼一時に始めて三時から四時まで、時には五時を過ぎることもあります、茶菓が出ますと説明してくれた。

「そうですな、現在会員は三十名余り、いつもの例会では二十名は出席しますな。大津の商家の若者が主どすが、役所勤めや、銀行に勤めている方もいます。おなごさんは少けないけれども三人はいます」

省三の質問に住職は答えた。

「私も、結構きついこと言いますんで、止めてしまう方もいやはります。そのかわりお宅のように入ってくる人もいやはりますんで、そうですな三十人より少けのうなったことはおまへん」

住職は火鉢に手をかざしながら言った。普段はやさしい表情だが時々鋭く目が光る。

「それで、次の例会は一月の十八日、題は『雪』どす。どんな風でも宜しおすので、二首作って持ってきて下さい。二首とも題に沿ってできれば結構ですが、もしできなければ一首は題にこだわらなくても宜しおす」

歌は二枚書いてきて一枚は住職に渡し、一枚は自分が持っていて自らが読み上げるそうである。

省三は一応聞きたいことは全部聞けた、と思って西鶴寺を出た。帰りの道すがら、彼は長兄筆之助とあの事件のことを思い出していた。

筆之助の最初の記憶は、東京発句会から『秀逸』として貰ったという丸山応挙の銘画である。壁に賞状と絵が掛けてあった。その他にも幾つもの賞状があって、省三には、賞状に囲まれた十八歳違う長兄が尊敬の的であった。

省三が学校へ通うようになってから、筆之助と父荘平、継母になる美保との間で争いが絶えなかった。家中がぎすぎすして、子供心ながら家庭はいづらい場所になっていた。

明治三十三年、省三が小学校三年を終えた春休みに、あの事件は起こった。朝のうちだったと思う。見慣れない男が家に入ってきた。座敷に座って父と話をしている。いつもはどっしりとしている父の様子が、その日は子供の目でも落ち着きを失っているように見えた。男は机の上にたくさんの紙を出して低い声でしゃべった。省三は次兄の荘二郎と一緒に座敷の横の仏間のふすま陰にいて、大人たちの様子をうかがっていた。母は身ごもっていて、よたよたと二人にお茶を運んで行った。そして父の横に座って暫らく話を聞いていたが、突然、「筆之助が、筆之助が」と甲高い声を出して、そのまま倒れてしまった。

「美保、しっかりせい」

父は母を抱きかかえたが、その姿はおそろしく空ろに見えた。父は年をとってはいたが、普段は謹厳で近寄りがたかった。省三にはその時、どこか他所のひどく年老いた老人を見ているように思えた。

男は書類をしまうと帰っていった。母はそのまま床に臥せってしまった。

昼を過ぎてからだっただろうか、父が座敷に荘二郎を呼んだ。省三は呼ばれなかった。荘二郎は小学校を卒業したところで、十三歳だった。長い間父と荘二郎は話していたように思う。

夕方になる前だろうか、省三は兄におそるおそる何があったのか尋ねた。荘二郎は小柄であったが、年には不相応に落ち着いて大人びたところがあった。

「筆之助兄ちゃんが、田んぼをかたに、六百七円、大地主さんからお金を借りたんや」

「田んぼをかたに、てなんのことや？」

省三は聞いた。

「僕もようわからん。けど、田んぼがなくなってしもうたんや。残ったのは作男の兼さんが作ってくれている田んぼだけになってしもうたんや」

「筆之助兄ちゃん、そのお金どうしたんやろうか？」

「お金貸して、なくしてしもうたそうや。それと、『ほうとう』に使ってしもうた、とお父さんが言うてはった」

「『ほうとう』てなに、荘二郎兄ちゃん？」

「僕も知らん」

荘二郎は暗い表情で答えた。

「それで、お父さんが言わはった、『今年は田んぼは、兼さんにやってもらうけど、来年からはお前にやってもらう。この春から兼さんについて百姓仕事覚えてくれ』と」

省三は底知れない不安を覚えた。荘二郎は同い年の友達と比べても一番小さく、華奢な体つきをしている。こんな兄が、大きな大人がやっている百姓仕事ができるのだろうか。年のいかない省三でも悲しみで胸が締め付けられる思いがした。彼は熱くうるんだ目で兄の方を見た。赤ん坊の時に母を亡くし、省三の母に育てられた荘二郎は、口数の少ないおとなしい兄だった。荘二郎は、じっと前の一点を見詰めたまま黙ってしまった。凍りついたようにじっとしている。それっきりで、二人の会話は終わった。

省三が詳しい経緯を知ったのは、ずっと後のことである。

父は妻の運にも子の運にも恵まれなかった。最初の妻は六人の子供を産んだが成人したのは兄筆之助ひとりであった。彼女は幼い筆之助を残して死んだ。父は死んだ妻の妹と再婚した。この妻も五人の子を産んだが、成人したのは、姉のなつと兄の荘二郎だけだった。その妻も乳飲み子の荘二郎を残して死んだ。父は三人目の美保を娶った。美保は荘二郎にとっては継母だが、彼女は荘二郎を育て、実子省三を産んだ。その後五人の夭折や死産の後やっと省吾を授かった。

代々この家では跡取りは荘のつく名前を付けていた。しかし筆之助の生まれる前に、荘平は最初の妻との間にできた長男を生後数日で失っていた。彼はよく通じていた易占いから次の男の子には荘の字がある名前をつけず、筆之助にしたのだった。

筆之助の祖父、つまり荘平の父荘右衛門は明治の初めまで自宅で寺子屋を開いていた。孫の筆之助は明治七年の生まれで、孫の学齢期にはこの地方にもなんとか小学校らしいものはできていた。寺子屋での役目を終えた祖父は、孫に物心つくころから、読み書き、漢文、漢詩、歌などを教えるのに心血を注いだ。

年とともに筆之助は俳句と短歌にのめり込んでいった。碧水という俳号を持って、そのころ勃興していた新しい俳句と短歌の会に投稿を繰り返した。村でも句会や歌会を作ってその中心になった。筆之助は東京に出て歌の道に進みたい、と父荘平に頼んだ。何度頼んでも荘平は許さなかった。荘平は趣味や旦那芸でする歌や俳句と本業のものとは次元が異なることをわきまえていた。

筆之助と父との仲はだんだん険悪になっていった。継母美保との折り合いも悪かった。筆之助は家出を繰り返すようになった。父の母の実家、つまり祖母の実家や、父の妹きくの嫁ぎ先などに行って、何日も帰ってこないことがあった。

荘平は本庄家の家督を筆之助が十歳になる前に譲っていた。当然筆之助が成人するまでは荘平が後見人であった。

筆之助は父の後見が解けて二年後、二十二歳になった時、父に質屋を開きたい、と言い出した。荘平は息子の思い付きを一蹴した。二人の間で確執が続いた。しかし既に家督は息子に相続されている。

本庄家は当時は、四町歩余りの、この地方ではよくある最小単位の地主であった。一町歩余りを住み込みの作男に任せ、三町歩を小作に出していた。荘平自身は農作業をせず、村の役について、趣味の書や漢詩・歌などを作って日を過ごしていた。筆之助は小作に出しているこの三町歩を担保に近隣の大地主から六百七円を借りて質屋を始めた。明治二十九年のことである。

質屋といっても、経験のない筆之助は質草を吟味もせずにお金を出した。北陸の温泉街へしばしば繰り出した。出したお金は戻らず資金はだんだん枯渇し、明治三十三年の初めにはなくなっていた。無一文になった彼は家出をして、知人を頼って神戸に向かった。その町の三宮の油店で奉公人として働き始めた。

そしてその年の三月の末に、大地主の代理人が借用書を持ってお金の返済を求めてきたのだった。当事者の筆之助は失踪している。本庄家は借入とその利子の返済金をすぐには用意できなかった。結局担保に入っている三町歩の田んぼは、筆之助が担保にして借りた不当に安い金額で手放さねばならなかった。

筆之助はそれから一度だけ帰郷した。神戸の元町に石油店が売りに出ているので買いたい、価格は六百円から七百円で、父に出して欲しい、と交渉にきたのである。荘平は一喝した。彼は悄然と神戸に帰って行った。神戸に戻って一週間後、油店の店主から電報が届いた。筆之助が肋膜炎で危篤、すぐに病人を引き取りに来い、という内容であった。荘平は神戸に向かったが、着いた時には息子は死んでいた。筆之助は神戸で更に二百四円の借金をしていた。本庄家は文字通り無一文になった。

その年から本庄家は自作農になった。翌年には作男の兼造とお手伝いのまさには暇を出した。荘二郎が百姓の担い手となった。美保は省吾を産むと、すぐに田んぼに出た。荘二郎が大きくなって一人前に仕事ができるまでに、本庄家は家にあるものはあらかた売ってしまって、食いつないでいた。荘二郎の姉のなつは、本庄家の没落と同時に京都へ女中奉公に出て、適齢期になると京都の職人と所帯をもった。

省三の記憶は貧しさに彩られている。小柄な兄と母が慣れない農作業をして、くたくたになって帰ってくるのを見るのは、子供でも辛かった。荘平はそれ以降一切村の役は辞めた。既に六十を超えている荘平は農作業をしなかった。歌と書に没頭していた。省三は幼いころから歌を詠む父の横で育った。

明治四十二年の短い正月休みがあって、省三は久し振りに実家に帰った。正月は両親と兄弟の五人家族で久し振りに和やかだった。自分への期待をひしひしと感じながら、三日には大津に戻った。四日にはこの年の仕事が始まった。

一月十八日の例会の日になった。省三の二首は出来上がっている。正月の間、『雪』をじっくり考えてみるゆとりがあった。

朝から省三はその二首を半紙に清書した。(歌会ってどの程度の水準なのだろうか)。出来上がってからも彼は不安だった。何度も歌に修正を加えて、自分でもまずまずの出来になったと思っている。彼は筆と紙を風呂敷に包んで小脇に抱えた。日中でも一月の大津は寒かった。日が出たり曇ったりめまぐるしく天気が変わった。

一時の少し前に省三は西鶴寺に着いた。住職が言った通り、その日の出席者は二十名余りで、本堂の横の二十畳の部屋に円座を組んで座った。住職は円座から外れた上座に小さな机を前にして座った。住職からは『新しく加入された本庄さんを紹介します』、省三は『本庄省三です。宜しくお願いします』それだけの簡単な紹介と挨拶だった。男に交じって女性が三人ほど見える。

会が始まると円座の順に、それぞれが作ってきた歌を自分で詠み上げた。予想に反し、住職はそれほど手厳しい批評はしなかった。人の歌を聞いているうちに、省三は妙に落ち着いてきた。

ふるさとの雪は重かりとめどなく中ぞらを生れ心うずもる

降りしきる雪に巣がらす埋もりぬ黒一塊は命のぬくもり

詠み終わってほっとして、おそるおそる目を上げて周りを見回すと、目をつぶったままの人やうなずいている人が何人かいる。まずまずの出来だったんだな、と実感できた。住職も無言でうなずいているように見えた。

例会は、真冬のことで午後四時に終わった。省三は知っている人もいないので、そのまま西鶴寺を出た。

四

「そう、本庄さん今津から来たの。わたしまだそちら行きの船に乗ったことないの。一度行ってみたいわ」

百合は目を輝かせた。

「今ごろは、雪が一杯降ってると思う。雪は毎日毎日降るよ。次々と湧いてくるみたいに、灰色の空から落ち続ける。いつも子供の背丈ぐらいは積もるもの」

「それで分かったわ。本庄さんの歌、雪を詠んでいるんだけど、じっと耳を澄ますと、心の底に雪と一緒になにか重いものが、しんしん降り積もってくる気がした。ずっしり気持ちに来たわ」

省三は嬉しくなって、思わず顔がほころんだ。

「百合さんは、僕の歌、分かってくれたんやね」

百合もにっこりした。寒さがどこかへ飛んでしまったように省三には感じられた。両手はいつの間にか懐から出て、片方は風呂敷包みをつかみ、もう一方は、話をするたびに手振りとなって彼の気持ちと一緒に動いた。

省三には初めての経験だった。百合は内緒にしておこうかなと言っていたが、話がはずんで駅前の郵便局で働いている、と言った。こんな魅力的で同じ趣味の女性が突然自分の前に現れて、親密に話ができるなんて想像もしていなかった。一遍に百合が好きになった。彼は自分の人生が変わっていきそうな予感がした。

「次の例会は二月十日。『冬枯れ』が題よね。お互いよい歌を作っていきましょう」

百合がしっかりと省三の顔を見て言った。

「今度は、百合さんの歌、よく聞くからね」

省三も高ぶる気持ちを抑えて答えた。

一月の末、荘二郎から手紙が届いた。

拝復

寒さ厳しく候ところ、おん身には何のお変わりもなく、お勤めこれあり候の由安堵仕り候……

今朝のご飯後、一家で火鉢を囲んで懐談中なるの時、ビシャビシャの足音、続いて『郵便!』の声、もろともに投げ捨てたりしは、おん身よりの小包み。

取る手遅しと開き、のぞき見れば、これは如何に、靴! 日記!

僕はもちろん、省吾のごときは、ほとんど抃舞欣躍（べんぶきんやく）、直ちに靴を履き、家中を飛び回りおり候。僕も早速日記を記すことにした……。

暫らくして、省吾より手紙が着いた。

このごろは、雪がふりますから、けっこうなくつをはいて学校へいきます。それですから、足をちびたい（つめたい）ともおもわずに、いったりかえったりしています。たいそーひえますね。くつなおしのどうぐもついてますので、いたんだらなおせます。おかあさんは、省三はよう気がつく子や、おまえも、よいにいさんもったもんや、とゆうてはりました。

省吾

二月六日

にいさまへ

省吾の手紙と一緒に、母からもう送金はしないでくれ、と言ってきた。からし漬けを一壷飛脚便で送った、と書いてある。古里の空気が一緒に届いたような気がした。省三は母への送金は続けよう、と思った。

この冬から、職場の大部屋の真ん中に薪ストーブがついた。朝一番ストーブに火をつける仕事は広川と駒田の担当になった。省三は二人がもう止めてくれ、というので早朝の掃除はしなくなっていた。二人は交代でストーブ当番をしていた。広川はストーブをつけるのがうまかった。同じ時間にストーブの火付けに取り掛かっても、広川の当番の時は、署員が出勤してくるころ部屋はほんのりと暖まっていた。駒田は時間がかかった。署員が出勤してもまだ彼は顔色を変えて火付け用の紙にマッチで火をつけて、ストーブの口に差し入れていることがあった。うまく火がつかず部屋中煙で一杯にしていることもしばしばだった。

二月に入っても駒田のストーブ焚きは上達しなかった。この日も駒田は部屋中煙だらけにして、必死の形相で取り組んでいた。出勤してきた川勝が、目をしょぼしょぼさせながら、駒田の背中越しに言った。

「お前はいつまで汽車みたいに、もくもく煙ばっかり出しとるんや。読み書きもでけん、よう火も焚けん山の熊が、人さまを燻(いぶ)し出すつもりか」

近くで二、三人の笑い声がした。

　省三は広川が当番の日に、裏の薪置き場で何束かを取り除いて、下積みになっている束を取り出しているのを見たことがある。省三はすぐに立ち上がって、裏に回った。薪は二十本ほどが縄で束ねられて一束になり、それが何十束も積んであった。手前の束を手に取ってみると、湿り気が感じられた。奥の方の束を手に取ると、それも湿り気があった。三束ほどを取り除いてその下のものを取ると目方が軽い。よく乾いているのが分かる。これだな、と省三は思った。薪を買うのは広川の仕事で、省三は彼が薪を二度買ったのを知っていた。多分最初に買った薪はよく乾いていて、次に買ったものは湿り気があったのだろう。その湿り気のある分が上になっているのに違いない。彼は自分で買ったのだから違いはよく分かる。駒田にはそれを教えていないのだ。省三は軽くて乾いた薪を一束手に取って、事務所のストーブに戻った。

「駒田さん、この薪を使うたらよいですよ。よう乾いてます」

　駒田はストーブの中から燻っている薪を取り出し、金属製のストーブ台に置いた。表面に焦げ目がついて煙を出している。彼は省三が持ってきた薪を二本、ストーブに入れて、火のついた紙を火種の上に置いた。今度は火種から薪にうまく火が燃え移って、暫らくすると勢いよく燃え始めた。そんなことがあって、駒田は更に省三と親しくなって、後に省三の危機を何度も救うことになる。

二月の例会は終わった。『冬枯れ』の題は、二人には難しかった。省三は歌を考えているると百合のことが気になって、冬枯れの景色はまったく浮かんでこない。いくら頭の芯に神経を集中しても、百合の姿に邪魔されて歌ができなかった。一度しか会っていないのに、会いたくて胸が苦しくなる。苦心惨憺して、なんとか二首をこね上げた。

「本庄さん、心が揺れてますな。言葉ばかり並べても、中身は散漫になってます」

住職にずばり言い当てられて、省三は顔が赤くなった。この月から住職の講評は俄然厳しくなった。住職はじめ誰からも共感の言葉はなかった。向かい側に座っている百合がどう感じたか気になった。百合の歌の番になった。

「岡田さん、上すべりです。艶な心が見えみえです。『冬枯れ』ですから、はやる心は内に秘めんとあきまへんな」

住職の批評は二人には散々だった。先に省三が西鶴寺を出て、一筋曲がった所で百合を待った。百合は急ぎ足で彼に追いついた。

「きょうは、あかんかった。恥ずかしかったなあ」

省三は空を見上げながら言った。二月の空は厚い雲に覆われている。

「『冬枯れ』なんて、いくら考えても何にも浮かばんかったわ」

　百合は下を向いて、朱色の模様の入った風呂敷包みをぶらぶらさせた。

「大分暗うなってきた。お寺を出る時は四時をまわってたし、百合さん早く帰らんと、家の人が心配しやはるね」

「冬やとすぐ暗うなるね。ゆっくり話してる暇もないし、冬は嫌いやわ」

　省三もこのまま別れて次の例会まで会えない、と思うと心残りだった。

「百合さん、今度の日曜日、義仲寺へ行きません？　ほら、芭蕉の辞世の句で『旅に病んで夢は枯野をかけめぐる』て、ありますね。『冬枯れ』の歌、考えてる時何べんもこの句、頭に浮かんだんです。芭蕉のお墓参ったら、歌、上手になるかもしれへん、と思うんです」

　省三はどうしたら百合と会えるか考えていると、ふと義仲寺のことが頭に浮かんだのだ。これが百合を誘ううまい理由になるかもしれない、と期待した。百合は、ぱっと明るい表情になった。

「嬉しいわ。来週また本庄さんと会えるんやわ。わたし、お母さんに『歌会の人と義仲寺へ歌の勉強に行きます』言うて家を出てくるわ」

「そんなら、どこで百合さんと待ち合わせたらよいやろうか？」

「わたし、大津のまん真ん中で生まれたし、二人で京町通りでも浜通りでも歩いてたら、誰か知った人に出会ってしまいそうやわ。町のはずれの方まで行くと、知った人も少のうなるの」

百合は頭の中で地図を描いているようだった。

「そう、本庄さん、打出浜の石場の船着場知ってはりますか？　あそこからやと義仲寺まですぐそこやし、日曜やと人もたくさんいて目立ちにくいはずやわ」

「石場の船着場やったら知ってます。妙法寺から男の足で二十分ぐらいで行けます」

「冬は日が短いし、本庄さんとすぐ別れるのも嫌だし。わたし、早くお昼を済まして、十二時半ごろどうですか？」

「十二時半やね。次の日曜日は特に予定ないし、百合さんの言わはる時間でいいです」

来週また百合と会えると思うと、省三の心は一遍にはずんだ。

次の週は駆け足で過ぎた。省三は気持ちよく仕事をこなした。仕事の合間に百合のことが頭に浮かぶ。しかし次の日曜日に会えると思うと、仕事も楽しかった。

その日は、朝から落ち着かなかった。百合と会うといっても、それ用の服装があるわけではなかった。いつもの通り着物に綿入れの羽織を着るだけだった。

「省三さん、どうしやはりました。箸さかさまです」

橋本に言われて気がついた。二人でいつも通り倹しい昼ご飯を食べている時だった。箸の先が上向いている。もう少しで箸を逆さにしてご飯をかきこむところだった。

「なんか、省三さんこのごろ嬉しそうやね。きっとよいことあるんですな」

省三は生半可な返事を残して下宿を出た。

省三は約束の時間より大分前に着いて、石場の船着場で船を見ていた。石場から南へ瀬田・石山方面行きと、北へ大津港行きの汽船が発着している。ここは湖南汽船会社の航路中にある港である。後ろの山側には工場の大きな煙突が二つ聳えていた。煙突の下には、彼が見たこともない大きな工場が左右に広がっている。その真ん中にある広い道がそのまま船着場につながっていた。

「先に着いて待ってよう、思ってたのに」

不意に百合の声が工場を眺めている省三の背後からした。

「急いで来たのよ。駆けて来たのに、待たせてしまったわ。本庄さん、堪忍ね」

冬だというのに、百合の額はうっすらと汗ばんでいる。白地に藍色の縞の入ったいつもの姿で、片手に細かい花柄の袋を提げている。

「僕も、さっき着いたばかりなんです。きょうの百合さん、いつもと違うみたい」

省三は装いは同じでも生き生きとした百合を見て、感じたままを言った。

「どこか違う？」

百合はそう言って、省三の前でくるりと一回転した。百合はもう昔どおりの日本髪ではない。後ろで小さく髷を結って、白いリボンで括っている。

「いつもより、大人っぽく見える。それに……」

省三はうんと綺麗だ、と言いたかったが、照れくさくて言えなかった。彼女から目をそらしてしまった。

「それに、なになの？」

百合は畳み掛けて聞いてきた。

「それに、白いリボンが百合さんらしいてよう似合うてる」

「あら、リボンを褒めてくれたの？」

百合は半分満足、といった表情をした。船着場は船の発着時間以外には、人がごった返すことはない。しかし到着する人を待ったり、乗る船を待ったりする人々は絶えなかった。幸いにも二人が知った人に会うことはなかった。

「百合さん、あの向こうにある建物はなにの工場なんやろうか」

省三は歩き出しながら聞いた。彼らが歩いている道は京町通りから続く昔の東海道で、真っすぐこの道を行くと、いつかは東京に着くことになる。

「あれは、帝国製麻という会社の工場。ほんまに、大きな工場やねえ。ぎょうさん、女工さんも働いてるそうよ。わたしの小学校の同級生も一人ここで働いてるわ」

百合も足を止めて工場を眺めた。天井を斜めに切っているガラス窓が、二月の薄い光でもきらきら輝いている。斜め天井から明りを入れているのが分かる。大勢の女性がこのような近代的な工場で働いているという。省三には日本が急速に今までとは違う国になっていくように思えた。

ものの五分も歩かないうちに小さな橋に来て、川沿いの道を山手に折れた所に義仲寺がある。

「わたし、ここ、子供のころ何回か遊びに来たことあるんよ。たしか八月の地蔵盆の時、わざわざ出張って、こんな所まで来たんよねえ」

入口の門の前にある「巴地蔵堂」を覗きながら、百合は言った。

「そうそう、いま税務署にいる三四郎さんも一緒やった」

「三四郎さんって、小使いの広川三四郎？」

省三は聞きなおした。

「そうよ」

百合は当たり前といった風に受け流した。

「ここの義仲寺は巴御前が作った、て聞いたわ。木曽義仲がこの粟津で討たれて死んだので、そのあと側室の巴御前が尼さんになって、ここに来てお墓を作ったんだって」

二人は瓦屋根の小ぶりな門を通って中に入った。

「あすこに小さな石が置いてあるでしょう、あれ巴塚っていうの。お墓ではないそうよ。巴御前はここで草庵をつくって、義仲を弔っていたんだって。草庵がその後、あの奥にある無名庵になったそうよ」

縦長の四角い塚石が、苔むした土台石の上に遠慮がちに乗っている。巴御前が義仲の死後も寄り添っているようだ。彼女はどんな気持ちで、この湖畔の戦場跡で過ごしていたのだろうか。省三は、ささやかな石を見ながらそんなことに思いを馳せた。

木曽塚の横に芭蕉の墓がある。芭蕉は大阪で亡くなったのに、わざわざこの義仲寺に葬って欲しいと遺言をしていた。芭蕉は義仲が好きだったのだろうか、巴御前を想ったのだろうか。それとも琵琶湖のこの景色と、近江の人が気に入ったのだろうか。もしかしたら、その全部が好きだったのかもしれない。

省三は芭蕉の墓の横に回って、囲いの石組みに腕を置いた。苔色に染みた切り石は冷たかったが、芭蕉が身近にいる感触があった。二百年前偉大な俳人がここに葬られた、と思うだけで気分が高ぶるのを覚えた。百合はお墓の前にうずくまって手を合わせている。

この寺域に人影は二人の他に、あと一組が遠くで見え隠れするだけだった。まるで二人のためのお寺のように、省三には思えた。

寺域の一番奥にある茅葺の翁堂の縁側に二人は腰を下ろした。凛とした二月の空が広がっている。遠くで鹿おどしの音が響いている。

「本庄さん、わたしのこと話してもいい？」

百合が前の庭に目を落としてぽつりと言った。

「うん」

「わたしね、与謝野晶子のような歌人になりたいと思っていたの」

省三はすぐには返事の言葉が見つからず黙って聞いていた。

「わたしね、お父さんに、『女学校に行きたい』て言ったの。そしたらお父さん『乾物屋の娘に学問はいらん』て言うの。そうわたしの家、昔から乾物屋しているの。お母さんもわたしの肩を持ってくれなかったわ。それで、わたし小学校を終わってから、暫らく店の手伝いをしていたの。その時分わたしの兄さんは、大津の商工会議所に行ってたわ」

大津の商工会議所は明治の初めに東京、大阪についで日本で三番目に出来た由緒ある会議所だと省三は聞いたことがある。

「その兄さんに『どこか働くところないかしらん。店の仕事手伝ってても、ちっとも先が見えないし』て言ったの。暫らくしたら兄さんが『百合、郵便局で電話の交換手を募集しているぞ。行ってみたらどうや。これから女も働いて自立する時代や』と言ってくれたの。交換手ってハイカラで、みんなあこがれてる仕事やし行ってみよう、て決めたの」

「今津はまだ電話ないし、交換手もいないよ、百合さん」

「大津も三年前に出来たところ。でも入るのに試験あったんよ。たくさんの応募があったんだって。女学校出てなくても女の子ができる仕事って滅多にないしね。でも、うまく合格して、交換手になるはずだったんだけど、入ったら、主任さんが『岡田さん、あなたには事務やってもらうわね』て言うの。どうしてか分からないわ。わたし、声が悪いのかって、悩んだりしたわ」

「そんなことないよ、百合さんの声はっきりしてて、いい声だよ」

省三は本当にそう思っているので、真顔で否定した。

「あとで思うたんですけど、面接する人が『岡田さん、何か習い事してますか?』て、聞かはったので、『はい、歌を習ってます』て答えてしまったんよ。わたし店の手伝いしてる時から西鶴寺で歌習ってたの。きっと歌を習ってる人は、字も上手やと勘違いされたんやと思うわ」

省三もそれを聞いて、なぜ百合が郵便局の電話室で事務なのか納得できた。

　省三は百合の話を聞きながら、大津駅の横にある郵便局を思い浮かべていた。暫らく前、大津駅へ行こうとして郵便局の裏側に回った時、窓が開いていて、ちらっと電話の交換室が見えた。たくさんの袴姿の女性がイスに座って手を動かしている。彼女たちは、電話交換という高等な技術を習得して働いている女性集団なのだ。省三が今まで思い描いていた若い女性像とは違っていた。なにか新鮮で圧倒されるような迫力があった。彼は見ているのが怖い気がして、目をそらして急いで通り抜けた。

「百合さんたち、郵便局では袴はいて仕事をしてるんやね」

「そうよ、電話の交換室ではそれ制服なんよ」

「この前通った時、窓から見えた。あんまり勇ましいんで、びっくりしてしもうたんです」

　百合はふふっと笑った。

「ひとつ、聞いてもよい、百合さん？」

「どうぞ、なんでも。わたし本庄さんに隠すことなんかないわ」

　百合は右手でそっと髪を掻き上げながら答えた。

「初めて、百合さんに会った時、百合さん『これであなたのこと、だいぶ分かった』って言ったよね。それから、僕が字が上手だ、と言ったよね。なんでそんなこと知ってたんか、今でも不思議やと思うてるんですけど」

百合は暫らく黙っていた。どう説明しようかと考えているように見えた。

「わたしね、郵便局の電話室で事務してるでしょう。大津じゅうの電話の交換手は、大津の郵便局で交換手してた人か、そこで勉強した人なのよ。それに一年に何度も郵便局へ勉強に来るの。それでわたし大津じゅうの交換手、全部知ってるの。税務署の富子さんも岡野さんも知ってるわ。富子さんが浜田さんと付き合ってるのも、岡野さんと伊藤さんがいい仲なのも知ってるわ」

「えっ、そんなこと、女の人、皆にしゃべるんですか？」

「そうよ、女の子が集まると、男の人のことばかり話してるわ」

省三は百合が富子さんや岡野さんを知っているのなら、自分の名前ぐらい出たかもしれない、と思った。しかし彼には、彼女がどうして自分のような目立たない男に興味を持ったのか、まだ不思議に思える。郵便局にも税務署にも歌会にも、独身の男性はあり余るほどいるのだから。

百合は手に提げていた袋を開けて、白い紙包みを取り出した。包みを開けると落雁が入っている。

「本庄さん、好きなの取っていいよ。藤屋内匠（たくみ）のお菓子よ」

百合は落雁の乗った紙包みを省三の前に差し出した。図柄は『近江八景』である。省三は手探りで一つをつまんだ。

「あら、本庄さん『三井の晩鐘』ひいたわ」

百合は省三の手の中を覗くと考え込む表情になったが、暫らくすると元の顔に戻った。百合も一つを取って、二人して落雁を食べた。米と砂糖の味がとろけるように、口の中に広がった。二人は目を見合わせてほほ笑んだ。

「わたしさっき、三四郎さん知ってるって言ったでしょう。三四郎さんとわたし、同じ小学校に通っていたんよ。あの人、気の弱い大人しい子やったわ。去年の七月、久し振りに三四郎さんと、うちの店先で会ったんよ。それで店の中に入って話してたら、三四郎さんが『本庄さんに、土田さんが来るよ』と言ったので、外を見たら本庄さんたち三人が、店の前を通って行くところやったわ。わたし『誰、その人たち?』て、聞いたの。そしたら、三四郎さんは『税務署の人たち。僕と一緒に働いてる人や』て、答えたの。その時わたし初めて本庄さんを見たのよ」

「そうか、あの時土田さんと、橋本さんの三人で中町通りを歩いていたんだ。確か暑い日やった」

省三はあの日の記憶をたぐり寄せて言った。

あの時、百合は三四郎に聞いた。

「あの真ん中を歩いている人、誰？」

「あの人、庶務課の本庄省三さん。ちょっと前大津に来て、いま僕らと朝の雑巾掛けをしてる。字がとっても上手な人ですわ」

百合は彼が通り過ぎて見えなくなるまでじっと見詰めていた。

「どうしたの百合さん。急に黙ってしもうて。顔少し赤いよ」

三四郎は急に百合との会話が途切れてしまったので不思議そうに尋ねた。

「うん、きょうは暑いしね」

百合は汗を拭おうと額に手をやったが汗は出ていない。胸の動悸が早まって治まらなかった。

そのことがあって暫らくして、税務署や、裁判所、県庁、銀行などの電話交換手の研修会があった。百合は研修会の事務方だった。講習が一区切りついた休憩時間に、交換手の女性たちがする職場の独身男性の噂話が聞こえてきた。

「浜田さん、もひとつやわ。あの人、顔にも心にも繊細さがないのよ。それに署長の覚えもようないし」

富子の声が聞こえてきた。

「そやけど富子さん、浜田さんとずっと交際してはるんでしょ。ぜいたくやわ」

誰かが言った。

「わたし、この前大津署に来た本庄さんに乗り換えようかと思ってるんよ。彼、男前やし、まだ誰とも交際してないみたいだし」

「なになに、乗り換えるんだって？　富子さんそれどんな人、教えて」

百合は、本庄の名前が出たので驚いて耳を澄ませた。彼女たちの話はそれ以上進まなかったが、同じ職場の富子さんがあの本庄さんと交際しようとしている。百合は生まれて初めて胸騒ぎを覚え、富子が羨ましいと感じた。

その次に百合が省三と会ったのは、半年近くたった今年の一月、西鶴寺での歌会だった。彼が部屋の向こう側に座っているではないか。彼女は目を疑った。省三が住職から簡単に紹介された。彼女は上目遣いで様子をうかがっていた。

省三の詠む順番になった。百合はまるで自分も一緒になって詠むかのように、息を整えていることに気付いた。彼女は目を瞑(つむ)って『雪』の歌を聞いた。歌は一旦はずっしりと心の底に沈み、省三が二首を詠み終えると、彼女の胸が騒いだ。彼を初めて見た時、あの去年の夏の暑い日にした動悸とは次元の違う、抑えられそうもない胸騒ぎだった。こんな歌を詠むのはどんな人なのだろうか。興味がふつふつと湧いてきた。百合は自分がいつ自分の歌を詠んだか覚えていない。

歌会が終わると省三は自分のことなど気にもかけずに、さっさと西鶴寺を出ていった。百合はとっさに彼に何か自分のことを伝えなくては、と思った。しかし声をかけて何を言ったらよいのか分からず、とにかく彼の後を追った。

しかしこのことは、省三には言わなかった。

二月はまだ日が短い。冬の太陽が沈みかかっている。二人はもう一度石場の船着場まで戻った。

「次に会えるのは三月の例会やね」

「長いわ」

百合が横を向いたまま言った。

「きょうは百合さんから義仲寺のこと聞かせてもろうたし、芭蕉のお墓にも参れたし、次からよい歌出来そうに思う」

省三はそんな気がしていた。百合のことも分かったし、これからどんな楽しいことが待っているのだろうか、彼の心は期待でふくらんでいた。

「百合さんと知り合いになれてよかったと思う。三月の例会はすぐに来るよ。そんなら、さよなら」

省三も百合と別れるのは辛かったが、思い切って別れを言った。

五

三月に入ってすぐの木曜日、夜九時を過ぎていた。税務署の大部屋では省三がひとり残って仕事をしていた。

「省三君」

うつむいて書き物をしていた省三の頭の上から小さな声がした。見上げると短い髪をぐしょぐしょにして、額に汗粒を浮かばせた中道が立っている。

「あっ、中道君、こんなに遅くどうしたの？」

「省三君、助けて。今、警官に追いかけられているんや」

省三はびっくりした。

「なんやって、警官に追いかけられてる？」

思わず聞きなおした。中道は小刻みに震えている。脇に抱えた風呂敷包みの白い波型が鮮やかだ。省三も同じ山岡署長の餞別の風呂敷を、毎日職場への行き来に使っている。中道の顔をよく見ると、電燈の光で赤くなっているのが見て取れる。

「中道君、君、酔っ払ってるな」

前年明治四十一年の九月、文部省から学生、生徒の風紀取締り強化が通牒された。それからというもの、『青年の飲酒は堕落の第一歩である』という風潮が全国に広がり、酔った若者が道路上で警察に捕まることがしばしばあった。運悪く酔って歌を歌って歩いているところを警官に見つかると、『放歌』という犯罪になった。

玄関の向こうで人の足音が聞こえてきた。省三はあわてて中道の羽織の袖を掴んだ。すると袖からぐしょぐしょの手拭が出てきた。すえた臭いがした。省三は手拭を投げ捨てると、それは彼の机の端に引っ掛かって床に落ちた。彼は中道の袖を引っ張って、大部屋の奥にある署長室に入れた。そしてすぐに自分の席に戻った。

その直後、税務署の玄関扉が開いて制服の警官が現れた。警官は入口で大部屋をぐるりと見回すと、素早く省三に近づいて、机の前に来た。省三は席に着いたままである。

「こんな所に逃げ込んで。ここがお前の仕事場か」

「何のことですか。僕はここでずっと仕事をしていました」

正直恐ろしかった。これから起こるかもしれないことを想像するだけで、血が凍りつく思いだった。

「でたらめを言うな。本官は酔っ払いがここに入るのをしっかり見たんだ。ここにはお前しかいないではないか」

警官は鼻を蠢(うごめ)かして、臭いを確かめる仕草をした。省三は、自分に落ち着け、落ち着くんだ、と言い聞かせた。

「本当です。警察官さん。僕はここで仕事をしていました」

省三は立ち上がった。警官は奥の方に目をやりながら言った。

「奥の方にも部屋があるな。お前に間違いはないが、万一のために調べてみるか」

彼は奥の方へ歩き出した。省三は警官の前に立ちふさがった。

「警察官さん、ここは税務署です。日本国の税金を預かる建物です。たとえ警察官でも、許可書がなければ立ち入ってもらっては困ります」

警官は省三を押しのけて、奥へ進もうとした。

「許可書はありますか。なければ違法ですよ」

省三は警棒で叩きのめされるか、それとも剣で切られるのかを覚悟した。しかし警官は『違法』という言葉にはっとしたのか、立ち止まった。そして後ろを振り向いた。玄関には誰もいなかった。彼は目を省三の机の上からイスに移した。そこには省三の風呂敷包みが掛かっている。警官は暫らくそこを見詰めていたが、自分の顔を省三の顔にぎりぎりに近づけてにらみつけた。制服の警官は怖かった。省三より背丈は高い。年は三十前だろうか、口ひげを蓄えている。中道を大分追ってきたのだろう、未だ吐く息が荒く汗臭い臭いがした。

「ここには君しかいない、ということは、君が酔っ払って大声で大津の街を放歌して回った犯人、ということだ」

「私は、ここで仕事をしていました」

省三は、警官が署長室を調べないことが分かって、少しは気が楽になった。しかし、もしここで中道のことを言わなければ、今度は自分に疑いがかかりそうだ。一瞬ここが、自分が罪をかぶるかどうかの分かれ道だと思った。しかし中道のことは言えなかった。

「言い訳は、警察署でしてもらおう。町の風紀を乱した嫌疑で君を連行する」

『連行』という言葉が耳の奥に突き刺さって、頭の中に大きく響いた。大変なことになってしまった。これで税務署勤めもおしまいになる。古里の父や母、兄、弟の顔が浮かんだ。百合ともこれで会えなくなるのだろうか。そんなことが頭の中を駆け巡った。

警官は手錠をかけなかったが、省三を先に歩かせて交番に向かった。長い長い道のりだった。ところどころ窓からランプの明りが漏れているが、街は暗かった。もう少し早く仕事を切り上げて家に帰っていたら、こんな事件には巻き込まれなくて済んだはずだ。今ごろは食事が終わって勉強をしている時間だ。後悔と不安が入り混じった心細さが省三の胸をしめつけた。二人は道中一言も言葉を交わさなかった。

一体何時間歩いたのだろうか。省三には限りなく長い時間がたった気がした。突然後ろを歩いていた警官が、

「ここだ、入れ」

駐在所の前で命令した。警官は前に出て、ガラスの引き戸を開けた。中にはもう一人警官と帽子をかぶった男が座って話をしていた。

「酔っ払いを捕まえて来ました」

省三を連れて来た警官が短く言った。彼は自分の机だろうか、その引出しから書類を取り出して、省三の方を向いた。

「これから調書をとる。正直に言うんだ」

省三は警官の机の横に立った。

「おい、高木君、この青年酔っ払っているようには見えんが」

交番にいた警官が言った。彼が上官なのだろうか。

「いえ、最初にこの男に近寄った時、強い酒の臭いがしました。ここへ引っ張ってくる間に醒めたんです。この男、酔っ払って大声で歌を歌って大津の街を歩いていたんです。そこを私が見つけて追っかけたんですが、逃げまして。よう目立つ持ち物持って逃げたんで、

それ目当てに追っかけたんです。こいつ、大津税務署に逃げ込みました。税務署の職員らしいのです。そこから連行したんです。大分時間がたちましたんで醒めたんでしょう」

省三を連行した警官は高木という名前らしい。先から交番にいて帽子をかぶっている男が、省三と高木という警官の方を振り向いた。取り調べの内容に興味を持ったらしい。高木警官は威圧的な口調で言った。

「名前と住所、職場を言うんだ」

省三はここは正直に言った方がよい、と直感した。聞かれたことには答えた。

「それで、君は酒を飲んだ、どこでどれだけ飲んだのかね」

「僕は酒など飲んでません」

「嘘をつくな、本官が君に近寄った時、酒のにおいがぷんぷんした」

飲んだ、飲まないで二人はやりあった。省三は警官になぐられて、牢屋に放り込まれるのではないか、と思った。しかし飲んでいないのだから、飲んだと言えなかった。帽子の男は立ち上がって、二人の方に近づいてきた。

「大津税務署の職員が、酔っ払って大津の街を放歌して回った、ということか。二つの戦争も終わって、近ごろ若者が堕落を始めているので、みせしめの記事になるかな。堅いはずの税務署の職員というのが面白いね」

彼は、調書を斜めに見ながら、懐から出した巻紙に何か書き留めた。

「国民新聞の記者がいるんだから、高木君、手荒なことはできんよ」

先にいた警官がのんびりした口調で言った。

調書は、省三が『酒を飲んで酔っ払い、夜中に街なかを放歌しながら徘徊し、町の風紀を乱した』。これを省三が認めるかどうかであった。彼はどれだけ脅されても認めてはいけない、と思った。一時間以上やりあった。そのうちに帽子の男は帰ってしまった。

「高木君、今晩はもういい加減にやめろ。この若者の身元は分かっているんだから、逃げることはないんだ。明日もう一度呼びなおしたらいいんだ」

先にいた警官があくびをかみ殺しながら言った。駐在所の時計は十二時を回っていた。

「頑固な男だ」

高木という警官は、調書の書類を閉じた。

「明日朝早く、もう一度ここへ来るんだ」

省三はよろめきながら駐在所を出た。明りのない通りを、絶望に打ちのめされて税務署を目指して歩いた。道々頭の中はいろんなことでごったがえしていた。机の上を片付けなければ仕事がやりっぱなしになっている。でも、もう明日はないだろう。直ちに解雇になって、古里に帰らなくてはならない……。

税務署に戻ってみると、門は閉じられていた。建物の明りも消えて真っ暗になっている。省三は気落ちして下宿に向かった。

その夜省三は一睡もできなかった。折角交際を始めた百合ともお別れだ。古里に帰って一体どうやって生きていったらよいのだろうか。今津の税務署も犯罪者は採用してくれないだろうし……母はどれほど落胆するだろうか。ぐるぐると不安なことばかりが頭の中を駆け巡った。

「省三さんどうしやはったんですか?」

同室の橋本は、昨夜省三が帰ってきた時にはもう眠っていた。彼は朝、目覚めた時から省三の様子がおかしいのに気付いたようだ。省三は布団の上に座って、昨夜の出来事をかいつまんで橋本に話した。

「省三さんは酔っ払って放歌するような人やあらへん。僕がよう知ってる。きょう仕事終わったら駐在所へ行って、僕の方からも話するさかい、絶対酒飲んで歌、歌うたと言うたらあかんよ」

省三は橋本が県庁に出勤した後、ゆっくり朝ご飯を食べた。きょうは橋本の当番だったので、彼がご飯を炊いておいてくれた。今まで欠勤などしたことがなかったので、職場はどうなっているだろうか。机の上は書類を置いたままだし、自分が突然消えたような有様だ。それよりも場合によっては、監獄に入らなければならないかもしれない。監獄ってどんな所だろうか。百合は監獄まで会いに来てくれるだろうか。

省三は悪い夢を見ているように思えて仕方がなかった。一旦駐在所に入ったらそのまま帰れないかもしれない、と思って風呂敷に下着と手拭をくるんで脇に抱えた。

省三は昨日連行された駐在所のガラス扉を引いた。昨日いた警官は二人ともいなかった。見覚えのない警官が番台の向こうに立っている。

「本庄省三ですが、言われた通りに来ました」

省三がおそるおそる言うと、その警官は緊張した面持ちで、

「はい、御苦労さんです。昨夜いた二人は、県警の本部に呼ばれて、ここにいません。本部から本庄さんが来られたら、昨夜の事件は解決したので帰ってもらうように、とのことです」

省三は合点が行かなかった。雰囲気が昨日とまるで違っている。

「僕は、昨日の晩、もう一度ここに来るように言われたんですが」

「本官の聞いているのは、本庄さんが来たら、事件は解決したので帰ってもらうように、

との連絡命令だけです」

突然緊張が緩み、駐在所の扉を閉めて外に出ると、省三は安堵感で道端にうずくまってしまった。


税務署でこの事件を見ていた男がいた。臨時傭いの駒田である。彼は田舎の村から出てきて、広川三四郎の代わりに別棟の小使い室に寝泊りをしていた。三四郎は大津の出で、税務署の近くに通勤できる家があった。

小使い室は廊下で本館の後ろ側でつながっている。駒田はその晩も省三がひとり残って仕事をしているのを知っていた。こんな時、字の添削をしてもらいによく彼の所へ来ていた。駒田の読み書きの力はどんどん向上していて、省三に見てもらうのが楽しみになっていた。

税務署の門は職員が全員帰るまで開けている。その夜駒田は人が走って門を抜けて、玄関の扉を開ける音を聞いた。こんな時間に人が走って税務署に駆け込むのは不思議だ。彼はそっと小使い室を出て、大部屋の奥にある扉の前に来た。その時省三が、見知らぬ男を署長室に引っ張って行くのを見た。そのあとすぐに、玄関の扉が開き警官が入ってきた。駒田は扉の陰に引っ込んで様子をうかがった。

省三と警官とのやり取りは駒田にはよく聞こえた。彼には、省三が署長室に連れて行った男を庇っていることがすぐに分かった。ところが不意に『連行する』と警官が叫んだので、彼は息を飲みこんだ。そっと扉から首を出した。警官と省三の後姿が見えた。駒田は動転した。(省三さんが警官に連行されてしまった。落ち着くんだ)。彼は自分に言い聞かせた。

駒田は署長室の扉を開いた。省三が押し込んだ男は、蒼い顔をして小刻みに震えながら出てきた。

「あんたは、誰や?」

駒田は、省三が身代わりになった男の身元と名前を、しっかり聞き留めておくことが自分の役割だと気付いていた。

「僕は全部見て聞いていたんや。あんたは省三さんの友達なんやな。あんた、酔っ払って省三さんに迷惑かけてしもうた。名前はなんて言うんや」

「僕は、八幡署の中道て言います」

「中道なんと言うんか」

駒田は、ここでもし自分がきちんとこの男の正体を押さえておかないと、後で省三さんが窮地に陥る、と思った。

「中道徳雄です」

「トクヲ……どう書くんか、ようわからん。紙に書いてくれ」

駒田は横にあった職員の机の引出しから紙の切れ端を取り出して、中道に名前を書かせた。

「僕、これから八幡に帰らんといかんのです」

中道はよろけながら玄関の扉を開いて出て行った。


駒田は十二時まで省三の帰りを待った。省三は帰ってこなかった。彼は省三の机の書類を片付けると、玄関の扉の鍵をかけ、入口の門を閉めて錠をした。

駒田は眠れなかった。あす朝、まず署長に事件の報告をしなければならない。彼にとっては初めてのことだった。うまく署長の前で話ができるだろうか。もしできなければ、省三さんはどうなってしまうのだろうか。彼は頭の中で、署長に話す内容を何度も繰り返しているうちに朝になってしまった。

その朝も遠藤署長はいつもと同じ時間に出勤した。駒田は署長室の横の廊下で、大部屋から見えない位置に待機した。遠藤が部屋に入るとすかさず後に続いた。

「署長、お伝えすることがありますんです」

駒田は精一杯丁寧な口調で言った。上着を衣紋掛けにかけようとして、後ろ向きになっていた遠藤は、声をかけられ正面を向いた。

「君は、駒田君だったな」

遠藤は驚きを隠すようにゆっくりイスに腰掛けながら言った。

「はい、駒田です。大変なことが昨日の晩に起こりました。駒田は署長の机の前に立って、とつとつと昨日の出来事を伝えた。酔っ払って税務署に入ってきた八幡署の中道徳雄のこと、警官が入ってきて税務署中を捜査する、と言ったこと。

「本庄さんは『ここは税務署です。日本国の税金を預かる建物です。たとえ警官でも許可書がなければ違法です』と言わはって、手を広げて止めました」

駒田は省三が中道を署長室に入れたことは言わなかった。このことは言わない方がよさそうだと思ったのだ。遠藤は駒田の話をじっと聞いている。

「警官と本庄さんとで、酔っ払いが入った入らないで言い合ってましたら、突然警官が『連行する』て大声出して、本庄さんを連れて行ってしまいましたんです。私は十二時まで待ちましたが、本庄さんは帰ってこなかったです。署長、本庄さんはなにもしてません。夜遅うまで仕事してはっただけです。助けてあげてください」

駒田は今にも泣き出しそうな顔で訴えた。

「ここに八幡署の中道という男が書いた紙、持ってます。自分で書いたもんです」

駒田は中道が書いた紙切れを遠藤に渡した。

「駒田君、警官は最後まで、その中道君が署の中にいるのを知らなかったんだね。本庄君を酔っ払い、と思って連行したんだね」

遠藤はゆっくりと念を押すように聞きなおした。

「そうです」

駒田は大きくうなずいた。

「駒田君、よう分かった。あとは僕に任せてくれ。あんたは心配せんで仕事に戻ってくれ」

そう遠藤は言うと、電話室へ自ら足を運んだ。普段は交換手を呼んで、「誰それにつないでくれ」と言って、電話がつながると部屋から出てくるのだ。今朝は、署長自ら電話室に来て言った。

「八幡署の柳田署長につないでくれ」

交換手の富子も岡野も、何か緊急事態の臭いを感じて緊張した。

電話は柳田署長にすぐにつながった。電話室で待っていた遠藤は立ち上がって、素早く受話器を取ってマイクに向かった。

「一つお聞きしたいことがあるんだが、柳田さん。お宅に中道徳雄という職員はいますかな？」

柳田の答えは「いる」だったのだろう、遠藤は、

「その職員、昨日は大津へ出張に来ていましたな？」

多分「ちょっと、待ってください、すぐ調べます」だったのだろう。暫らくして遠藤は言った。

「その職員、普段から酒癖が悪うありませんかな？」

小さな税務署なので、おそらく柳田も中道の普段の素行を知っているのだろう。遠藤は本題に入り、柳田に昨夜の出来事を手短に伝えた。

「柳田さん、警官は御署の中道君が、我が署に駆け込んだのを知らないのです。御署の中道君を庇って、我が署の本庄君が警官にしょっぴかれてしまった、ということです。それに、警官が『税務署内を捜査する』と言ったのを、うちの本庄君が『ここは日本国の税金を預かる建物です。たとえ警官でも令状がなければ困ります』と言って、両手で阻止したそうです。なかなか若いもんもやりますな」

電話室で聞き耳を立てていた富子と岡野はびっくりした。『本庄さんが警官に連行された』、もう一つ遠藤署長が『本庄君が、両手を広げて警官の捜査を、困りますと言って阻

止した』と言った。二人はこの二つの出来事を耳にして顔を見合わせた。

「それで、柳田さん、これから私はすぐに県警へ行って本部長に面会をしてきます。大津の警官が捜査令状もないのに税務署に踏み込んで、何の咎もない職務中の我が署の職員をしょっぴいて行くなど、言語道断だ、と抗議してきます。なにせ事の一部始終を署に寝泊りしている男が見ていたんですからな。それからすぐに本庄君を引き取ってきます。そういうことで、柳田さんとこの中道君は大津税務署には来なかったことにしてください。いいですな」

遠藤は電話が終わると小使いの広川を呼んで、すぐ自分の人力車を用意するように言った。彼は急いで税務署を出て行った。

富子と岡野は遠藤署長が出て行くと、我に返り電話室から出て、この出来事を署内に触れ回った。

一時間ほどして遠藤署長は戻ってきた。彼は広川を呼んだ。

「本庄君は下宿にいるだろうから、署に来るように呼びに行ってくれたまえ。それから署に着いたら、私の所に来るように」

遠藤は片手で口ひげを撫で付けた。それから顎ひげに手をやって形を整える仕草をした。これは遠藤が余裕のある時か、機嫌のよい時にする仕草だと署員同士で言い合っている。

広川が妙法寺の省三の下宿に着くと、省三は部屋に戻っていた。

「省三さん、よかったですな。大津署の英雄ですよ」

広川はそう言って、省三の手を握った。

省三は、彼が何を言っているのかよく分からなかった。広川は自分が聞いたことをかいつまんで省三に伝えた。自分の疑いは晴れたようだが、今までの恐怖と落胆はそうすぐには収まらなかった。彼の心は沈んだままだった。

「とにかく、署長から、署に出てきて署長室に来るようにとの伝言です。すぐ行きましょう」

広川は省三を急（せ）かした。

署長室で遠藤は言った。

「まあ今回は、あの駒田君が見ていてくれたのと、最後の職員が帰ってから事件まで三十分もたっていなかったので、大事に至らずにすんでよかった。君を連行した若い警官、白波の風呂敷目当てに中道君を追っていたそうだ。暗がりでよく彼の姿が見えなかったようだ。君も同じような風呂敷をイスに掛けていたので早合点をしてしまったんだなあ。あの警官、君に近づいた時酒の臭いがぷんぷんした、と言い張っていたそうだが、中道君がその辺りで吐いたのかな、と思う。いずれにしても交番の二人の警官には気の毒だがなんらかの処分が下るはずだ。だけど本庄君、友達にはよい友達を選ぶものだ」

遠藤は、省三の気持ちがまだ立ち直っていないのを見て、

「もう、警官は怖がらなくてもよいよ。僕が県警の本部長に抗議をしておいたからね。それから言っておくが、君の行動は間違っていない。これからも勇気を持って、職務に励んでくれたまえ」

「はい、ありがとうございます。お手数をお掛けしました」

省三は深々と頭を下げた。これも、もともとは自分の友達の中道が蒔いた種である。彼も古里を離れ自分ひとりで生活しているうちに、酒を飲み始めたのだろう。今津署で一緒に仕事をしていた時には、彼が酒に溺れるようなことはなかった。中道には怒りが湧くのと同時に同情の気持ちもあった。署長のとってくれた行動と言葉が彼の身に沁みた。

職場での省三の評判は本人の思いとはうらはらに上がっていった。特に二人の交換手は感動していた。


これでこの事件は終わったはずだった。ところが、数日後の日曜日、思いがけないことが起こった。

その日の昼前、省三がひとり部屋にいると、突然兄の荘二郎が現れた。無言で省三を上から下まで見据えた。

「えっ、兄さん、どうしたんや？」

省三は兄が突然現れて、自分に厳しい視線を投げかけるので驚いた。

荘二郎は風呂敷包みを腕に抱えたまま、投げ捨てるように言った。

「親に心配をかけるようなことはするな、省三。いくら貧乏でも、警察沙汰や新聞沙汰になるような情けないことはするな」

「なんのことや兄さん。僕、悪いことなんか、してやへん」

「これを見てみい、国民新聞にお前のことが書いてあるやないか。名前が出ているぞ」

荘二郎は、羽織の懐から新聞の切り抜きを出して省三に見せた。

「兄さん、これ間違いや」

省三は切り抜きに目を通して悔しい思いで兄に言った。

遠藤は県警に抗議をしたが、国民新聞がこの件を取材していることを知らなかった。事件の翌日、国民新聞に『税務署員が放歌』という見出しで、大津税務署と本庄省三の名が入った記事が出た。記事はそれほど目を引くものではなかったが、遠藤はすぐに県警に電話した。県警は国民新聞に訂正の記事を書かせる、と約束した。しかし何日たっても訂正記事は出なかった。税務署の下っ端の雇員の名誉などに、警察署も新聞社も何の関心もなかった。市民の中でも新聞を読んでいる階層はほんの一部で、本庄省三の名が出ても、本人には直接に影響はなかった。

ところが、省三の古里では国民新聞を読んでいる人がいて、本庄省三の名前を見ると、新聞を持って本庄家へ乗り込んできて荘平に抗議した。

「新聞沙汰になるとは、この辺ではほんまにないことですな。若いうちからこの有様では、どんな者になるんやら末恐ろしいことですわ」

荘平は心を痛めた。

「あの子が、酒を飲んで放歌するなんぞ、あるはずがない」

美保は言い張ったが一日で憔悴してしまった。荘平は荘二郎を大津へやって様子を見てこさせることにした。

「それで兄さん、遠藤署長は県警本部長に抗議しておいた、と言っておられたし、国民新聞は訂正記事入れる、て約束したそうや」

荘二郎はじっと省三の話を聞いていた。彼の言葉を証明できる橋本は、その日は運悪く朝から出かけていていなかった。

「訂正記事まだ出てやへんので、信じてくれるかどうか分からんけど、僕の方は税務署を解雇にならへんよ。記事がほんまやったら、解雇になってるはずや。それが証拠や、兄さん」

それを聞いて荘二郎の表情はいつも通りになった。彼は夕方の船便で帰って行った。

百合は、富子が郵便局に来て交換手たちに、省三の事件を得意気に話しているのを聞いて、このことを知った。仕事の手を止めて富子の言葉を一言も聞き逃すまい、と意識を集中した。省三が警官に連行される場面など、怖さで寒気が走って自分が捕まったかのように心臓が早鐘を打つようだった。

「百合さん、どうしたの。気分でも悪いんかしらん」

主任が、蒼い顔をして手を休めたままの百合に気付いて、心配をして近づいてきた。百合は一日も早く省三に会いたかった。例会の日の来るのが待ち遠しくてじりじりした。

三月の例会の題は『萌える』だった。

「岡田さん、どうしましたかね。あこがれの与謝野晶子さんでも、この歌みたいに自分の恋心を明け透けに歌ってないですよ。心がはやって、歌が前のめりになってます」

住職の評はなかなか的確で厳しかった。

「本庄さん、歌、大分練れてきましたな。人柄が一回り大きくなったように思えます。火種の火もいよいよ薪に燃え移って来ましたかな」

この一か月で、随分いろいろなことがあった。百合への思いはどんどん強くなって、毎日会いたいと思うようになっていた。そんなことは歌に出ているのかもしれなかった。

いつもの通り省三が先に西鶴寺を出て、百合が後で追ってくる格好になった。彼女は駆けるような速さで追いついてきた。

「本庄さん」

百合は省三の胸に飛び込まんばかりに、近づいてきた。しかし省三は、女性を胸に抱きしめることなど思いつかなかった。結婚もしていない女性に触れることは、彼には堕落であり悪であった。

「富子さんから聞いたわ。わたし話を聞いて、心臓が止まりそうやった。でも友達庇って警官に連行されるって、勇気のある人しかできないわ。それに警官の捜査、両手で止めたんだって。交換手の女の子、みんな騒いでるわ。でも気いつけてね、騒ぎなんてひと時だけよ。暫らくしたらすぐ忘れてしまうんだから。本当の気持ちではないわ」

百合は真剣な眼差しで言った。しゃべっている間中、省三の目から自分の視線を離さない。

省三はとまどった。今度の事件はそんな勇気のある行為ではない。格好良く友情のために身代わりになって、警官に連行されたわけではなかった。結果として他人にはそのように映っただけである。彼はこのことはもう忘れたかった。

「僕が勇気のある人やって、とんでもない。夜分遅うまで仕事をしてたら、偶然事件に巻き込まれただけなんや。本当は恐ろしいて仕方がなかったんや。もうこのこと早う忘れよう思うてます。そやから百合さん、僕に勇気があるなんて言わんといてください」

しかし、百合には、省三が謙遜して言っているようにしか響かなかったようだった。

「本庄さん、今度の日曜日は空いてますよね？」

百合は手に持っていた風呂敷包みを小脇に抱え直した。

「僕、特に用事ってないです」

「四月の例会まで会えないって、いや。長すぎるわ」

「うん、長すぎる」

省三もできたら毎日会いたいと思っている。話が合うので百合と一緒にいて楽しい。

「来週は長等(ながら)公園へ行きたいわ」

「うん、そうしよう」

「そしたら、来週の二十一日は春の皇霊祭（現在の「春分の日」）で祭日になってるし、昼前、琵琶湖疏水の三保ヶ崎橋で待ってるわ、わたし」

妙法寺の住職との約束の半年は三月末までだった。このままでは二人で六円の下宿代を払わねばならない。

「省三さん、僕、新しい下宿探すんで、省三さんも探してください」

橋本が言った。

「もう一遍、値段据え置きの交渉をするのも気い重たいし、どこか探した方がよいかもしれませんね」

省三もそろそろ二人での相部屋生活を切り上げたかった。百合との関係が親密になってくるに従って、一人だけになれる場所が欲しいと思うようになっていた。

六

三月二十一日の春季皇霊祭の当日、百合は昼前と言ったが、省三はそれよりだいぶ早く下宿を出た。妙法寺から北に向かい大津の中心を抜けると琵琶湖疏水につき当たる。その一番湖岸側に架かっている橋が三保ヶ崎橋である。去年の夏、ボートレースを見に行った時、浜田と待ち合わせた場所だ。

橋に近づくと、何人かの往来の人の中に若い女性の姿が見えた。百合であるのはすぐ分かった。白地に縞の入った着物を着て、こちらを見ている。彼女は足早に歩み寄ってきた。

「会いたかったわ。本当に待ち遠しかった、きょうが」

「僕も百合さんに会いたかった。毎日が長かったよ」

省三も百合と手の触れ合う所まで近づいた。彼は百合の着物の縞模様が、いつもより鮮やかな瑠璃色であるのに気付いた。百合にはこのような時のための、華やかな花柄模様の着物があるわけではなさそうだ。局勤めに着ていける実用着の中で、きょうは精一杯鮮やかなものを着ているようだ。一方、省三は普段着以外にはない。

「百合さんの着物の縞、冬の琵琶湖の水みたい濃くって澄んだ色してるね」

「わたし、こんな勤め着しか持ってないの。でもいつか花柄の美しいの作るわね」

「花柄でなくても、それ百合さんによく似合ってて、とてもよいと思うよ」

省三はこの着物は百合にぴったりだ、と思った。百合らしくとても清楚で綺麗だと心底思う。彼女が華やかな花柄模様の着物を着るようになったら、別人になってしまって、自分とは関係のない女性になってしまうような気がした。

三保ヶ崎橋は背丈の低い切り石で出来ていて、下には琵琶湖疎水が深い緑色の水をたたえ、京都の方へゆったりと流れている。京都と行き来する船が荷物を積んだり、人を乗せたりして次々と橋の下を通って行く。橋の向こう側は第二疏水が工事中であった。大勢の、わら帽子を被ったり手拭を頭や首に巻きつけたりした人足が、土を担いで働いているのが見える。祭日も工事は進んでいた。三保ヶ崎橋を渡った向こう側で工事を見ている人もいる。橋の上も絶えず人通りがあるが、二人に目を留める人はなかった。

「行こうか」

省三が百合の耳元で声をかけた。疏水に沿って山の方に進むとすぐに北国橋に出る。美しい切り石の高欄が並んでいて、その間の手すりは鉄枠で、向こうの景色がそのまま眺められた。

「わたし、本庄さんって呼んでたけど、省三さんって呼んでいい？」

省三の横をわずかに遅れるように歩いていた百合が言った。

「僕、その方が嬉しいよ。百合さんともっと親しくなったような気がするもの」

北国橋の交差点には京近曳船（けいきんえいせん）会社があって、『切符売場』の旗がゆらゆらしている。

「ここで切符を買って、京都に行けるんだ」

「わたしまだ乗ったことないけど、船でトンネルに入ると京都の蹴上（けあげ）に出るんだって。そこで船ごとインクラインに乗って南禅寺まで行くって、聞いたわ」

「乗ってみたいな。インクラインって、船が坂道に敷いてあるレールの上を曳かれて行くんやって誰かが言うてたよ。いつか百合さんと屋形船に乗って、疏水巡りしてみたいな」

省三は二人が船に乗って疏水を行く姿を思い浮かべた。

「それまでに、わたしよそ行きの着物作っとかないと」

北国橋から少し上流に水量調節の大きな鉄扉があって、鹿関橋（かせぎばし）に着く。疏水の両側には桜が植わっていた。ここが出来てから二十年ばかりたつので、季節には見事な花が咲く。今は咲くまでにまだ日がある。二人は橋のたもとに立って暫らく景色を眺めていた。橋の向こうに京都に抜ける暗いトンネルの入口が開いている。

二人は鹿関橋を左に折れて長等公園に向かった。八景館の植え込みの垣根を通った。『料理旅館八景館』と墨で書いた看板が、植え込みの上に立ててある。去年の暮れ、東京から政府のお偉方が大津に来た時、ここに泊ったそうだ。夜は華やかに宴会があったと職員の噂になった。

長等神社の横を過ぎると長等公園に着く。公園は明治三十五年に開園した。一昨年から敷地が広がって、桜や楓が植林されている途中だ。もともとの山桜の老木に交じって、あちこちに若木が支柱に支えられて立っている。花の季節には早いが、祭日のことで何人もの人が散策していた。

「ここ、花が咲いたら人で一杯よ。郵便局でも男の人たち仕事終わったら、お酒持って花見に来てるんよ。交換の女の子にもよう声がかかるわ」

「僕は去年は大津に着いたところやったし花見どころやなかった。今年は忙しいて、とても花見は無理。このごろ毎晩十時ぐらいまで仕事してるしなあ」

省三は両手を上げて大きく伸びをした。こんなにのんびりできるのは久し振りだった。

「ベンチ、人で一杯やし、ちょっとこの辺りで休みましょう」

そう言って百合は、手に提げていた袋から大きな風呂敷を取り出して、太い桜の木の下に敷いた。二人は並んで風呂敷の上に座った。

「次の日曜日から僕、忙しいなる。新しい下宿探さんと。このままお寺にいたら住職さんとの約束あるし、下宿代三円に上がってしまう」

省三はこんなにのんびりしていられるのはきょうまでだろう、と思った。

「それで、省三さんどこか、あてあるの？」

百合が省三の方に顔を向けながら聞いた。

「あてはないです、今んとこ全然。浜田君か伊藤君に聞いてみようか、と思ってるんです。彼らは大津生まれやし、どこか知ってるかもしれへん」

「その浜田さんって、富子さんと交際しているあの人？」

百合は急に話題を変えた。

「うん、富子さんと交際している」

「その人やったら、富子さん『女の子のこと、ちっとも分からへん人やし、署長の受けもようない』て言うていやはりましたよ」

「そんなこと、初めて聞いた。ほんまにそんなこと富子さんが言うてるの。浜田君知ったら落ち込んでしまうよ。彼、見てくれと違うてよい奴なんや。友達思いやし」

省三はむきになって浜田を弁護した。富子が浜田のことを女性の同僚に、そんな風に言っているとは省三には想像もできない。

百合は視線を公園の奥の方に移した。公園の奥は山につながっていて、木々が深々と茂っている。

「それで、省三さん、いくらぐらいで探すつもり?」

「今二円でやりくりしてるし、二円やったらいけると思う。今は二人で一部屋だけど、このごろ狭うても自分だけの部屋が欲しいと思うてるんです。贅沢かもしれへんけど」

省三は前の木々に目を注いだ。百合は山の方を見たまま何も言わなかった。

二人は長等公園を出て、同じ道を引き返し、三井寺観音の石段下に来た。石段を並んで上った。暫らく上ると、思いがけず百合がぴったり寄り添ってきて、上るたびに彼女の体が省三と擦れ合い始めた。柔らかい気持ちのよい肉の感触が一段ごとに彼の体中を走った。百合の吐く息が頬のすぐ近くに感じられる。

「石段って、上りにくいわ。足がもつれてこけそう」

百合は省三に寄りかかって、握っている手に力を加えた。いつの間にか二人は手を取り合っていた。

六十段余り上って一つ目の踊り場に来た。そこは木々が茂っていて琵琶湖の眺望は開けていない。更に四十段上って三井寺観音堂に着いた。

もうお昼を大分過ぎている。弁慶力餅の茶店があった。店の外に床机が三つとテーブルが一つ置いてある。客は床机に四、五組ばらばらに座っていた。

「お腹すいたなあ、百合さん」

省三は横を歩いている百合に言った。

「ここに腰掛けて、お餅食べましょうね」

床机に座ると、観音堂の高みから風と一緒に霊気が流れてくるような気がした。お盆に黄な粉の付いた餅と、お茶が運ばれてきた。省三は今まで経験したことがない幸せを感じていた。百合とこうしていると、彼女以外のことは何もかも大したことではないように思える。彼女が限りなく愛おしく、抱きしめたい気持ちに襲われた。

「どうしたの、省三さん、急に黙ってしまって」

「うん、こうして百合さんといると、今までのこと全部忘れてしまいそうなんです」

　母のこと、父のこと、弟と兄のこと、死んだ人のこと、いろんな人たちのことが重く省三に圧し掛かり、その重圧に自分は潰されそうになって生きている。今は古里を離れて周りの人たちを見なくてよいだけ、荷は軽くなっている。しかしひと時も古里に残してきた人たちのことが、頭から離れないのも事実であった。百合といると、そんな重圧の中に生きている自分と違う世界にいる自分でいられる。

　百合には省三の言葉の意味が理解できなかったはずだ。しかし彼の言葉には、彼女への前向きな気持ちが込められているのは感じたようだ。

　二人は観音堂の周りを巡って、順番を待って参拝した。ここは西国第十四番札所でたくさんの参拝客がある。省三にはお願いをすることが一つ増えた。そこから更に上ると西南戦争で戦死した大津第九連隊の『記念碑』が高く聳えている。時間をかけてその高台を見て回って、もう一度観音堂に下りた。琵琶湖と大津の町を見下ろす見晴台がある。そこに石の長イスが四つしつらえてある。高台を上っているうちに塞がっていた長イスが今は全部空いている。二人は長イスに腰を下ろした。彼らが横を歩いてきた疎水が眼下に見渡せた。その先は三保ヶ崎橋で、更に向こうには琵琶湖が視界一杯に広がっている。

「百合さん、船が見える」

三保ヶ崎のすぐ沖合に船が白く浮かんでいた。

「北の方に向かってる。僕らが乗る船だ」

二人はそれぞれの思いで船を見送っていた。その時、入相（いりあい）の鐘が、左前の方角から鳴り始めた。観音堂の横にある三井寺の鐘の音である。人の心を鎮める、ゆったりとして厳かな響きがあった。省三も百合も耳を澄ませた。

暫らく聞いていると、静けさを破ったのは百合だった。

「わたしの小さいころ、おばあちゃんが生きてた時してくれた話、思い出したの。聞いてくれる？」

省三はうなずいた。百合がゆっくり話し出した。

「これ『三井の晩鐘』ていう、昔話なんよ……」


昔、近江の滋賀の里に、美しい一人暮らしの若者が住んでいました。毎日、びわ湖へ出て漁をしては京へ売りにいくのを業（なりわい）としていました。

さかなが皆売れてもうかった日は、あめなどを買ってきては近所の子供たちに配り、売れ残った時は近所の老人にあげるなどして、たいそう評判のよい若者でした。

毎朝夜明けに漁に出る時は、いつのころからか一人の、みめうるわしい娘が彼を見送るようになりました。言葉こそ交わしませんでしたが、いつしか心と心が通じ合う仲となりました。

ある日、彼が帰るとその娘が家を掃除し、朝食のしたくをして待っていました。そして、

「お留守に失礼でしたが、よせていただきました。長くお家においてくださいませ」

と頼みましたので、二人は祝言（しゅうげん）をして夫婦になりました。

夫婦の仲もむつまじく、やがて子供が生まれました。

ところがある日、妻は、

「実は私はびわ湖の龍神の化身で、あなたが、湖で漁をしている姿を見て、神様にお願いして人間にしてもらっていました。でももう湖へ帰らねばなりません」

と泣くのです。彼は、

「子供までであるのに……」

とひきとめましたが、妻は、

「神様にはウソはつけません」

と湖へ沈んでしまいました。

やむなく夫は、昼間はもらい乳をして子供を育て、夜は浜へ出て妻を呼びました。する

と妻があらわれて乳をのませては、また沈んで行きました。

こんな毎日が続いたあと、妻は自分の右の目玉をくりぬいて、

「これからは乳の代わりにこれをなめさせてください」

と夫に渡しました。

半信半疑で、泣く子にその目玉をなめさせてみますと、ふしぎに泣きやみました。しかし毎晩のことで、やがて子供は目玉をなめ尽くしてしまいました。そこで、また浜に出て、左の目玉をもらってやりました、その時、妻が、

「両方目玉がないと方角もわかりませんから、毎晩子供を抱いて、三井寺の釣鐘をついてください。その音であなたがたの無事を確かめて安心しますから」

と申しました。

それから毎晩三井寺では晩鐘をつくようになったということです。


百合が語り終わると、省三はひどく悲しい気分になって黙ったまま、日の沈み始めた琵琶湖を見下ろしていた。漁師の若者と龍神の娘のどうしようもない透明な恋、我が子のために両目を差し出す母龍に、心を打たれるのだった。百合はどんな気持ちでこの話をしたのだろうか、と思ってそっと彼女の方に目をやった。彼女は暗く変化して行く湖を、瞬き

もせずに見下ろしている。

家に帰ると、荘二郎から手紙が届いていた。弟の省吾は勉強を頑張っている、とのこと。期末に『品行善良学力優等云々』の証書と鈴木錦泉著画の『教育歴史画』を貰った、と書いてある。

その省吾の手紙も同封されていて、母に持病が出ていて今年のはいつもより重い、と言ってきている。産後の無理が、後のち女性の体を害する、といわれている血の道病だ。母が、省吾を産んでから昔の体に戻らない、と嘆いている姿を省三は随分前から見てきた。体をいたわって生きていると、ひどいことにはならない、と聞いていたので、いつもより重いと聞くと、心が一遍に重くなった。

土田庄治から葉書が届いた。昨年十月に来た葉書には、療養が早かったので脚気から予想以上に早く回復した。病気が治ると実家の厄介になってもおれず、税務署も特に実績がなかった自分をもう一度採用してくれるはずがなく、大阪に出て仕事を探す、と書いてあった。

今度は、大阪船場の商家で住み込みで働いている、と書いている。

正月は一度古里へ帰る考えで、主人に二、三日の暇を願いしに、許可ならず、君に会いにも行けず遺憾に堪えず。これも奉公している身なれば、致し方なし……。

五か月働いて、仕事着としてようやく、地下足袋と前掛けが支給になった。これでも朝は電燈の光で掃除をし、夜は商業に出て、十一時より早く奉公人部屋に帰ることはない。君の今の境遇と僕のとでは雲泥の差ではないか……。


梅干を作って、漬物を漬けて、こまごまと働く土田の姿が思い出された。今は前掛けをして店に出ているのだろうか、地下足袋で商品を運んでいるのだろうか。省三はいくら思いを巡らしてみても、くたびれてはいたが羽織姿の土田の姿と重ならなかった。


三月も終わりに近づいたころ、省三がいつものように昼時間、自分の席で弁当を食べていると、小使いの広川三四郎が刻み足でやってきた。

「省三さん、ちょっと話があるんですけど。弁当終わったら小使い室の方へ来てもらえませんか。仕事の話やないですけど」

そう小声で言って、とことこと事務所を出ていった。

省三は早々に弁当を食べ終わって、小使い室の前の廊下に行くと、三四郎が立っている。彼は周囲を見回して、誰もいないのを確かめてから言った。

「いや省三さん、僕、驚きました。この前の日曜日、岡田百合さんが僕んとこへ来ましたんですわ。そして『ちょっと三四郎さん、お願いあるんですけど』と言わはるんです」

省三は急に百合の名前が出たので、どぎまぎして自分の顔が火照るのを感じた。

「で、百合さん、突然『わたし、本庄省三さんの下宿探してるんで、あんたに力貸してもらおう、思って』て言わはるんです。僕、びっくりしてしもうて、『なんで百合さん、うちの省三さん知っていやはるんですか？』て聞いてしもうたんです。二人とも西鶴寺の歌道場に行っていやはるそうですな」

省三はうなずいた。

「なんで百合さんが、省三さんの下宿探しているんか、よう分からんのですけど、百合さん『鉄砲町のあんたの家の近くに、児島作次郎さんて家があるでしょう、そこ、下宿する人探していやはる、て聞いたんよ。その家どんな家かあんたに聞きたくって』と言わはりました。百合さんの家、中町通りで乾物屋さんやってはるんで、顔広いんです。それで僕『あすこは、作次郎さんが会社勤めしていて、嫁さんが子供なしで死なはりまして、今は年寄りのお母さんとの二人暮らしです。二階に空いてる部屋があるはずですわ』と言うたんです。そしたら百合さん『二人の評判はどうなんえ?』て聞かはりました。それで僕『まずまずですわ。今まで悪いこと聞いたことあらへんです』て言いました」

省三は誰か廊下を歩いてこないだろうかと気になって、向こうを見渡したが誰の影もなかった。

「『だったら、三四郎さん、あんた作次郎さんの家へ行って、税務署にこんな人がいて下宿探していやはる、確かな人です、言うて話に行ってちょうだい。それで話がついたら、省三さんと二人で家賃決めに行って下さいな』。僕、百合さんと同じ小学校に通っていたんですけど、いつも百合さんに命令されてたんです。そやから百合さんから言われると、よう『いやや』言われんのです」

省三は、自分の知らない、思い掛けない百合の一面を見る思いで、三四郎の話に聞き入った。

「それで、僕すぐに児島作次郎さんの家に行ったんです。そしたら作次郎さん『そんな人やったら、大いに歓迎や』ということになりまして。省三さん、今度の日曜日、僕と一緒に作次郎さんとこ行ってもらえますか?」

「そんなお世話になってるんやって、知らんかった。三四郎さんおおきに」

省三は五部刈りの頭を下げた。

「そのこと、この前税務署の仕事終わって百合さんとこへ行って言いましたら、百合さん嬉しそうにしてはりました。だけど『三四郎さん、省三さんの下宿代一円五十銭で話してちょうだい。そのへんで決まるように省三さんの加勢するんよ』て言わはったんです。『そのへんであんばいよう決まったらお礼するわ』て言って、僕の方見てにっこりしやはりました。なにが貰えるんかな。あ、省三さん、僕、なにか貰おう思うて動いてるんと違います。省三さんはよい人やし家も貧しいの知ってるし、なにかしてあげたい、と思うてるんです」

省三は複雑な気持ちになった。百合にも三四郎にもどう言えばよいのか分からなかった。嬉しいけれど、恥ずかしいようで、消えてしまいたいというのが本音であった。

次の日曜日、三四郎が妙法寺へ迎えにきた。二人で児島作次郎の家へ向かった。鉄砲町に入ると、道の両側に小さな二階家がぎっしり並んでいた。どれもよく似ている。通りを路地に曲がった角で、

「作次郎さんの家ここです」

省三の半歩先を歩いていた三四郎が言った。路地に面して、建て屋の右側に入口の格子戸があった。左側はガラス戸で、雨戸が半分ほど閉まっている。見上げると二階には物干

し台が路地の方に出っ張っていて、その奥にすりガラスの戸が四枚あった。

「僕の家はこの三軒向こうなんです」

そう言いながら三四郎は戸を引いた。小さな玄関があって、その向こうの上がり框のすぐ左に、二階への階段が天井に向かって伸びている。真ん中に一畳の間があって、その向こうにふすまが閉まっていた。

「ごめん下さい、広川です」

ふすまが開いて、年恰好四十ほどの青白い顔をした男が現れた。児島作次郎だった。続いて奥の部屋から品のよさそうな六十年配の女性が出てきた。作次郎の母親らしい。

作次郎の案内で、貸そうという二階の部屋に上がった。外から見えた物干し台に面した部屋だった。六畳で押し入れも付いていて、申し分なかった。話はとんとん拍子に進んだ。

家賃は月一円五十銭、米は月一斗二升で二円二十八銭、ただしご飯の炊き賃四十銭込み、で決まった。ご飯は、毎朝母親が炊いて、櫃(ひつ)に入れておいてくれることになった。省三にとって随分よい条件だった。

「引っ越しはいつでも結構ですよ」

作次郎は上機嫌で言った。

「僕、どっかで荷車探して、貸してもろうてきます」

三四郎が言った。柳行李一つと風呂敷包み二つで大津に来た省三であったが、一年のうちに荷物も増えていた。引っ越しは次の日曜日に決まった。

四月の早々の日曜日、省三は児島作次郎方へ引っ越した。相部屋の橋本も新しい下宿先を決めていた。一年足らずで妙法寺での共同生活は終わった。

最近、馬場栄一郎の様子が少しおかしい。もともと静かな男だが、余計に無口で元気がない。

「本庄君、君に頼みがあるんやけど」

四月に入って十日余りたったある日、馬場が力のない声で言った。

「なんですか、馬場さん。遠慮せんと言うてください」

「実は、僕の担当している物品管理の仕事、先期の分、帳面と物品の照合までできてないんや」

「えっ、馬場さん、先期、三月末に締めたんと違うんですか。もう十日以上もたってしもうてますよ」

省三は驚いて、馬場に問い返した。

「そうなんや、在庫照合して締めんとあかんのやけど、物品倉庫の足継ぎの上まで足が上がらんようになってしもうた。大分照合済ましたんやけど、どうしても全部しきれへん。そんで、すまんけど残り、本庄君が行って照合して欲しいんや。たのむ」

期が終わって十日以上もたって、今ごろ照合をしているのが見つかったら、まずいことになりそうな予感がした。しかし先輩の窮状を見ていると『いやだ』とは言えなかった。

「馬場さん、僕、照合するにも帳面の品と、現物はっきり分からんのですが」

「時間はかかるやろう。そやけど一応物品の種類で棚は仕分けてあるし、帳面の物品の名前しっかり見て確認すればできるはずや」

「とりあえず、一遍見てみますか」

省三は引き受けることにした。

「本庄君、今ごろ倉庫に二人が入って、仕事していたらすぐ分かってしまう。悪いけど君ひとりでこっそりとやって欲しいんや。無理言うけどすまん」

省三は倉庫の鍵と帳簿を馬場から受け取った。倉庫は税務署の裏側にある。切り妻屋根の下に、白壁・黒しぶき板を張ったがっしりした建物である。

中は棚が一階の天井に届くまで備えてあって、隅には二階への階段があった。二階はまた同じように天井まで棚がある。一階と二階にそれぞれ電燈が付いていて、馬場が言ったように、物品の種類ごとに棚が分けてあり、棚ごとに番号が振ってあった。それが帳簿に書いてある番号と合うはずだった。

　馬場は照合が終わった物品には印をつけているので、帳簿に印のない棚を探せばよかった。印のない棚は全部上の方にある。馬場がうまく足継ぎに乗れなかったのが、よく分かった。省三は足継ぎを持ってきて、一番隅から照合を始めた。時間はかかるが、それほど難しい作業ではない。足継ぎを置き換えて次々と照合を終え、色んなビン類が置いてある棚に来た。

　ここまで一気にやると、さすがに若い省三でも疲れてきた。足の上がりが悪くなってきたと思ったその時、つい足継ぎの端に乗ってしまった。足継ぎはぐらりと傾いて、省三は平衡を失った。彼の手が空を切ったその瞬間、羽織の袖が棚に置いてあった一個のビンに引っ掛かった。ビンは省三の額に当たって口が開き、中から液体が飛び出し、羽織と袴にぐっしょりと付いた。彼は激しく床にしりもちをついた。ビンは床に転がって大きな音を立てて割れ、残りの液体がこぼれ出た。思わず額を触ったが、幸いに手に血は付いてこない。しりの方も痛むが、骨は大丈夫のようだ。しかし羽織と袴が得体の知れない薬品でぐしょぐしょになってしまった。省三は痛い腰をさすりながら、割れたビンのラベルを調べた。『劇薬（消火薬）』と書いてある。塩酸などでなくってよかった、と少し安心した。しかし着物をこれほど汚してしまったのでは、このまま事務所には戻れない。暫らく放心して倉庫に座っていた。

馬場がのっそりと倉庫に入ってきた。省三が床に座り込んで、周りに液体が飛び散っているのを見て驚きの声を上げた。

「本庄君、これ、どうなったんや」

「馬場さん、消火薬、棚から落としてこぼしたんです。羽織も袴も着れんようになってしもうたんです」

省三は座ったまま言った。馬場は暫らく周りを見回していたが、

「そうやな、とりあえず本庄君の羽織と袴がいる。それないと事務所にも戻れんしな。僕んとこに、綿入れの羽織と袴もう一つあるしそれ取ってこよう。ちょっとそのまま待っといてんか」

そう言って馬場は倉庫から出て行った。

その日は運が悪かった。日ごろめったに自分の席にいない川勝鶴吉が、その日に限りどこからか早々に帰ってきて席にいた。今年に入ってから彼の機嫌はすこぶる悪い。いつも苛立っているようだ。彼はなにか変わったことがないか、三日月のような目で窺っていた。

省三が席に戻らず、馬場もいなくなった。なにか自分に隠していることがあるに違いない、そんな予感がしたのか事務所を出て、税務署の敷地を歩き始めた。物品倉庫は庶務課の管

轄下である。彼はまずそこに向かった。いつもは鍵が掛かって閉まっているはずの扉が手で開いた。中を見ると電燈が点っている。その奥の方に目をやると、誰かが床に座っている。煙くさい臭いが漂っている。川勝は中に入って行った。床に座っているのは省三で、その周りに液体がこぼれている。

「こりゃ、本庄、お前はこんなところで、なになまけておるんや」

川勝の細い目が吊り上がっていた。

「こんなところで、何をしてるんや」

川勝は省三に近づいて、棚に乗っかっている帳簿を見つけた。彼は帳簿に目を通し、すぐに省三が何をしているのか見て取った。

「お前、三月の物品の在庫照合、今ごろやって上司をごまかすつもりやな。おまけに倉庫の中は貴重品を壊してめちゃくちゃやないか」

川勝は省三の前に来て、顔を覗きこんで言った。

「これから署長の所へ連れて行くさかい、正直に言うんや。お前は上司の馬場属から命じられていた期末の在庫照合をやらんかった。十日も遅れて馬場属に見つからんように、一人でこそこそやっているのを、このわしに現場を押さえられた。おまけに貴重品の入ったビンを割って倉庫中薬品だらけにしてしもうた」

悪い予感が当たってしまった。額に傷をして羽織袴を薬品でぐしょぐしょにして、川勝に掴まれながら大部屋を通れば、誰が見ても今ごろ在庫照合していたのが分かってしまう。

「ほんまに署長室へ行かんといけませんのか。物品管理を馬場属の仕事に決めはったのは川勝主任やないんですか？」

省三はこのまま署長室へ連れていかれて、在庫照合の遅れを問われるのは理不尽だと思った。

「お前がいま在庫照合をしているんやから、それはお前の仕事や。馬場属に責任を被せるなどとんでもない了見違いや」

川勝は省三の羽織の襟を掴んで立ち上がらせようとした。これで責任を問われて免職になったら、どうなるだろうか。いろんなことが省三の頭を駆け巡った。

「なにが了見違いですか」

突然入口の方から大きな声がした。どかどかと浜田と伊藤が入ってきた。

「なんや、お前らは、何しに来た」

川勝は、ごま塩のいがぐり頭を二人に向けてにらみつけた。

「了見違いは、あんた川勝さんやないですか。大体物品管理の仕事は、馬場属の仕事やないですか。馬場さんが物品照合遅らしてしもうて、こっそり省三君に頼んでること僕らは聞いていたんや。馬場さん具合悪うてできんかったら、上司の主任が引き受けて、遅滞なく処理するのが服務規定ではないですか」

浜田が、黒いいかつい顔で川勝に負けずに言った。

「そうや、浜田君の言う通りや。僕ら署長に川勝さんの職務怠慢、言いつけに行きますさかい」

伊藤が言った。

二人掛かりで攻め込まれて、川勝も不利になったと見たのか、

「本庄、器物損壊は弁償するんやぞ」

そう言い残してすたすたと倉庫を出て行った。

「省三君、額に傷が出来てるやないか、それに着物が液だらけや」

浜田が言った。伊藤が続けた。

「僕、馬場さんがこのごろ体の具合悪いこと知ってたし、物品照合できてないのも知ってたんや。馬場さんが省三君に頼んでたのも聞こえてた。省三君が出て行ったんで倉庫へ行ったことは分かってたけど、ちっとも帰ってこないし心配になった。なにか悪いこと起こってるんやないか思うて、浜田君誘うて見にきたんや」

「ほんまに、おおきに」

省三は泣けてきて、それ以上言葉が出なかった。

「それにしても、羽織も袴も使えんようになってしもうたな」

浜田が省三の横にしゃがみこんで言った。

「着物、馬場さんが自分のもの取りに行ってくれてるんや」

二人が省三を抱き起こしたところへ、馬場が戻ってきた。省三は馬場の羽織袴を暫らく貸してもらうことになった。

汚れた羽織と袴は悉皆屋(しっかいや)に持って行った。消火液の中に化学薬品が入っていて、生地が傷んでます、これでは洗い張りができまへん、と言われた。いつまでも馬場の物を借りているわけにもいかず、新しく買わざるを得なかった。大きな出費であった。

七

四月の例会の題は『やま桜』だった。その月にこの歌会に静かだが大きな波紋が起きた。

全員が円座になって座り終えると、住職がいつもの通り隣の本堂から入ってきた。ところが今月は後ろに若い女性がついている。男ども全員が息を呑んだ。その整った美しい横顔と同時に艶(あで)やかな着物が目に入ってきた。その場の雰囲気が一遍に華やいだ。住職は上座に座ると横にその女性が正座した。

「今回からこの歌会に参加することになりました久世綾子さんです。歌は京でかなりの覚えがあるように聞いております。みなさんも温かく迎え入れてください」

いつも通り住職の紹介は簡潔である。

「久世綾子です。ご住職さまが歌にはかなりの覚えがある、とおっしゃいましたが、それは本当ではございません。素人ですので宜しゅうお願い申し上げます」

久世綾子はそう言ってたおやかに頭を下げた。頭の上に髪が結ってある。省三は大津では余り見かけない髪型だと思った。浅黄色の地に、肩から袖にかけて淡い色合いの花柄が染め抜いてある。住職は円座を見渡して、省三の横に一人分ほどの隙を見つけると、言った。

「久世さん、あそこの男性の横が空いています。あすこに座ってください。本庄さん、済みませんが、もうちょっとだけ隙を空けてくださいな」

久世綾子は省三の横に座った。女性の艶(なま)めかしい香りがしてくる。胸の動機が早くなった。おそるおそる横を見ると、綾子の髪をあげた襟足が間近に迫る。小ぶりで通った鼻筋と下あごの間に薄く紅を引いた唇と白い歯が見える。頬は白く艶(つや)やかである。省三はふとこの女性は人にしては美しすぎる、人形かもしれない、と思った。ところがその頬に小さなほくろが一つあるのが目に入った。それは久世綾子が生きた人間であることの証のように省三には思えて、彼女の横顔に見入ってしまった。

逢坂を越えてながら（長良）の山桜京の花はと問ひて暮らしぬ

花さかる三井観音と契りしを真幸くあらばいく度通はむ

久世綾子は住職が言った通り、京都で相当歌の勉強をしていたのだな、と省三は感じた。こんな雅で悩み事とは縁遠いように見える女性にも、観音さまと契らねばならないほどの心の襞があることを、彼女の歌から感じられて、省三は不思議だった。

歌会が終わるといつもの通り、先に省三がお寺を出た。暫らく行くと猛烈な早足で百合が追いついてきた。

「省三さん、ちょっとあなた」

百合は省三を追い越して前に来ると、きびすを返して彼をにらみつけた。

「あなた、久世綾子さんに見とれてたでしょう。いくら美しい人で、美しい着物を着てるといってもあんまりでしょう。わたし、あなたの目が釘付けになってるの見ていたわ。悔しいわよ」

そこまでまくしたてると百合は横を向いた。

「いや、百合さん、僕あの人、人形さんかと思ったんです。あんまり綺麗なもんで。だけどほくろを一つ見つけたんですよ」

省三がそこまで言うと、百合は顔を上げた。

「何を言ってるの、ほくろが何なのよ。あなたあの人に心を盗られてしまって。男ってみんなそうなのよ。上等の花柄の着物着て、髪、上まきに結って、あんなにしたら誰だってお嬢様になれるわよ」

百合は早足で先に行ってしまった。


五月の初めの土曜日、省三は久し振りに早めに仕事を終わって家にいた。階下で聞き覚えのある声がした。

「こんにちは、児島さあん」

ふすまの開く音がして、

「あら、三四郎さん、おいでやす」

作次郎の母の声である。

「おばさん、こんにちは」

百合の声がしたので省三は驚いた。すぐに二階から下りる用意をした。

「どこの、娘さんやったかな。どこかで見覚えあるんやけど」

「中町通りの『マル初』さんの娘さんや」

三四郎の声である。

「えっ、あの元気のよい女の子が、こんな別嬪さんにならはったんですか。ついこの間まで三四郎さん、あんた、この人の家来してましたな」

「家来やなんて、おばさん、人聞きの悪いこと言わんでください。きょうはちょっと、兄の言伝で、二階の本庄さんに会いに来ました」

こんな会話が聞こえてきたので、省三は下りるのを躊躇した。

「本庄さん、きょうは珍らしゅう家にいやはります。遠慮せんと上がってください」

作次郎の母である。続いて階段を上がる音がする。

省三は部屋で立ったまま二人を迎えた。今まで仕事をしていたが、幸いにも部屋は片付いている。うまい頃合に来てもらったものだ、と思った。

百合は珍しそうに省三の部屋を見回している。小さな机と何冊かの本、ランプがあるだけで、他に何も目に付くものはなかった。

「百合さんに、ひとりで行って変に思われると困るし、一緒に来て欲しいと頼まれまして」

省三と百合が他人行儀で、気まずそうな雰囲気なのを察してか三四郎が言った。

「僕の頼まれごとは終わったようですんで、取り持ちは消えた方がよいですな」

三四郎は立ち上がって、階段を下りていった。

「百合さんおおきに。なんでこんなに百合さんにようしてもらうんやろう、て思うてます」

省三は正座をしたまま言った。

「この前、久世綾子さんのことで怒ってしまって堪忍ね。あの人、京都の老舗料亭のお嬢さんなんやって。何か訳あって叔父さんのいる大津に来ているらしいのよ。それにあの人、省三さんより年上よ」

百合は安心したように言った。気になってあちこち聞いて回ったらしい。

「それはそうと、省三さん、この部屋気に入った？」

「うん、とっても気に入ってる」

「それはよかった。いま気がついたんですけど、夜ランプが点いてると、道から省三さんがいやはるの分かるわね」

「ここ雨戸はないし、すりガラスの戸やから、ちょっとの明りでも外から見えるね。そんなこと考えたことなかったけど」

百合は、今度は机の横に積んであった本を見て手に取った。

「あら、省三さん『不如帰（ほととぎす）』持ってるの？」

百合は省三に向き直った。

「もう読んだの？　面白かったらわたし借りられるかしら」

「僕なんかと境遇が違う人の話やけど面白いよ。もう読んだし、持って行ってもらっていいよ」

「そう、読ましてもらうわ。わたし本読み始めたらとたんに動きが悪くなるの。お母さんにしょっちゅう本取り上げられるの」

そう言いながら『不如帰』を脇に抱えた。

「それで、わたし、わいわい騒ぐと、『女に学問はいらん』て言ってたお父さんが『百合には本ぐらい読ましてやれよ』て応援してくれるの」

「わたし自分の部屋ないけど、寝室の隅に自分の机置いてるの。そこで本読んだり、歌作ったり、手紙書いたりしてると、お母さんからいつも『百合や、台所手伝って』とか『この洗いもんしといて』て使われるんよ。今お店は兄さんがやってるけど、お父さんもお母さんも店手伝ってるし、みんな忙しくしてるわ」

省三は、百合の話を聞いていると、その場面が目に浮かんで面白かった。

「でも、わたし省三さんのこと、いつも頭の中にあるのよ」

「僕も百合さんのこと片時も忘れたことないよ」

急に百合の話が変わったので、あわてて省三も相槌を打った。しかしそれは彼の本心でもあった。仕事の合間にたびたび百合のことが頭に浮かび、会いたくなるのだった。

「僕、いつも百合さんに会いたい、と思ってるよ。それでこの前思いついたんやけど、二人とも写真を撮って交換したらどうやろう。いつでも会いたい時写真で会えるし」

省三は百合の顔に目をやりながら、自分の思い付きを言ってみた。百合の顔がぱっと明るくなった。

「それよいわ、よい考えよ、省三さん。わたし、会いたい時に省三さんと写真で会える。嬉しいわ」

「そうしよう、百合さん」

もちろん省三も百合も自分だけの写真など撮ったことがなかった。なにやらそれだけで大きな仕事に取り組むようで、二人とも気分が高揚した。

「もう帰らなくては、児島さんに変に思われるわ」

百合は立ち上がった。省三も立ち上がると彼女の息遣いが首筋に感じられた。二人の手が絡み合った。省三は百合の手を強く握りしめた。彼女も握り返して、お互いの目が合った。暫らく見詰め合っていたが、彼女はくるりときびすを返した。

「では、本庄さん、兄さんに本をお借りしていきますね」

階下の児島さんに聞こえるように、大きな声で言って階段を下りていった。


五月の例会の題は『若葉』だった。久世綾子はその月には花柄の着物は着てこなかった。細かい縞柄の地味ないで立ちだったが、それがかえって彼女の美しさを引き立てている。歌会はすっかり華やかな雰囲気に包まれていた。

この月は奥村という銀行員が詠んだ歌が変わっていた。身なりのきちんとした色白の優しい感じの青年である。一首は今月の題の『若葉』から外れていた。


花の色は今や盛りとなりぬれど昔わらべを忘れやはする

住職はすかさず言った。

「相聞歌ときましたか、奥村さん。いつものあなたさんらしゅうない歌どすな。どこぞに幼馴染の小町さんがいやはるんですな」

暫らく住職は考えていたが、
「もう少し小町さんに届くようにしたらどうですかな、たとえば、
さくら花まばゆいばかりに咲きぬれば君がつぼみを忘れやはする」

省三は樹の下から満開の桜を見上げている気持ちになった。奥村さんには忘れられない美しい幼馴染がいるのだな、と省三は思った。今は自分には百合がいる、それだけで幸せなことだと思う。

写真を撮ろう、と百合と約束したが、省三は実業補習校修了の時の集合写真以来一度も撮っていない。写真は一張羅（いっちょうら）の晴れ着を着て撮るものだ、と思っている。だが、彼にはその一張羅がない。新品の羽織袴を揃えるのも一案だが、一度洋服を着てみたいと思っていた。洋服にはあこがれがあった。税務署の先輩たちはもちろん同輩の何人かは洋服を持っていて、記念日や祭日の祝典には着てくる。浜田金之助も持っている。しかし彼の場合には洋服を着るとなにかぎこちなくて、似合っているようには見えなかった。
次の週、昼の時間に省三は浜田をつかまえて聞いてみた。彼は兄についてきてもらって、

浜通りの『清川洋服店』でこしらえた、と教えてくれた。

「あれは、ぴんからきりまであるぞ。上にはもっと上がある。兄さんが、お前にはもったいない、と言うて、きりのになった」

「それで、いくらかかったの?」

省三は急き込んで聞いた。

「洋服には下に着るシャツとネクタイがいる。ちゃんとした革靴もいる。清川洋服店は革靴は売っていないよ」

「靴はいらん。それで清川さんではいくらかかったの?」

「清川さんにたしか、全部で九円五十銭払った」

やっぱり一か月の給料まるまるを覚悟しなければならないのか、と省三は思った。

「それで、浜田君は一遍に払ったの?」

「いいや、三回払いにした。毎月給料から三円とちょっと払った」

次の日曜日、省三は清川洋服店へ行った。『洋服店　清川扇子堂』と書いた大きな木の看板が瓦葺きの庇にのっかっている。彼は暖簾をくぐってガラス戸を開いた。

「いらっしゃい」

戸が開く音を聞いて、奥の方から五十がらみの男が出てきた。客の入ってくるタタキと

仕事場の間に帳場の机があった。彼はじろりと省三を一瞥（いちべつ）したが、すぐ柔らかい眼差しになって、

「洋服のご注文ですか？」

と尋ねた。

男は色のついたシャツに黒いチョッキを着ていた。肩から手に巻尺が伸びている。省三はおそるおそる、初めて洋服を作るのだが、ぴんきりのきりの生地で作って欲しい、と言った。洋服屋は特に嫌がる様子もなく、

「そうですな、若い人はまずは、それなりのもので作った方が無難ですな。大方は給料が上がったら、だんだんよい物にしていかはります」

そう言いながら、背丈より高い後ろの棚を暫らく見ていたが、一本の生地を取り出して机の上に置いた。

「こんなのはどうかな」

独り言を言いながら省三と生地を見比べた。

「こちらかな」

もう二つ生地を取り出して机の上に並べた。

「三つとも値段は同じぐらいですな」

省三は紺色の地に、細いねずみ色の縦縞が入った生地が目に付いた。百合が局勤めに着ている着物に釣り合うように思えた。

「この縞入りの紺地は、お客さんにはお似合いですよ。色の白い方には濃紺は映えるんですな」

洋服屋は省三の目が紺地に行っているのを見て言った。そしてその生地を手に取って省三の肩先に合わせた。

「僕もこの紺地がよいように思うんです」

生地が決まったところで、洋服屋は丁寧に省三の体の寸法を取って帳面に書き付けた。時間をかけて計算しながら、

「チョッキも要りますよ。ワイシャツとネクタイも一本入れて……」

顔を上げて省三を見ながら十一円の値段をつけた。十円以下で抑えたい省三は値段と分割払いの交渉をした。

「まあ、これからも洋服はうちで作ってもらうとして、大勉強させてもろうて、全部入れて一円七十銭を六か月払い。これでどうでっしゃろ?」

月々一円七十銭はぎりぎりの線だったが、それで決めた。三週間後に仮縫いができて、その十日後には縫い上がる約束になった。しかし省三は複雑な気持ちになっていた。これ

で母への送金は当面難しくなりそうだ。だが病気がちになっている母への仕送りを止めるわけにはいかない。

五月の二十三日に洋服の仮縫いが終わり、六月六日に洋服は出来上がった。

「なかなかよう似合わはる。ちょっと頭が淋しいかな」

洋服屋はそう言いながら、後ろを振り返って棚に置いてあったベージュ色の帽子を手に取った。省三は出来上がった洋服を着て、全身が見える鏡の前に立っている。洋服屋は帽子を省三に被せ、彼の横に並んで一緒に鏡を見た。

「ほら、これでびしっと決まりましたな。自分ながらようできた。帽子、お客さんに上げときます」

鏡には普段の自分とかけ離れた青年が映っていて、省三にはそれが自分であるとは思えなかった。百合はどんなに思うだろうか、真っ先に気になって、ちょっと横顔も映してみた。

次の日曜日、省三は中町通りを通って『突き抜』を横切り、梶山写真館へ行った。洋服は着ていなかった。風呂敷に包んで手に提げていた。中町通りには百合の家があったので、出会いはしないかと心配したが、朝が早かったので店はまだ閉まっていた。

「どんな写真がよろしおすか?」

写真屋は机の上に何枚も見本を置いて省三に聞いた。その中で小さめの胸より上の見本が目に留まった。

「これぐらいのが、よいんです」

省三は目に付いた見本を取り上げた。全身写真は撮れなかった。靴を持っていなかったからである。

写真の大きさと形が決まると、写真屋はスタジオでカメラの調整を始めた。省三は隣の部屋で洋服に着替えた。ネクタイの締め方は洋服屋で教えてもらっている。家で何度も練習をした。チョッキをつけると洋服は結構窮屈な物だ、と思った。足は草履である。洋服代を払い終わったら次は革靴を買う番だ。それが揃うまで洋服姿で外出はできない。

省三は無事写真を撮り終わった。六月中には仕上げます、と写真屋は言った。

自分の家から職場へ通っている百合は省三より大変だった。局通いの地味な着物で省三と交換する写真を撮るのは嫌だった。お金の面では、家にいて三年余り勤めているので省三よりは余裕があった。親に頼らずとも、貯金をはたいて好きな着物を作ることはできる。

郵 便 は が き

料金受取人払郵便

新宿局承認

2524

差出有効期間
2025年3月
31日まで
(切手不要)

1 6 0-8 7 9 1

1 4 1

東京都新宿区新宿1－10－1

(株)文芸社

愛読者カード係 行

ふりがな お名前			明治 大正 昭和 平成 年生 歳
ふりがな ご住所	□□□-□□□□		性別 男・女
お電話 番 号	(書籍ご注文の際に必要です)	ご職業	
E-mail			
ご購読雑誌(複数可)		ご購読新聞	新聞

最近読んでおもしろかった本や今後、とりあげてほしいテーマをお教えください。

ご自分の研究成果や経験、お考え等を出版してみたいというお気持ちはありますか。

ある　　ない　　内容・テーマ(　　　　　　　　　　　　　　)

現在完成した作品をお持ちですか。

ある　　ない　　ジャンル・原稿量(　　　　　　　　　　　　　　)

書　名			
お買上 書　店	都道 府県　　　市区 郡	書店名	書店
		ご購入日	年　月　日

本書をどこでお知りになりましたか?
1.書店店頭　2.知人にすすめられて　3.インターネット(サイト名　　)
4.DMハガキ　5.広告、記事を見て(新聞、雑誌名　　)

上の質問に関連して、ご購入の決め手となったのは?
1.タイトル　2.著者　3.内容　4.カバーデザイン　5.帯
その他ご自由にお書きください。
(　　)

本書についてのご意見、ご感想をお聞かせください。
①内容について

②カバー、タイトル、帯について

弊社Webサイトからもご意見、ご感想をお寄せいただけます。

ご協力ありがとうございました。
※お寄せいただいたご意見、ご感想は新聞広告等で匿名にて使わせていただくことがあります。
※お客様の個人情報は、小社からの連絡のみに使用します。社外に提供することは一切ありません。

■書籍のご注文は、お近くの書店または、ブックサービス(0120-29-9625)、セブンネットショッピング(http://7net.omni7.jp/)にお申し込み下さい。

しかし親から理由を詮索されずに、新しい着物を作ることは至難の業だった。親に省三とのことを話してしまう手もあった。しかし親が省三とのことで、どう出るか百合には全く見当がつかない。彼女には自分の両親が世の親より進歩的である、とはとても思えなかった。反対されて引き離されてしまうかもしれない。まだ機は熟していない、と彼女は思っている。

郵便局で省三とのことが噂になれば、すぐに兄に伝わるだろう。百合は同僚には慎重に振る舞っていた。歌会だと仲間に大津の商家の子弟が多いので、気をつけないと両親の耳に入りやすい。彼女は精一杯気付かれないように気を配ってきた。

この前、省三の下宿のことで、三四郎に店の乾物をお礼にした。その時、百合は兄に、店の商品をお世話になっている先輩に上げるので譲って欲しい、と頼んだ。貰った分は自分が払う、と言ったが、兄は笑って受け取らなかった。

兄は独身なので、自分の友達をそれとなく興味深く見ているように感じられる。彼女には、兄は商工会議所で働いていたので開明的な方で、古い習慣にこだわらず、自分の結婚相手は自分で探して決めるように思えた。行く行くは自分と兄とは利害が一致しそうだ。しかし今はまだ慎重に振る舞った方がよいと思っている。

着物を作る話は意外なところから展開した。交換手の中村さんと徳永さんから、六月に京都のお茶会に行くので百合にも行かないか、という誘いがあった。このことをまず兄に話した。

「中村さんはお茶会用の着物持っていやはって、徳永さんは作っていやはるそうよ」

「友達が二人とも晴れ着を持っているんやったら、百合も作ればよいではないか。僕がお父さんとお母さんに頼んでやろう」

兄はきっぱりと言った。

「いいよ、兄さん、わたし自分で作るから」

「お前が作ったってろくなものができるもんか。友達に笑われるに決まってる」

百合の着物が彼女の友達より安物なのを想像するだけで、兄にとっては耐え難いことのようだった。話は即座に決まった。店をきりもりしている兄の力は大きかった。

翌日の夕方、百合が局から帰ると、待ち構えていた母が知り合いの呉服屋へ百合を連れて行った。

「百合に、お茶会用の着物がいるもんですから」

母は自分がお茶会に行くかのようにうきうきしていた。

呉服屋の主人と母がいくつもの反物を開いて、百合に合わせてみてあれやこれや言っている。百合はうすい水色に花柄の反物が目に留まった。すぐにこれだ、と思った。この雰囲気が省三と並んで歩く自分を想像してみてぴったりだった。

「あの水色地の反物見せてくださいな」

呉服屋はそれを取って、百合に合わせてみた。

「それ、百合に似合うわ」

母が目を細めた。

「娘さんは、はっきりしていやはりますな。大抵の娘さんはあれこれ目移りがして、なかなか決められまへんのですわ」

呉服屋は反物を巻き返しながら言った。反物選びは終わった。

六月の初めには、百合のお茶会用の着物は帯と共に出来上がってきた。

ここまでくれば百合の思い通りだった。京都でのお茶会の帰り大津に着くと、二人の友人に記念に写真を撮っておきましょうよ、と誘うと二人とも喜んでついて来た。

六月の例会の題は『梅雨』だった。例会が終わると、百合が省三に追いついてきて二人は並んで歩いた。

「省三さん、あの久世綾子さんのことよ。この前、街でばったり会ったのよ、そしたらあの人言いはりました。『百合さん、本庄さんとお付き合いされているそうね、けなりい

（うらやましい）わ』って。あんな美しくて京の老舗料亭のお嬢さんがどうしたのかって思ったのよ。でもあの人大変らしいのよ」

百合の話では、東京のお偉いさんが久世さんの料亭に来た時、綾子さんを見てしまったのだという。そのお偉方、一目で綾子さんに惚れ込んでしまって、自分は妻を亡くしたので、娘さんを後妻に欲しいと綾子さんのお父さんに言ってきたそうだ。お父さんは、初めはもう五十を過ぎた男の話を聞き流していたけれど、毎月東京からやってきてしつこく頼むようになった。最近では脅しに聞こえるようになってきたそうである。

娘さんを妻にもらったらお店を政府の贔屓にしてやるとか、商売をもっと繁盛させてやる、と言っているらしい。お父さんは伝手（つて）を頼りに調べてみると、そのお偉方は奥さんとの死別後、もしかするとその前からかも分からないが、お妾さんを何人か持っているそうである。お父さんはお偉方の逆恨みを覚悟で目が届かないように、綾子さんを奥さんの実家の大津に隠しているのだという。しかし最近ではお偉方に押されて、綾子さんに京都へ帰ってこい、と言っているらしい。

「綾子さんかわいそうやね、あんなに上品で朗らかに見えるのに」

百合はもう一度ため息交じりに言った。

六月二十日、昇給があった。省三は十四円に上がった。自分の働きは署長に評価されている、これが彼の何よりの励みであった。職員の個人別の綴り（ファイル）はだんだんと内容が加わっていたし、帳簿の様式もあらかた改まった。この昇給で洋服屋への支払いをしてもなんとか母への仕送りは続けられる。革靴も次の年末慰労金が出たら買えるかもしれない。そんな期待が膨らんだ。

山岡署長から葉書が来た。この前昇給があった時、まずは山岡署長に報告すべきと考えて手紙を出しておいた。その返事である。山岡署長は昨年の十一月に今津署から更に小さな税務署に転勤になっていた。

……平素のご勤勉の成果に他ならずと大慶至極に存じ候。猶この上は上官の命を誠実に遵守し、勤務せられんことを望む。また余暇あれば勉学怠らず文官試験を受けるの下ごしらえに専念せらるべし……近々暑中帰郷の折りあらば少し遠くなったが幣署にもお出で下され……。

省三はつくづくよい上司に恵まれたものだと思っている。山岡署長の期待にも応えなければ、と思いを新たにした。

七月の歌会は四日にあった。題は『雨』『雨あがり』だった。歌会は久世綾子の入会以来、静かだが華やいだ雰囲気になっている。彼女の歌はいつも静かで大人の雰囲気がある。


長雨の終(しま)はぬ日々をかこちつつ紫陽花(あじさい)にさす陽を幸とせむ

つゆ空の雲間さす陽にさそはれて紫陽花いち輪ビンにいけたり

久世綾子が詠み終わると、住職が言った。

「梅雨の長雨は憂鬱ですな、久世さん。みなさん、詠みでは分かりにくいですが、久世さんは紫陽花にさすひ、雲間さすひを太陽の陽と書いておられます。紫陽花にも同じ陽を使いますな」

省三は百合の話を聞いているので、綾子が誰かが救いにきてくれる日を待っている、と言っているように思えた。住職も綾子が大津に来ている事情を知っているのだろうと察せられた。

　歌会の会員が刺激を受けて、場の空気が生き生きとしてきているのとはうらはらに、最近の二人の歌の出来は芳しくなかった。省三も仕事の合間、時間の合間には百合のことが頭に浮かび、なかなか集中できない。住職からは、

「あきまへんな、心の集中ができてまへん。それに若者らしい力が感じられません。不作ですな」

　と、批評されてしまった。これだけ仕事が詰まってきて、百合のことにも気を取られると歌心は抜け殻になってしまう、と省三は思った。百合に至っては、

「どうしやはりました、岡田さん。昔の歯切れのよいとこ、のうなりましたな。嬉しいことと心配が葛藤してます。岡田さんらしさが出てまへん。早いことすっきりしてもらわないと、わたしもいらくらします」

　いつもの通り、省三は百合が追いついてくるように、ゆっくりと西鶴寺からの道を歩いた。

「このごろさんざんやなあ。精神修養せんと、忙しいだけで勉強も歌もよいかげんになってしもうた」

「わたし暫らく歌休もうか、思うてるの。このごろ歌作る気分になれへんのです。あんまり考えること多すぎて」

百合は持っている風呂敷包みをぶらぶらゆすりながら言った。持ち物をぶらぶらさせるのは、百合が考え事をする時のくせなのかもしれないと省三は思った。

「省三さん、今度の土曜日の夜、下宿へ寄せてもらってよいですか」

「もちろん、よいけれども、帰るの八時過ぎると思う。そんな時間でよいの?」

「わたしの写真できてるし、持って行こうと思って」

そう言って百合は省三の方を見た。

「百合さん、できたの。そんなに早く。百合さん、お父さんとお母さんと一緒やから、黙って写真撮るの大変やろうな、て思うてた。僕のはこの前できた。交換できるね」

省三の声が弾んだ。

「省三さんとのこと、いつ両親に言おうか悩んでるの。もし反対されたらどうしようって、そのことが不安で頭から退かないの」

省三は、済まない、と思った。自分のような貧乏な者と付き合って、親が喜ぶはずがないと思う。

彼は『不如帰』の一節を思い出した。女主人公・浪子の婆やである幾(いく)の話の中に、ミッションスクールに通っているある娘のことが出ていて、『わたしは二百五十円より下の月給の良人(ひと)には嫁がない……』とその娘が言っているという文章があった。毎晩十時、十一時まで仕事をして、この前十四円に昇給して喜んでいる自分と比べて、なんでそんなに差があるのか、そこを読んだ時憤りに近い気持ちを持った。百合はどう思って読んだのだろうかと気になったが、これは聞いてみても無駄のように思った。

「お父さんと、お母さん迷惑かなあ。もっとお金のある人と交際して欲しいやろうなあ、親やったら」

省三が力なく言った。

「お金があるとかないとか、とは違います。わたしが自分で決めるのに反対するかもしれない、て心配してるんです。両親の時代には娘が男性と交際するって、思いもつかなかったことやないですか。でもあんばい説得するわ」

百合はきっぱりと言った。

馬場栄一郎の仕事が止まってきた。足を重そうに引きずっている。よく机に肘をついて頭を抱えじっとしている。庶務課の仕事が滞ってきて、署員の不満が署長にも届いているらしい。暫らく前から川勝鶴吉がしばしば署長に呼ばれるようになった。今回は署長室から出てくると、細い目を更に細く吊り上げて、手にしていた一枚の書類を省三の机に持ってきた。

「おい、これを読んどけ。署長からのお達しや。仕事の怠慢はどうなるか知ってるわな。お前は雇員やからクビにするのは簡単よ。クビになるの嫌やったら自分で辞職願書くことやな」

川勝は書類を省三の机に放り投げた。『税務署員の心得』と書かれているのが読める。馬場は黙って頭を抱えている。事務所の端の方で浜田が顔を上げて見ていた。


次の土曜日、省三は仕事を早めに切り上げて下宿にいた。七月に入って、暑さのせいか体がしゃきっとしない。奥歯が時々痛むことがあった。虫歯になりかかっているのかもしれない。

「こんばんは、児島さん。兄からの使いで二階へ上がります」

百合の弾ける声がして、そのまま階段を上ってくる足音がした。暑くなって児島家の玄関の戸は開いたままになっている。省三は畳の上に正座をして待っていた。

「ああ、よかった。下から見上げたら明りが見えたので、いらっしゃる、て思ったの」

そう言って百合は、浴衣の裾を合わせて省三の前に座った。膝の横に紅い風呂敷包みを置いた。省三もこの前、母が縫って送ってくれた浴衣を着ている。

「省三さん、ちょっと右の頰が変よ。腫れてるんかしら」

省三と顔を合わすと百合は目ざとく彼の頬に気がついた。

「うん、奥歯が時々痛むんです。虫歯ができたのかもしれん」

「歯は健康の基だから気をつけてね、省三さん」

百合はもう一度省三の頬の辺りに目をやった。

「そうやね。それよりこんな時間に家を出て大丈夫なん、百合さん」

「大津の町、夏になると夜店が出て夕涼みに出る人多いの。結構みんな夜歩きするわ。それで友達と夕涼みに行ってきます、って言って出てきたのよ」

ランプの明りで百合の顔と胸までがはっきりと見える。浴衣の上のふくらみが眩しく、省三は目のやり場がなくて視線をそらしていた。若い女性が来ると省三の味気ない部屋も華やいでくる。

「あら、省三さんも『スバル』買ってるの？」

百合は省三の机の上に置いてあった雑誌の表紙を見て言った。

「わたしずっと『明星』読んでたの。前にわたし与謝野晶子みたいな人になりたいって、言ってたでしょう。でも才能がいるのよね。難しいよね、現実は」

百合は与謝野晶子のような自由な女性にあこがれているのだろう。しかし晶子は歌が一流だから、あの自分の生き方ができるのだと、百合は言っているように省三は感じた。

「『明星』去年なくなったでしょう。今年から『スバル』に変わったけど、わたしずっと買ってるの」

「僕は時々本屋で見つけたら買うぐらい。でもみんな歌は上手だよね。百合さんもきっと与謝野晶子みたいにうまくなれるよ」

「わたしは、無理よ。頭に深みがないってことが分かったのよ。それ、自分で作っててよう分かるの。それより『スバル』は石川啄木という若い人が編集しているって書いてあるわ。その人、中学生のころから『明星』に投稿してたらしいよ。わたし『明星』や『スバル』で幾つかその人の歌、読んだことある。わたしね、省三さんて啄木に似ているところある、て思うの」

省三は驚いた。石川啄木のことは読んだことがある。自分とは幾つも年の違わない気鋭の歌人である。しかし自分と重なり合うところなどあると考えたことがなかった。

「わたしね、初めて西鶴寺の歌会で省三さんの歌を聞いた時、はっと、思ったの。確かに誰かの雰囲気に似ている。それはこの歌人だったの」

ランプの明りで百合の目が黒く輝いている。

「この人も貧しいらしいわ。でも二十歳で結婚してもう子供があるそうよ。小学校の代用教員したり、新聞社に勤めたりして暮らしている、て書いてあった」

歌は趣味である省三にとって、それは別の世界のことで、自分とは関わり合いのない話であった。百合は啄木のような歌人にあこがれているのだろうか、それとも自分に啄木のような生き方をして欲しい、と望んでいるのだろうか。省三はそのことは今聞く時ではないと思った。

「そうそう、きょうは写真の交換に来たんだったわ」

百合は横に置いていた風呂敷包みを開いて、写真立てを取り出した。彼女が包みを解いている間に省三も立ち上がって、机の引出しからハンカチーフに包んだ写真を取り出した。

「はい、省三さん。わたしと思ってね。でもなにか恥ずかしいわ」

百合は白い写真立てに入った写真を差し出した。

「えっ、百合さんの、写真立てに入ってるの?」

省三は両手で受け取った。それから省三は黄色のハンカチーフに包んだ自分の写真を差し出した。

「百合さん、はい、これ僕のです」

百合は黙って受け取ると、すぐにハンカチーフを開いて写真に見入った。

「これほんとに省三さん。どこかの若い紳士だわ。洋服を着るとこんな立派になるんだ」

省三は写真立てを早速机に置いて見ている。

「うわー、百合さん、一人前の娘さんになって。こんな気取った顔をして。それにこの花柄の晴れ着。髪も上に巻いてるね」

省三が大きな声で叫んだので、百合は自分の写真を見に彼の横に来た。

「これ西洋上げ巻きっていう髪型よ」

省三はどこかでよく似た髪型を見たような気がしたが、久世綾子が初めて歌会に来た時に結っていた髪型だったのを思い出した。

顔と顔が擦れ合うほどの近さで二人は小さい写真立てを見ている。百合の匂いと息遣いが彼に伝わってきた。不意に頬と頬が擦れ合った。省三に衝撃が走った。思わず百合を抱きかかえて腕を彼女の背中に回した。胸に心地よく百合のふくらみが感じられる。内からほとばしる衝動で更に強く彼女を抱きしめた。薄い浴衣から女性の肉の感触が伝わってくる。百合はびっくりしたように目を見開いて省三を見たが、すぐに目を閉じて動かなくなった。今まで知らなかった快感が省三を襲った。暫らく二人はそのままでいたが、そのうち二人ともはっと、我に返った。百合は驚いたように省三から離れると、浴衣の襟と裾を直して省三の写真を手に取った。彼の顔も見ずに、何も言わないで階段を駆け下りて行った。

省三の部屋には、百合が忘れていった風呂敷が開いたまま残っていた。うす紅色の布がランプの明りの輪が届くか届かないかのぎりぎりの縁にある。そこにはまだ艶めかしい空気が漂っているように見える。取り返しのつかないことをしてしまった。彼は自分を衝動の抑えきれない卑劣な人間であると見下した。彼女の信頼を裏切ってしまった。これでもう百合との交際は終わりになるだろう。急に彼女と過ごした思い出が幾つも思い出され、胸から熱いものがこみ上げてきた。彼は自分がした野蛮な行動を繰り返し悔やんだ。

次の土曜日、省三は自分の部屋で浜田と伊藤を待っていた。前日の昼に省三が弁当を食べていると、浜田金之助が来た。

「省三君、ちょっと相談があるんやけど」

浜田が真面目そうな顔で「相談」と、持ちかけるのは何か面白いことがある時だ。省三は箸を止めて浜田を見上げた。

「いや、この前から伊藤君とどこかで納涼会をやろう、て相談していたんやけれど、なかなかよい所が見つからんかって。どうやろう、君んとこの下宿貸してもろうて、暑いさなかにすき焼きするのは」

浜田は黒い顔を更に焼いて、目だけを光らせている。彼は仕事柄外に出ることが多い。

「七輪も調味料も君んとこにないもの、二人で持って行くさかい」

この一週間百合のことで悔やみ続け、気分が滅入っている。同い年の三人なら面白い宴会になりそうだ、と省三は思った。

省三は二人を部屋で待ちながら、前の週起こったことを思い出していた。百合のあの息遣いが自分の頬の近くでするような錯覚に襲われる。悪い夢を見ているのだったらよいのに、と思って何度も手の甲をつねった。

「おーい、省三君」

下の方で浜田の声がした。省三は我に返って、急いで階段を下りた。浜田と伊藤が七輪と炭、鍋やら、調味料を持って来ていた。三人で二階へ運び込んだ。それから三人ですき焼き用の肉とネギ、こんにゃくなどを買いに行った。浜田がビールにこだわるので、ビールも買うことにした。一本二十二銭もしたので二本しか買えなかった。

「ほんなら始めようか」

浜田が口火を切った。三人は酒とビールを交互に飲んでいるうちに、だんだん酔いが回ってきた。

「浜田君、その後、富子さんとうまくいってるの?」

伊藤がすき焼きをつつきながら何気ない風に尋ねた。

「それがよう分からんのんや」

浜田は箸を大きく開いて鍋に突っ込んだ。野菜がちょっと引っ掛かってきた。

「女はよう分からん。この前、富子に、たまには京都へ行こうや、て誘うたら『昼間やったらええよ』と言うたんで一緒に行ったんよ。あっちこっち歩いて『楽しいかい』て聞いたら、『うん、面白かった、けど疲れたわ』て言うた。それで鴨川べりへ行って休んでたら夕方になった。誰も見てないし、富子引き寄せて接吻しようとしたら、足、蹴られてしもうた。それから富子、急に物言わんようになって、別々に帰ってきたんや」

浜田の話は省三も身につまされる思いだ。伊藤は黙って聞いている。

浜田は気を取り直すように言った。

「それでなあー、省三君や、庶務課の川勝ズル吉さんのこと、気いつけんといかん、と僕は思うんや」

川勝主任の話が出ると、省三は酔いが醒める気がする。

「僕は君より三年前から大津署にいるし、あの人のことをいろいろ聞いて知ってる」

伊藤が黙って、浜田に酒を注いだ。

「ズル吉さん、字は読めても書くのは苦手や。計算はほんまにのろい。あの人の小さい時分、まだ日本には小学校もなかったそうや。若いころ京都で職人やってて、大津に税務署ができた時、京都の偉いさんの引きで入ったと聞いてる。大体あの人、職人の子弟が弟子入りすることと、税務署員が新たに入署することとの区別がついてないんや。馬場さんも初めは、ズル吉に職人の弟子みたいにしてめちゃくちゃやられて、それから大人しいなったそうや」

省三は浜田の話に聞き入った。以前馬場から、川勝主任の弟が、東京で政府の大物のカバン持ちをやっているように聞いている。酔いはすっかり醒めた。

「僕はこのごろ気いついたんやけど、ズル吉は省三君を追い出そうとしている、と思う。なんでかと言うと、仕事のできん上司は、仕事のできる部下が来ると恐ろしいなるそうや」

今度は省三が浜田に酒を注いだ。浜田は声を落として言った。

「自分が要らないことが分かってしまう。馬場さんはのらりくらり仕事をやってはって、ズル吉には彼は怖うない」

「そうやったら省三君はどうしたらよいんや。仕事なまけたらよいんか?」

伊藤が口を挟んだ。

「正解は分からん。だけどやり方は幾つかあるはずよ。テキは後ろ盾はあるけど、仕事ができんいう絶対的な弱みがあるんやから」

浜田はそう言って口をつぐんだ。

「僕ら若手署員はズル吉にはこりごりや。大津署のためには、ズル吉を追い出したらよいんやが、署長は気兼ねしているしなあ」

伊藤が自嘲気味に言った。全員が静かになってしまった。三人とも黙々と箸を動かしている。

その時、勢いよく階下の入口の戸が開いて、階段を駆け上がる足音が続いて、突然百合が入ってきた。男が三人、七輪を囲んで宴会をしている。六つの目が一斉に彼女の方に向いた。彼女は顔色を変えて立ち尽くしてしまった。宴会をしている三人も思いがけず若い女性が入ってきたので、それぞれがどうしたらよいか咄嗟には声が出ない。しかしいち早く事態を飲み込んで、機転をきかしたのは百合だった。

「ああ、驚いた。きょうはどうしやはりましたの、本庄さん。税務署の若手の宴会ですか？」

立ったままほほ笑んで、省三に向かって言った。彼は予想しない事態になって、すぐには返事ができなかった。もう百合は愛想をつかして、自分の所へはやってこないと思っていたのだ。

「本庄さん、兄がお借りしてました本、返しに来ました。兄から、『面白かった、またよい本あったら貸してくれよ』と言伝ありました」

そう言って、部屋の中に入ってきて、省三の机の真ん中に『不如帰』の本を置いた。

「『面白かった』って、それはよかったです」

省三はぎこちなく答えた。百合を上目遣いで見ていた浜田が、遠慮がちに言った。

「僕、どこかで見かけたことがあるように、思うのですが」

浜田は知らない女性には丁寧な言葉遣いになる。

「省三君、紹介してくれよ、僕たちにも」

浜田が促した。省三が立ち上がると、二人も一緒に立ち上がった。

「こちらから紹介します。彼は浜田金之助君、こちらが伊藤佐吉君。二人とも大津税務署の職員で僕と同い年です」

省三は百合の方に近づいて、

「こちらは郵便局の岡田百合さんです」

「そうだ、郵便局の電話課で見たことのある人だ。たしか事務やってる」

浜田は納得したようにうなずいた。百合は二人の名前を聞いても、省三や税務署の交換手から話を聞いているので落ち着いている。

「税務署でなにかよいことでもあったんですか、浜田さん」

百合は浜田の機先を制して言った。

「あ、いや、特によいことなどないんですが。同い年の三人で納涼会でもやろうか、てことになりまして。よい場所が見つからなかったもんで、省三君の下宿やったら、お金かからないし、それに気が楽やろうとみんな思ったもんですから」

浜田はあわてたのか平凡なことを言ってしまった。

「あら、それだったら交際されてる富子さんと岡野さんもお呼びしたらよかったのに。伊藤さんもですわ」

二人とも酔いが回っている上に、この女性が知っているとは思われないことを言われてしまった。彼女がなぜここに現れたのか、興味のあることを問い詰めるのを忘れていた。

「本庄さん、ちょっと顔色悪いみたい、日が暮れてきたからかしら。でも気いつけてください。突然お邪魔して済みませんでした」

そう言って後ろを向くと勢いよく階段を下りて行った。三人とも暫くあっけに取られて立ったままでいた。部屋はもう暗くなり始めている。

「ああ、びっくりした。あの岡田さん、なんで僕らのこと知ってるんやろうか？」

暫らく百合の顔と姿に見とれていた浜田が座りながら言った。省三はマッチを擦ってランプの明りを点けた。

「あの、岡田さん言うたこと、ほんまや、と思えんのやけど」

伊藤が言った。

「省三君、ほんまにあの人、お兄さんから頼まれて本返しにきたの?」

浜田の顔がランプの明りで目から上は暗く鼻から下は明るく見える。

「ほんまや。あの人の兄さん、僕と同じ歌会に入ってて、まあ友達なんや。家は店屋さんしてはって、忙しいと、時々妹さんを使わはる」

省三は百合とのことを近いうちに二人には言おうと思っていたが、この場はなんとか言い逃れることにした。

「そやけど、百合さんいい女やなあ。あんな人と交際できたらよいのに」

浜田が言った。

「何てこと言うんや、君は。富子さんも器量よしだぞ」

伊藤が怒ったように言った。


宴会の後、片付けを終わると省三は一人になった。もう大分夜が更けている。彼の頭には百合のこと、仕事のこと、いま聞いた川勝のこと、古里のこと、など次から次へと浮かんでは消えた。今まですき焼きの道具で塞がっていた場所が空いて、そこに体を休めていた。百合が返していった『不如帰』が机の真ん中に置いてある。彼が机の上を片付けようと思って本を取り上げると、ぽろりと紙が落ちた。淡い黄の地に薄柿色の縦縞の入った封筒に『省三さま』と表書きがあり、裏には『百合より』と書いてある。大きな文字である。省三は不安に駆られながらも丁寧に封を切った。

相変わらず暑うございます。あなたさまお変わりございませんか。私は無事に暮らしております。何卒ご安心くださいませ。その後ご無沙汰致しておりますが、悪しからずお許しください。これから私はあなたには手紙を書こうか、と思っていますの。あなたと会っていると、うまく自分の気持ちが伝えられないような気がするのです。
さて、あなたはこのごろどうしておられるの。私は毎日毎日あなたのことばかり考えております。頂戴いたしましたお写真を人目を忍んで見て日を送っています。
次の例会まで未だ随分日がありますのね。それまであなたにお会いできない辛い毎日をしのがねばなりません……。

省三の心は霧が晴れて一遍に明るくなった。あんなことをしたのに百合は怒っているのではなさそうだ。省三は百合を抱きしめた感覚を何度も思い返した。

八

八月に入った最初の日曜日、省三の歯の痛みは治っていたが、働き過ぎからか体のあちこちに疲れが溜まっている。久し振りに下宿にいると、突然階下から児島作次郎の母親の声がした。

「本庄さん、お坊さんがお見えですよ」

省三が階段を下りて行くと、従兄弟の本庄孝次郎が立っていた。

「省三君、久し振りですな。ちょっと大津に来たもんで寄らせてもらいました」

そう言って坊主頭を軽く下げた。孝次郎の母は荘平の上の妹で、東京にいるきくの姉にあたる。本庄家からの分家筋へ養女に行ったので同じ本庄姓である。従兄弟といっても孝次郎は明治元年の生まれだから、省三とは親子ほどの年齢差がある。彼の実家は省三と同じ村にあるが、彼は省三が生まれるずっと前に、京都の街の中ほどにある由緒あるお寺へ小僧に行って、やがてそのお寺の住職になった。

「孝次郎さんに来てもらうような所ではないんですけど」

「いやいや私も若いころ、東京で食うや食わずの学生生活を送ってました。そんな生活が懐かしいんですわ。ちょっと上がらせてもらいます」

そう言って省三の後について上がってきた。荘平の手紙によると、もうじき僧都の位から僧正に上がると書いてあった。もっとも僧正でも大から小まであるとか。坊さんのことはよく分からないけれども結構な立場なんだろう、と省三は想像している。

孝次郎は坊さんらしくきっちりと正座をすると、省三の方を見て話し出した。

「いや、若いころのこと、こんなあなたの姿を見てると思い出しますな。東京の小石川で下宿してまして、栄養失調で死ぬか生きるか瀬戸際やった。下宿してた家の人が『このまま放っておいたら、この青年は死んでしまう』と気付いて、荘平伯父さんに手紙を書いた。私の家は貧乏でお金が出せんこと、下宿の人も知っておられた。伯父さんがすぐに送金してくださらんかったら、私は死んでたかもしれん」

まだ本庄家が小地主であったころの話だ。孝次郎は続けた。

「私も四十を幾つも過ぎてしまいましたんですわ。貧乏百姓の次男坊の私だけが、みんなのお陰で学校に行けて卒業できた。兄も次の弟も大阪やら神戸に働きに出たけど、みな貧乏のまま若こうして死んでしもうた。私は自分なりに頑張ったつもりなんやけど、所詮僧侶で、親やら兄弟の貧乏をよう助けられんかった」

そう言って孝次郎は目を落としたが、すぐ目を上げて省三を見る。

「省三君、商売は面白いかもしれんよ。きく叔母さんが何遍も誘ってくれるんで、この前東京へ行った折、龍之介君の家に寄せてもろうた。若いのに結構な家に住んでいるよ。若奥さんにもお目にかかってきた。ほんま別嬪さんで品のある人や。あれやったら誰でも奥さんにしたいと思いますな」

孝次郎は省三から顔を斜めに向けて、思い出し笑いをするように目を細めた。

「おっと、私は僧侶ですから、横道にそれたらあきまへんな」

真面目な顔になって省三に向き直った。

「今度は龍之介君とはゆっくり話ができました。あと二年で奉公あけて日本橋で自分の店出すそうです。ラシャ屋さんやそうですな。もう十分その道のことを勉強させてもろうて絶対成功する、て自信持ってはりました。そろそろ店の準備に取り掛からんと、と言うてました。私は商売はよう分からんけど、彼やったらやれそうな気がしますな」

孝次郎は省三がさっきいれたお茶を一口すすった。省三も同じようにお茶碗を持ち上げた。お茶はぬるくなっていた。同じ従兄弟ながら自分の母親を引き取り、成功の階段を駆け上がって行く龍之介が羨ましかった。

「今、私の寺の前も横も、高島屋さんが新しい店作る言うて大普請してやはる。この年末あたりから店の工事をして、鉄筋に立て替えるそうで挨拶に来られました。あの店も大きなりはった。省三君なんかは生まれる前のことやが、私は祖父の荘右衛門の寺子屋で勉強したんですわ。今は荘平伯父さんが物置にしてはるあの建物が寺子屋やった。まだ日本に小学校できてないころですな。そのころ祖父が隣村の飯田さんの話をしてましてな、『京都へ出て高島屋いう屋号付けて米屋やってはった飯田さんやけど、養子さんが甲斐性もんで衣類の商売始めたら繁盛して、今や京の大商人の仲間入りしてはるそうや』、そんな噂ばなしをしてはったの、子供心に覚えてますな。私は十を出るころから今のお寺に小僧に行ったんやが、なんとお寺の前がその飯田さんの店やった。同郷やいうて飯田さんの家の奥さんにはようしてもろうたし、私の若いころお寺に灯籠も寄付してもろうた。お寺はそのころとちっとも変わらへんけど、飯田さんのお店はどんどん大きいなるの目の当たりに見てきました。省三君、商売ちゅうもんは生まれや学歴がどうであっても、自分の才覚と努力でいくらでも成功できるもんなんですな」

孝次郎は話を切った。省三は彼がなにを言いにきたのか、黙って次の話を待った。

「省三君、きく叔母さんが『省三は大津で頑張っとるやろうか。わたしは小さいころからあの子に目を掛けてきましたんや。近いうちにあの子が東京に来てくれたらよいな、言うて龍之介と話していますんです』と言ってたよ。つまり省三君、近いうちに君に東京に来て、龍之介君の店を手伝って欲しい、ということですな。それだけはあなたに伝えておきますよ。たしか公務員は官吏身分とそうでない雇員、傭員とか差別があって、官吏になっても高等文官試験合格組みとそうでない人の差別があるんですな。ま、あなたが税務署が自分に向いてると思うのやったら、それはそれで頑張ったらよい話やけれど。東京に出て龍之介君と一緒に商売することも考えてみてはどうですかな?」

孝次郎はもう一度確かめるように省三の顔を見た。従兄弟の龍之介が、自分が独立したら東京に来て一緒に店をやろう、と言ってくれているのだ。孝次郎も賛成のように見える。しかし今の省三には、百合と共にここで自分たちの将来を切り開いて行くことしか頭になかった。

「なにか坊さんらしゅうない話をしてしもうたけど、省三君、近いうちに私のお寺にも遊びにおいでよ」

孝次郎は立ち上がった。

「ちょっと、疲れてるみたいやな、省三君。若いうてもあんまり無理せんようにな」

法衣の裾を直して階段を下りて行った。頭は剃り上げてあるが、天辺は苦労の跡だろうか丸く光っている。

土田庄治は大阪の商家で丁稚奉公を続けているらしい。八月の初めに帰郷の途中、大津へ来たが汽車の時刻の関係で立ち寄れなかった、と書いている。もう商売には慣れて、前掛けてお客さんに応対しているのだろうか。生真面目な人柄だけに商人に向いているのか気掛かりである。

大津署に退職する人と病気で長期に休む人が続出してきた。丸田弥平は税務署の俸給の少なさに見切りをつけて退職した。仕事はだらだらして楽だが、こんなにパン代が安いと生きていけない、と書いてきた。再就職のための推薦状を書いて欲しい、と省三に頼んできた時のことだ。

森山太三と柴山次郎は脚気で転地療養の許可をとって、署からいなくなった。

兄の荘二郎が美保の病気は快方に向かい、ゆるゆるではあるが家事もできるようになった、と言ってきた。いつも心の奥に引っ掛かって離れない母の病状である。少しは気分が楽になったが、母の病はそんなに軽いものではない、と省三は見ている。母を大きな町の病院に連れてきて診察をしてもらう、多分入院になるだろうが、それができるのは自分しかいない、と省三は思っている。だんだん母に残された時間が少なくなっている気がして、焦りに襲われることがあった。

省三の仕事は深夜に及ぶことが多くなった。七月から所得税と酒税の季節に入っていた。署長の方針で税務官が頻繁に出張するようになった。そのため旅費や手当、接待費用の清算、時には彼らの留守役を言い付かることもあった。ある夜、書類を取りにイスから立ち上がって二、三歩歩くと、足がもつれて重心を失い倒れそうになった。やっと他の職員の机に掴まったが、机の角で指を切ってしまった。血が滴り落ちた。どうしたんだろう、今までに平らな床を歩いていて足がもつれた覚えなどなかった。最近の睡眠不足がたたっているのだろうか、と思った。医薬品棚から絆創膏を取って貼り付けた。


八月の例会は八日の日曜日だった。このところ二人とも歌が上の空になっている。西鶴寺の住職に酷評されても余り気に掛からなくなった。例会後いつもの通り省三は人気のない路地で百合を待った。彼女は急ぎ足で近づいてきた。

「一か月長かったわ。何度も会いたくて省三さんの下宿へ行こうか、と思ったんよ」

百合は省三を上から下まで見て、彼の手に目を留めた。

「あら、指どうしやはったんですか？」

彼女は省三の手を取って絆創膏の指を見た。

「事務所の机の角で手を切ったんです。足がもつれてこけそうになってしもうて。このごろ夜中まで仕事をしているし疲れが溜まっているみたい。そんでも百合さんに会うと元気一杯になるよ」

省三は百合の手のひらから自分の手を抜いて、大きく伸びをした。彼女は眉をひそめた。

「省三さん仕事し過ぎやないですか。きょうはいつもより疲れて見えるわ。税務署で省三さんみたいに頑張る人いないわよ」

「でも、仕事が次から次へとくるよ。僕より誰もする人いないいんやから。きょうもこれから事務所に行ってしないと、間に合わなくなる仕事あるんです」

「えっ、これから省三さん事務所へ行くの」

百合は大きな声を上げた。

「詰まんないわ。久し振りに会えたのに」

彼女は横を向いてしまった。

「来週はお盆やから、これから特別に忙しくなるんです。お盆明けたらちょっとはましになると思う」

百合は気を取り直したように省三の方を向いた。

「省三さんに一つお願いがあるんですけど」

「僕にお願いって、なに、百合さん」

百合は省三の顔を見て、暫らく躊躇している様子だったが思い切ったように言った。

「浜田さんのことなんですけど、この前、わたし、富子さんから勤めの帰りに呼び止められて怒られたんです。富子さんが浜田さんの家へ行ったら、机の上にわたしの写真立てが置いてあったそうなんです。浜田さんはあわてて隠さはったそうですが、確かにわたしの写真だった、て言うんです。わたし自分の写真を浜田さんにあげた覚えないし、困ってるんです。それに『岡田さん、あなた本庄省三さんと交際してるって噂よ。郵便局がなんで税務署まで出張ってくるのよ』て言わはったんです」

省三は百合の話に驚いた。浜田がなんで百合の写真を持っているのか不思議だった。省三は百合との仲をもう浜田にも伊藤にも話していた。富子には浜田がしゃべったんだろう。

「分かった、浜田君に限ってそんなことはないと思うんやけど、一度聞いてみる」

「こんなこと頼んで堪忍ね。わたし自分の写真を省三さんの他、男の人には誰にもあげていませんから。でも写真、お茶会へ一緒に行った人だけとは交換したわね。それからもう一つあるんですけど」

百合はもう一度省三に向きなおった。

「一緒にお茶会に行った中村さんからなんやけど、中村さんは京都に親戚があって、そこの家から大文字がよう見えるそうなんです。今度の五山の送り火、一緒に見ないかって誘われてるの。わたし、ほんとうは省三さんと行きたいんやけど、無理なお願いかなあ」

百合は最後は下を向いて、言葉を飲み込むように言った。送り火はお盆の翌日の行事である。とても京都に行っている時間は取れそうもないので、省三は黙っているしかなかった。

月曜日の昼時間、省三は浜田の席へ行った。彼の周りには誰も人がいなかった。

「浜田君、一つ聞きたいことがあるんやけど」

省三が声を落として昨日百合が言ったことを聞いてみた。浜田は夏の外回りで更に黒くなった顔で省三を見た。目が細く光っている。暫らく考えこむ表情になったが省三から目を離さず答えた。

「富子の高等戦術やな、それは。彼女、省三君、君に気があるんや」

省三は思い当たる節があるように思った。時々何か言いたそうに、自分の方を見ている富子の姿に出くわすことがあった。もちろん取り合ったことはない。

「富子は君が百合さんと付き合ってることは知っている。それで君と百合さんとの仲をこわそうとして僕を使っているんや。そのうちに君んとこへ来て、百合さんと僕が君に知れないように交際しているらしい、て言うよ」

「君と富子さんとうまくいってないんかい」

「あの女、気が多い性質らしい。大分前から僕に冷たくなってるね」

そこまで話がきた時、他の署員が近くを通りかかったので、省三は自分の席に戻った。このことは自分と百合がしっかりしていれば問題ないことなので、それ以上浜田に聞いても仕方がない、と思った。


翌日の昼時間、弁当を食べている省三の席へ伊藤が来た。

「省三君、君に頼みがあるんや、聞いてくれる？」

伊藤から頼まれることは珍しい。省三は箸を止めた。

「きょう、仕事が終わったら、浜田君か省三君を誘って大黒座の芝居小屋の前に来て欲しい、て岡野さんから頼まれているんや。きょうは浜田君は出張でいないし、省三君、君に頼むよ。いま大黒座で『不如帰』の芝居やってるそうや。話は芝居のことらしいけど、それ以上のことは僕も知らん」

『不如帰』の芝居のことは省三も知っている。百合と、二人で見に行きたいね、と話したことがある。

「うん、『不如帰』の芝居には興味があるね。そやけど、この通り書類の山や。とても早く帰れることにはならんね」

省三が机の上の書類を見ながら言った。

「たまには早く仕事を切り上げんといかん、と僕は思う。こんだけ仕事をやっている省三君が、少し早く帰ったからいうて、誰もとやかく言わないよ。気晴らしに行ってみようよ」

伊藤が執拗に誘うので、省三も断りきれなくなった。

六時に終業の時計が鳴って半時間ほどすると、伊藤が省三の机の横に立った。

「わかった、行くよ」

省三は書類を未練がましく机の引出しに入れた。入りきらない書類の上に算盤を置いて、本日分の仕事が終わった印にした。

省三と伊藤は並んで税務署を出て中町通りに入った。八月の日は長いが、さすがに七時を過ぎると辺りはうす暗くなってくる。

商店街は人通りが多い。中町通りに入って一筋目の四つ辻に差しかかった時、突然横道から女性が出てきて二人の行く手を塞いだ。後ろにもう一人が見える。

「伊藤さん、本庄さんこんばんは」

先に出てきた女性の声がした。一瞬省三はどきっとしたが、岡野さんだ。声とぼんやりとした女性の輪郭で分かった。

「あれ、岡野さん、待ち合わせは大黒座の前でなかったの？」

伊藤が立ち止まって、驚いた様子で言った。

「そのつもりだったんやけど、富子さんが、横道から急に出て行って男の人驚かすのも面白いよ、って言ったんでそうなったの。驚いた、お二人さん？」

「えっ、富子さんもいるの？」

また伊藤が驚いた。

「ええ、いるわよ。こんばんは本庄さんに伊藤さん」

富子が岡野の後ろから出てきた。

「なにかよう分からんけど、四人もここに立ち止まってると、歩いてる人に迷惑かけるし大黒座の前に行こうや」

伊藤が先に立って歩き出した。伊藤のすぐ後を省三が、その後を岡野と富子が並んで続く。中町通りは両側に商店が並んでいるので買い物客が多い。買い物をするあてのない人も夏の夕刻、涼しさと賑やかさを求めてなんとなく歩いている。

「本庄さん、ここ『マル初』て書いてるわ。郵便局の岡田百合さんの店じゃないの」

後ろから富子が大きな声をかけた。店の中に聞こえる大きさだった。省三は驚いた。もし店の中で百合が働いていたら自分が富子と歩いているのが分かってしまう。百合ではなくて彼女の兄さんであっても、自分が他の女性といることを知られる。半開きの店のガラス戸越しに黒い人影が動いているのが見えた。

「あら、本庄さん逃げなくってもいいじゃないの」

富子が遠慮のない声で続けた。省三は店の中まで声が届かなかったことを祈りながら、駆け足になって先を行く伊藤を追い越した。

中町通りから更に人混みの多い菱屋町の商店街を抜けて大黒座の前に来た。芝居小屋の前は明るい。軒の下には、きょうの出し物の『不如帰』の場面を描いた看板が何枚も並んで、雰囲気を盛り上げている。小屋の前には男女四、五人が看板を見たり、人待ち顔で立っていたりしていた。

大黒座の前に全員が揃った。富子は、職場への行き帰りに着ている着物から、鮮やかな花模様の浴衣に着替えている。芝居小屋の明るさで省三は初めて気がついた。

「『不如帰』の芝居、今週一杯やってるの。わたし切符四枚持ってるし、この四人で土曜日の夕方に行こうか、と思うんですけど、どう、本庄さんに伊藤さん」

富子が省三と伊藤に言った。省三はびっくりした。これが浜田が言った、富子の高等戦術なのかもしれない、と思った。

「なんで四枚なの、富子さん。浜田君と郵便局の岡田百合さんも入れて六枚買うてくれたらよいのに」

伊藤が不満げに富子の顔を見た。

「浜田さんは土曜日は都合が悪いって言うてはったわ」

富子は伊藤をにらむように言った。

「おかしいな、浜田君は今度の土曜日、事務所にいるはずやけど」

岡野が伊藤の袖を引っ張って後ろの方へ連れて行った。

「浜田さんが都合が悪いて、言うてはるんやから仕方ないいんやないの」

後ろで岡野の声がする。伊藤は岡野に袖を引かれて大黒座の前からいなくなった。

「それでどう、本庄さん。職場の四人で芝居見物するのは」

「富子さん、悪いけど僕は行けないよ」

省三はきっぱりと言った。富子は省三に一歩近づいた。

「本庄さん、わたしあなたに忠告しておくわ。あなたって、あんなちっぽけな乾物屋の娘と交際したってなんの得にもならないわよ。それにあの人、自分の写真、男の人にばらまくんだから始末におえないわ」

省三はひどく嫌な気分になった。

「岡田百合さんはそんな人やないよ」

「本庄さん、目を覚ましたら。わたし京都の監督局に親戚がいるし、お父さんは遠藤署長と知り合いよ。その関係でわたし税務署にいるのよ。本庄さんだったら、お父さんがちょっと後押ししただけですぐ属に昇任するわ」

富子は横を向いた。柔らかな黒髪がふわりと揺れ、芝居小屋の明りでうなじが一きわ白く覗いた。

「わたし、ずっと本庄さんのこと気になってるの。何度もそのことお話ししよう、と思ってたんだけど勇気が出なくって言えなかったの」

富子は横を向いたままささやくように言った。省三は困惑した。富子が自分に好意を持ってくれるのは嫌ではないが、今はただ迷惑なだけだ。

「富子さん、僕はいま岡田百合さんと交際してるんです。悪いですけど、富子さんと、よろお付き合いしません」

省三は勇気を出した。ここははっきりさせておくべきだと思った。

「わたし、岡田百合さんなんかに負けたくないわ」

富子は向き直って省三の顔を見詰めた。怒っているようではない。もっと何か言いたそうな表情だ。しかし何も言わなかった。省三は彼女を傷つけてはいけないと思ったが、うまい言葉が出てこない。

「富子さん、芝居は浜田君と行ってやってください。僕からお願いします」

省三はそう言い残して大黒座の前を離れた。後ろは振り返らなかった。

今年のお盆も帰省ができない。母がどれほど自分の帰りを待っているだろう、と思うと胸が痛んだ。馬場の病気もだんだんひどくなってきて、事務所にいても机に肘をついて頭を抱え、痛みに耐えているように見える。川勝は以前よりも頻繁に署長に呼ばれている。

「お前がしっかり仕事をせんから、わしが署長から文句を言われるんや」

署長室から出てくるたびに、川勝はすたすたと省三の席にやってきて、吐き捨てるように言った。お盆の前にも自分の机にあった書類を小脇に抱えて持ってきた。書類は省三の机に積み上がって二、三部が床にこぼれ落ちた。

「おい、これを盆の間にやっておくんや。できんかったら無能や思うて辞表書くことやな。雇員の代わりなんぞ幾らでもおる」

川勝はすっかり片付いた自分の机に暫らく肘をついていたが、またせわしく草履の音を残して出て行った。

その週の金曜日、お盆の十三日、下宿に帰ったのは深夜を過ぎていた。机の上のランプに灯をつけると手紙がのっている。百合が持ってきたことはすぐに分かった。水曜日にも彼女が来て、帰るのを待っていました、と書付けがあった。夜二度も来てくれたことを思うと省三の心は痛んだ。自分を慕ってくれる女性の気持ちを、いたずらに傷つけているような罪悪感が残った。宛名に『石川さま』と書いてある。啄木になぞらえた百合のふざけ心が伝わってくる。封を切って手紙をランプに近づけた。

ああ親愛なる我が君よ、手の傷は全快致しましたか。毎日毎日気に掛かり日々の事務も面白からず、実に心配しております。この前の日曜日、もっとあなたと一緒したかったのに、仕事に行ってしまわれました。それ故、水曜日の晩、親の目を忍んでお宅へ参りましたら、折悪しくご不在でした。すぐ引き返さんと致しましたが、このまま帰りては折角来たのも無残と思いまして、机の上を探したらマッチがありまして、ランプに灯をつけました。恋しき君は見つからず、仕方なしに本箱から紙を出して一寸参りました印しを書いておきましたのよ。どうか許して下さいね。三十分ほど待ってましたよ。本当に残念でした。あなたが居られたら色々お話もあるし、手も包帯をして差上げ、さすりもするのにと思ったら胸がはり裂けそうでした……。

それから、この前兄から気になることを聞きました。兄は、火曜日の夜、女の人が「ここ岡田百合さんの店じゃない」「本庄さん逃げなくてもいいじゃない」と大きな声で言ったのを聞いたそうです。それで店の外へ出てみたら、綺麗な浴衣を着た二人連れの女性の後姿が見えた、と言ってました。わたしその女の人たち富子さんと岡野さんだと思うの。ねえ、そうでしょう。あなたは一緒に歩いていたんですね。わたし気になって夜もねむれないのです。

どうか私を見捨てないでくださいよ。わたしあなたに見捨てられたらこの世に生きてるかいありませんから永眠致します。どうか可哀相と思ったら末永く付き合ってください。

省三は手紙を読み終えると丁寧に紙を巻き返した。そっと机の上に置いてランプの灯を消した。どう富子のことを説明しようかと考える。一日の疲れがどっと押し寄せてきた。ここ暫らく疲れているのになかなか寝つけない日が続いている。

省三は百合へ手紙を書いて机の上に置いておくことにした。自分は伊藤に頼まれて二人で中町通りを歩いていたら、突然富子さんと岡野さんが現れた。暫らく四人で歩いていると百合さんの店の前で富子さんがあんなことを言ったのです、と説明した。「僕は百合さんより他の女性と交際していません」と締めくくった。

次の夜、家に帰ると省三の手紙はなくなっていた。翌日の夜、百合からの手紙が机の上にあった。省三は急いで封を切った。百合の気持ちはすっきりしないらしい。

「わたしは富子さんが、浜田さんよりあなたに好意を持っていることとずっと前から知っています。あなたと富子さんは同じ職場にいるんですから毎日会うことができますよね。あなたの心が富子さんの方へ行ってしまわないか心配でたまりません」

お盆が終わり省三が、百合が五山の送り火を見に行って、大文字を見上げる浴衣姿を想像したりしているうちに、三日後また百合の手紙があった。

「昨日の帰り郵便局から出ると、富子さんと岡野さんに呼び止められました。富子さんが言いなさったんです、『あなた、本庄さんの下宿へ毎晩こそこそ通ってるって話やないの。本庄さんのいない時狙って通ってるわけ。本庄さん、あなたに会うの嫌だから遅く帰るんよ。あの人やさしいからなかなか嫌と、言えないの。よいかげんに行くのよしなさいよ』。わたし言ったわ、『本庄さんからたくさんお手紙もらってるわ。よかったらお見せしましょうか』。そんならまた富子さんが言いなさったんです、『この秋に公務員の昇任があるわ。本庄さんたちの年代の人、早い人は雇員から属に昇任する年よ。本庄さんなら、わたしのお父さんが署長に声をかけたら間違いなく属に昇任するわ。あなた本庄さんの昇任邪魔するつもり』。岡野さんが言わはったんです、『郵便局からわざわざ他の職場の男性に交際迫るのよくないわ。郵便局にもたくさん独身の男性いらっしゃるんやから』。富子さんはわたしをにらみながら言わはったわ、『分かったわね、岡田さん。

本庄さんのまわりうろうろしたら次の手考えますからね』。わたしあなたの昇任邪魔するつもりはありません。もしあなたとお別れした方があなたのためになるのなら、わたしもうお会いしません」


省三はその週の土曜日早めに帰って百合に会うことにした。

省三は机の前に座って百合を待った。早稲田の通信講義録購読は先月から止まっている。勉強する時間が取れなくなっていた。階下の入口の戸の開く音がして百合の声がした。

「こんばんは、岡田です。おじゃまします」

階段を上がってくる音がした。心なしかいつもの勢いがない。

「省三さん、会いたかった」

百合は部屋に入ると省三の膝に擦り寄るように座った。

「省三さん、富子さんとのこと全部説明してよ」

百合の表情は険しい。

「わたしこのごろよく眠れないのよ。あなたとのこと、どうしたらよいか分からなくなってるの。すっかり憔悴してるわ」

真夏だというのに百合は白くなって、幾分痩せたように見える。

省三は伊藤に頼まれて大黒座へ行った日のことを詳しく話した。富子が四人で『不如帰』の芝居を見ようと言ったけれど、自分ははっきり断った。浜田君と行ってやってください、と言って別れた。そこまで説明したが、あの時富子は「わたし、岡田百合さんなんかに負けたくないわ」と気になることを言った。そこのところを百合にどう納得してもらったらよいか。

「富子さんは負けず嫌いなんや。彼女、三月の放歌事件のことで僕を買いかぶってる。僕が勇気のある人や思い込んで、好意を持ってくれてはるんやと思う。僕が取り合ったことないんで、僕と百合さんが交際してるの知って、一こと言いたいんや。もしかすると、あと何回かそんなことあるかもしれへんけど、僕の気持ちは決まってるし、そのうち静かにならはるはずや。それに昇任のこと、僕は富子さんのお父さんに頼んで昇任しようなんて、考えたことないよ」

「省三さん、本当やね？　省三さん思う気持ち、わたし富子さんの何倍も持ってるんやから。わたしのこと捨てたりしないよね？」

百合は真剣な表情で省三を見た。真っすぐな眼差しで見詰められると、彼女が愛おしく大切な人である実感が湧いてきた。衝動が走った。省三は百合を抱き寄せ自分の唇を彼女の唇に合わせた。突然のことだったが、なぜか百合の気持ちも同じはずだ、そんな気がした。彼女は目をつぶったまますぐ唇を開いて受け入れた。甘い濡れた女性のにおいがした。二人が初めて交わした口づけである。

九月に入ると、馬場栄一郎は転地療養願を出して郷里へ帰ってしまった。庶務課は実質省三だけになった。

その翌日、川勝はまた席にいなかった。省三が書類に目を落としていると声がかかった。

「省三君」

省三が目を上げると、浜田が机の前に立っていた。

「さっき僕、伊藤君を連れて署長の所へ行ってきた」

省三は無言で浜田を見上げる。

「このままでは本庄君も庶務課も潰れてしまう。庶務課なしでは、税務署は機能不全になる。庶務課に人員補強をすべし、という意見を若手代表として言ってきたんだ」

省三は書類を置いて両手のひらを組んで、見上げる。

「署長はおっしゃった『庶務課の様子は分かっている。しかし今は主任と属と雇員の三人が配属になっている。これ以上人員を増やすことは不可能だ。実は私も頭を痛めているんだ』。それで僕は怒られるのを覚悟で言ったんや、『庶務課には役に立たん人と病気で休んでる人がいるんです。これなんとか署長の力でしてもらえんでしょうか』。ほんなら、おっしゃった、『人事の件は京都の税務監督局が決めることになっていて、残念ながら私の一存では増員はできない。それにいま大津署は転地療養者と辞めた人が多くてどの部署も危機的状況になっている。監督局へは私としての意見や要望を出すことはできるが、年度の途中での増員は難しいんだ。次の十一月の人事異動には反映してもらえるように考えている。もう暫らく我慢して欲しい』。省三君、あと二か月我慢したら増員になるはずや」

省三は浜田の話の途中で立ち上がった。

「おおきに、浜田君。大津署のためにあと二か月、なんとか庶務課をもたさんといかんなあ」

自分の持ち分だけでなく、庶務課のこと大津署全体のことを頭に入れて行動する浜田に、省三は、彼の器量がだんだんと大きくなっていくのを感じた。

九月五日の日曜日は例会だった。題は『夏の名残』である。住職が言った。

「七月、八月は不作でしたなあ。あんまり日照りが強いと泉の水も涸れてしまいます。夏も終わりましたんで、そろそろ歌心の泉も湧き出てくるもんと楽しみにしてます」

住職が言った通り九月にはなかなかよい歌が揃っている。省三の番になった。

逢坂のやまに咲くてふ恋の花われ求ぎゆけば浪漫白ゆり

彼が詠み終わると、

「『われ求ぎゆけば浪漫白ゆり、浪漫の白ゆり』流行りの浪漫ときましたか。本庄さんは宗旨替えをしやはりましたかな」

住職は下の句を復唱しながら、彼の方を見てにやりと笑った。しかしすぐ真顔になって、

「浪漫白ゆり、分かったような分からんような、まあ分からんでもないですかな。写実風が浪漫風になりました。恋をすると宗旨も変わります。大津のどこかにお二人の逢坂があるんですな。愛しい白百合はんがいやはる気分伝わってきます。羨ましいことですが、なんか本庄さんらしい覇気が感じられまへんな」

住職の目が省三の方を向いて一瞬鋭く光ったように見えた。省三は今の自分を見透かされたようで、はっとなった。確かに家で歌を作りながら、集中が続かず息が切れるのを感じている。疲れと睡眠不足が歌に出ているらしい。

百合の方を見ると、目を伏せて前の畳を見詰めたまま住職の批評を聞いている。折角省三が彼女との夏の思い出を歌にしたのだが、嬉しそうには見えない。

今月の百合の歌は激しかった。

五山火のうつりて熱き唇を夏の名残に君におくらむ

裾からげ夕顔揺りて路地をいそぐこころ焦がして訪ふ夏去りぬ

「相聞歌どすか？　岡田さん。ひたむきな心がよう表れるようになりましたな。精進しやはったら晶子さんみたいに、どきっ、とする艶っぽい歌できるかもしれまへん」

住職が夏用の麻の墨染めにそぐわない表情をして言った。

「岡田さんの歌、どきっときました。僕、岡田さんの恋人、羨ましい、と思います。こんな贈り物もらえるなんて」

銀行員の奥村が真面目そうに言うと、何人かがどっと笑った。

省三がいつもの路地で待っていると、百合が下駄の音をあわただしく立てながら追ってきた。

「ちょっと、省三さん、このごろおかしいいんと違いますか？」

百合は顔を省三に触れんばかりに近づけて厳しい口調で言った。

「あなたは疲れてます。仕事のし過ぎです。少しは休まんといけません」

百合は早口でそれだけ言って、顔を省三から離し、横を向いてしまった。

「この前、三四郎さんから聞いたんですけど、庶務課って、仕事をしない主任さんと、先輩が脚気で転地療養しやはって、省三さんしか仕事する人いないんですってね」

百合は持っていた風呂敷包みをぶらぶらゆすっている。

「うん、そうなってしもうたんです。大分前から先輩の馬場さん具合悪うて、馬場さんの仕事も僕が引き受ける形になった。とうとう今月から郷里へ帰ってしまわはった。でも大丈夫や。百合さん心配せんでもよい」

省三は横を向いている百合に近づいて言った。

「この前、浜田君たちが署長に意見してくれた。そしたら署長は『十一月の人事異動にはなんとかする、もう暫らく我慢して欲しい』とおっしゃったそうや。そやから百合さん、あと二か月の辛抱なんや」

省三はそっと百合の手を握った。

「ひどい話やわ。省三さん疲れて病気になったらどうするの」

「大丈夫や。このごろちょっと疲れが溜まって、よう眠れんようになってるだけや。すぐ元気回復する」

　百合は省三の手を握って歩き出した。

「きょうは仕事に行かせへんよ」

　百合は省三の手をぐいぐいと引っ張って、帰り道とは逆の方向へ向かった。

「こんな所二人で歩いてたら、誰かに見られるかもしれんよ、百合さん」

　百合はそれには答えずに、横に並んで歩いている。いつの間にか疏水の鹿関橋を渡って、三井寺観音の階段を上っていた。省三は眺望の開けていない踊り場で足を止めて、上ってきた石段を見下ろした。そこで暫らく息をついて、もう一段高い観音堂まで上った。二人は百合が『三井の晩鐘』の話をしてくれた、琵琶湖を一望できる展望台の石の長イスに腰掛けた。この時間には周りに人影はなかった。

「ここ、一番落ち着けるね」

　省三は百合の手を握り締めていた。

「省三さん、足重そうよ。それに息切れてる」

　百合は、省三のどんな小さな変化にも敏感になっている。

「うん、このごろ階段を上る時、前みたいに足が早う上がらんようになった気がする。疲れやと僕は思ってるんやけど」

省三は小さな声で言って、湖の方に視線を移した。九月の湖面は澄み切った空を映して濃い青色の水をたたえている。やがてこれが藍色に変わると冬になるのだ。湖面から甘い空気が胸元まで立ち上ってきた。

「こんな見晴らしのよいところにいると、何もかも忘れてしまいそうやね」

省三は両手を上げて伸びをした。

「省三さんは、食事のおかずは自分で作らはるんですね」

百合はずっと省三を見たままだ。

「作るっていうほどのことはしてへんです。大抵は漬物か梅干か塩昆布ですませて、ときたま味噌汁作るかな。その代わり白いご飯は児島さんのお母さんに炊いてもろうて、お腹一杯食べてるよ」

「下宿している人、大抵そんなもの食べていやはるんやね」

「税務署の独身の雇員で、下宿してたらみんなよう似た具合かなあ」

百合はそれ以上聞かなかった。目を湖に移した。

「省三さんの古里の湖はどんななの？」

「それは広いよ、百合さん。向こう岸が見えないほど。今ごろは小鮎が岸に一杯群れてて、素手でも掴めるし、網で掬ったら一掬いで重いほど入るんだ」

「そんな小鮎食べるの？」

「食べてもよいけど、秋の鮎は痩せて固うて美味しいない。そやから筵に広げて天日干しにするか、串にさして乾かすかどちらかにするんや。乾燥した鮎は味噌汁やら煮炊きもののだしに使う。その時期は村中筵だらけになるよ」

「それ、だし雑魚の代わりにするんでしょう。うちでも売ってたことあるよ」

「川にも真っ黒な群れになって卵を産みに上ってくるよ。それをたも網で掬うとすぐに目籠一杯になるんだ」

省三はたも網で魚を掬って、目籠に入れる仕草をした。百合も網から小鮎が弾け出て、青空に跳ねている景色が見えるのだろうか、彼のたも網を追って青空に目を動かしている。

「僕らの浜からは竹生島が、古墳を浮かべたように見えるんだ。竹生島は神の島て言われているよ。その上にあの日本武尊が白い大猪と戦こうた伊吹山が重なってる」

「竹生島ってお寺とお宮さんのある島でしょう。おばあちゃんが船に乗って、お参りしたことあるって言ってた」

「西国三十番目やと思うけど札所のお寺があるよ。ここの三井寺観音さんは十四番目やね」

「省三さんその島行ったことあるの？」

「うん行ったことある。漁師さんの船に乗せてもろうて行った。めちゃくちゃ遠かったよ。

長いこと漁師さんが櫓を漕いで……」

省三は立ち上がって櫓を漕ぐ真似をした。

「省三さん、櫓漕げるの」

「漕げるよ。何べんも漕いだことがある。それに家にも田船があるよ。小さい船やけどそれに稲苗やら道具やら弁当乗せて、川を行ったり来たりするんや。今は兄さんが使ってるよ」

「わたしも乗せてもろうて、竹生島参りしたいわ」

「うん、天気のよい日、二人で行きたいなあ」

「わたし、うんとおいしい弁当作るわ」

百合は省三にもたれかかっている。

「わたしたち、三年したらどうなってるかなあ。そんなことわたしよう考えるんよ」

省三は百合の手を握って、座ったまま横抱きに抱きしめた。柔らかい腰の肉の感覚が彼の腕と横腹に伝わってくる。百合を離したくない、と思った。

三井寺の方向からゆっくり入相の鐘が鳴り始めた。九月の初めはまだ日暮れには時間があったが、五時になったのだ。魂を引き寄せるような響きが、いんいんと山あいに響いた。省三は百合が話してくれた『三井の晩鐘』の昔話を思い出していた。

「百合さんは龍神の娘か知らん」

突然省三が言ったので、百合は驚いて答えた。

「まさか、でも二人ともよく似たことを考えていたんだわ。わたし省三さんが船に乗って湖に帰ってしまうんやないかって、心配してたの。省三さんの船が迷子にならずに戻れるように、わたし毎晩鐘つくのよ。そんなことわたし考えてた。省三さん、行かないよね」

百合は真剣な眼差しになって彼に抱きついた。百合の風呂敷包みが彼女の膝から滑り落ちた。二人は長イスの前で抱き合いながら立ち上がった。

「省三さんわたしを捨てないでね。ずっと一緒にいてね」

百合は省三の腕に抱かれて彼の顔を見上げながら言った。

「百合さんと別れて僕どこへ行くの。二人はずっと一緒だよ」

省三は百合を強く抱きしめて、全身で彼女の肉体を掴まえて逃がすまいとした。

九

百合とずっと一緒にいる約束をした。その約束と時を同じくして省三の足が重くなってきた。ふくらはぎが少しむくんでいる。もしかしたらこれは脚気の兆候かもしれない。考えただけで背筋が凍る思いがした。しかしそんなはずがない、と彼は思い返す。自分の血筋で脚気にかかった人は一人もいないはずだ。

万一まだ雇員の身分である自分が脚気に罹って長期療養となれば、解雇されるかもしれない。百合、病気の母親、父、弟、兄、がどれだけ失望するだろうか、想像するだけで心臓が止まりそうだ。なんとか十一月まで庶務課をもたさなくてはどうしようもない。彼は人に気付かれないように無理に足を上げて歩くように心掛けた。

百合から手紙が届いている。今度は郵便で配達されていた。

恋しき石川さま

この前は、いろいろ話をしたつもりでしたが、家に帰ってみると、まだまだ話し足りないことに気付きました。近いうちにお伺いしてお話ししたいと思います。お留守でなければと願っています。

私は、あなたの体が心配でなりません。どうぞ無理をなさらないでください。お願いします。

さて、この前二人が三井寺観音へ行く途中を、同僚の中野千代子さんに見られていました。中野さんが西川さんに告げたのですよ。そしたら西川さんが私の友人の徳永さよさんに言ったのです。それで私は徳永さんにはどこまでも、私の兄の友人です、と言って通しました。万一誰かに聞かれたら、話が合わないといけませんので、どうかそのように言ってください。本当に困りました。今、郵便局では女の子の中で噂になっています。

ふくらはぎはだるくなったり痛くなったりして、だんだん症状は足の上の方にも広がってきた。虚弱な体の荘二郎兄が、老いた父といよいよ病が重くなっていく母、幼い弟を懸命に支えている。これくらいは我慢をしなくてはならない、こんな病には負けてはいられない。省三は足のだるさや痛みに歯を食いしばってこらえ、仕事を続けていた。

税務署内では、十一月に官制改正があって、京都税務監督局管内の京都・滋賀で四つ五つの税務署が統廃合される。それにともない税務署長と税務官が大更迭される、という噂が流れていた。当然末端の雇員にも影響があって、かなりの数の雇員が淘汰されるはずだ、という風評で職場に緊張感が漂っていた。

早稲田大学出版部から督促状が来た。昨年の四月から購読を続けてきたが、馬場の仕事が滞りだした七月から勉強ができなくなっていた。三か月購読料も未払いになっている。一週間後また葉書が来て、後で分割支払いをしても差し支えないので、継続すべし、と書いてある。しかし省三にはもう購読して勉強する時間も体力もなくなっていた。

九月十九日の日曜日、省三は夜の九時過ぎに家に戻ると、机の上に手紙が置いてあった。手紙の上に書付けがある。

なんて私は不運なんでしょう。また愛しいあなたさまにお目にかかれません。一時間も待ちましたのよ。日曜日だというのに、一緒にいることもできませんのね。手紙を書いておきましたので読んで下さいね。

百合より

手紙は消印がなく、百合が手で持ってきたものだ。省三は大きな息をつきながら封を切った。

『恋しき石川様』で始まっている。百合は二人のことを兄さんに話したと書いている。郵便局で噂になってしまったので、もう隠しきれないと思った。兄は特別驚かなかったそうだ。「しかしその本庄省三という税務署員がどんな人なのか僕は知らん。妹の交際する相手かどうか調べてみんと分からん。百合の味方になって両親に話してやるかどうかはそれからにしよう」と言われたそうだ。「私は、あなたが署長さんからも友達からも信頼されていること知ってますので、安心しています。それよりも、あなたの体が気がかりです。足はあれから重くないですか、息は切れませんか。私は心配で心配で、よく眠れない夜を過ごしています」と締めくくっている。

省三は階段を下りて台所のランプに灯をつけた。明りの中にちゃぶ台がある。作次郎の母が朝に省三用に炊いてくれたご飯が置いてある。暗い水屋から自分の漬物を出して食事をした。

階段を上がる時は特に辛かった。足が上がらないのだ。壁に手を寄せてやっと上りきると、そのまま布団に横になった。朝布団を上げるのにも息切れがして、今朝は敷いたままになった。もう脚気であるのは間違いなかった。なんとか十一月まで堪えて、誰か代わりに来る人に仕事を任せて養生願を出そうと思っている。

一週間後、二十六日の日曜日、省三は夜九時過ぎ、やっと下宿にたどり着いた。この週は体全体がだるいのに加え、頭が割れるように痛むことがあった。机に肘をついてなんとか頭を支えて痛みが去るのを待った。しかし仕事は止めるわけにはいかない。庶務課の仕事は全部省三に回ってきているのだ。
省三が重い足を一段一段引き上げて自分の部屋に着くと、机の上に手紙が乗っている。百合がきょうも来て待っていてくれたのだ。彼は暫らくのあいだ頭の痛みも、体のだるさも忘れて、百合からの手紙を読んだ。

「兄さんが、省三さんのことを知り合いに聞いたところ、私が言っている通りの人であることが分かったそうです。それで兄さんは『気いつけて付き合うんやで、お父さんとお母さんには、よい機会見つけて僕の方から話してやるさかい』と言ってくれました。それで私はもう一つ、『本庄さん、下宿していやはるんで、栄養が足りんのです。わたしがお金を出しますので栄養のあるもの店から持って行かしてください』て頼みました。兄さんは『妹からお金とれんしなあ』と言って、高野豆腐と椎茸と魚の干物をくれはりました。それできょう児島さんとこへ持って行きまして、お母さんに『すみませんけど、省三さんにこんな物料理して上げてくれませんか。省三さん栄養足りんで、病気になりそうなんです』て頼みました。そしたらお母さんも『そやな、このごろ足引きずってはる。マル初さんの娘さんのことやし、あんばい料理してさしあげます』と言うてくださいました。これからも時々持って行きます」

省三は手紙を読み終えると、開けたまま顔に押し付けた。涙で文字が幾つも滲んだ。彼はゆっくりと手紙を巻き戻すと、机の真ん中に置いた。重い体を持ち上げて、一段一段壁を支えに階段を下りた。台所のランプに灯をつけると、ちゃぶ台には高野豆腐と椎茸の煮付けたもの、焼き魚が乗っていた。久し振りに食べるご馳走であった。

周りで省三の病気に気付く人が出始めた。最初に気付いたのは隣にいる伊藤であった。彼は省三の席に来て、肩に手を置いて言った。

「省三君、暫らく休まんといかん。この病気は早いとこ手を打たんと」

「おおきに、伊藤君。心配かけてすまん。でもなんとか十一月までもたさんと」

省三は顔を上げて伊藤の顔を見てほほ笑んだ。精一杯元気な顔つきで平静さを装った。

「この病気は転地療養に限るって。早く療養したら大事にならずにすむはずや」

そう言って伊藤は自分の席に戻った。

十月三日の日曜日、さすがに省三も夜までは仕事に耐えられなかった。五時に下宿に帰った。部屋の壁にもたれて体を休めていると、頭の痛みが和らいできて、暫らくするうちにうつらうつらしてきた。下の方で玄関の戸の開く音がして、百合の声が聞こえたような気がする。

「児島さん、お邪魔します。岡田です」

きしきしという玄関奥のふすまの開く音の後で、

「あら、マル初さんの百合さん」

作次郎の母の声が聞こえてきた。それから二人の話はよく聞きとれなくなった。百合がなにか持ってきてくれたらしいのは分かった。夢の中のようで、現実かもしれない。心地よい響きだった。

「きょうは、本庄さんいやはりますよ」

その後で階段を上ってくる音がした。省三は我に返った。あわてて畳の上に座りなおした。足を曲げると鈍い痛みがした。自分の足ではないように思える。

「省三さん、お邪魔します」

百合の声がして、入口のふすまが開いた。

「省三さん、大丈夫?」

百合は省三に駆け寄って前に座った。

「堪忍ね、この前からお母さんの具合がちょっと悪かって、会いに来れへんかった」

そう言いながら百合は点検するかのように、目を省三の上から下まで移した。

「ほんまに、省三さん白うならはった。ちょっとふっくらしたみたいに見える」

「百合さんにもらった乾物いただいたからやろうか。おおきに百合さん。おいしかった」

省三は手を合わせる仕草をした。

「よかった、嬉しいわ。作次郎さんのお母さん料理上手に作らはるでしょう。きょう違う物持ってきて、料理頼んでおいたし、栄養あるもの作ってもらえると思う」

「それ楽しみやなあ。明日は早いとこ帰ってこんとあかんね」

「そうですよ、省三さん、そんなに遅うまで仕事ばかりしてたら、ほんまに重い病気になってしまわはります。それ心配で、わたし夜中に目が覚めるの。それからあれこれ考えてたら寝つけないことよくあるんよ」

「すんません、心配かけて。足がだるいこと時々あるけどなんとかやってる」

省三は本当のことが言えなかった。まだ百合は自分が脚気に罹っていて、腫れが背中まできていることや頭が割れるように痛むことなど知らないのだ。

百合は立ち上がった。

「きょうはお母さんがまだ調子戻ってないし、早いとこ帰らんといけないんです。もっと一緒にいたいのに。また近いうちに来ます。ほんまに省三さん体に気いつけてくださいね」

また次の週が始まった。庶務課の仕事は省三の机にだんだん溜まり始めた。彼が机に肘をついて頭を抱えている時間が長くなったり、歩いたり物を探したりする動作が緩慢になっているのも、原因だった。馬場栄一郎が休んでから、小使いの広川三四郎が、省三の指示で庶務課の外回りの仕事をするようになった。形だけは庶務課長兼任となっている直税課の大山課長に省三が、馬場が治って帰ってくるまで、という約束で許可を取った。それでも仕事が追いつかず、空席になっている馬場の席で、三四郎に事務をさせることがあった。

翌々日、伊藤が省三の席に来た。

「岡野さんから聞いたんやけど、富子さんが西鶴寺の歌会に入ったそうなんや。それって君が入ってる歌会なんかい？」

省三は驚いて伊藤を見上げた。

「えっ、それは知らんかった。富子さん歌やってはったの？」

「いや、そんな話は今まで聞いたことないって、岡野さんが言うてた。富子さん『歌なんて誰かに作ってもろうて持って行ったらいいんよ。わたし別なこと考えてるんよ』て真剣な顔して言ってたそうなんや」

「歌に興味なかったら、入ってても詰まらんと僕は思うけどな」

省三は百合との中に直接富子が入ってきたら、ややこしいことになるかもしれない、と不安を感じた。

十

十月八日の金曜日、家に帰ると百合からの手紙が裸で机の上にあった。

ああ愛しい省三さま、急に冷やしくなりましたね。あなたさまに何のたたりか、ご病気とのこと、おととい伊藤さんから聞きました。まさか急にご病気は重くなってないですよね。私は心配で二度おうかがいに来ていますが、お目にかかることができないのね。本当に何とした不運なんでしょう。

今夜来てもご不在、仕方なしに二階に上がりランプの火をつけようとしたらマッチがないのよ。手探りでようやく見つけて、次にマッチの燃えがら入れをまた探したの。地獄で仏に遭ったうれしさ、見つかった。それでマッチに火をつけたらランプに石油が一滴もなくて、火がともらないのよ。真っ暗がりでまた石油缶探して、石油さして火をともしたのです。やっと明るくなって机の引出しから紙を出してお手紙を書こうと思ったら、水が一寸もないのです。それで暫らく途方にくれていましたが、そのうちに気が付き、お茶を入れて書きましたのよ。

ご不在中に勝手に机なんか一人であけて許して頂戴。悪しき事とは知りながらこのまま帰るのも残念と思ったのです。

十日の大津祭の日、五時ころから参上致しますから、その日は家にいて頂戴ね。お勤めがありましたら仕方がありませんが、日曜でもあります故どうか家にいてください。ああ恋しいわ。今夜こそお目にかかれると思いましたのに。この前はお母さんの調子がよくなかったので、いろいろお話もできなかったわ。また今晩も一睡もできないでしょう。なぜこのごろこんなに運が悪いのかしら。

私の心は千代万代までも変わることはありません。

十月八日午後七時二十分筆止め　　御身大切に　　　　　百合より

恋しき本庄さまへ

明治四十二年の大津祭の宵宮は十月九日で土曜日だった。浜田や伊藤、三四郎も大津っ子だ。この日は半ドンの仕事が終わると、そそくさと帰ってしまった。税務署の窓からも祭の賑わいの空気が伝わってきた。事務所には省三ひとりが、高く書類を積んだ机の前に座っていた。

臨時傭いの駒田潤吉が入ってきた。

「本庄さん、こんな日は仕事止めて、祭見物に行かはるか、家で休んでたらどうですか？」

駒田は事務所の掃除をしにやってきたのだ。

「本庄さん、僕も心配してます。病気大分悪うなってるんと違いますか？」

駒田は省三の近くで箒を動かしながら言った。

「もう人目にも分かるんやね」

駒田は答えなかった。省三には彼の言うことがそのままの真実なのは分かっている。近ごろは字の読み書きには不自由がなくなり、算盤を持って習いにくることがある。省三は書類を置いて言った。

「そうやなあ、なんか時まで仕事をしても、全部終わることなんか絶対にあらへん」

省三は机の上の書きかけの書類を引出しの中にしまうと立ち上がった。もう足をまともに上げることができない。引きずるようにして事務所を出た。省三は駒田が箒の手を止めて、背後から自分を見詰めている視線を感じた。

辺りはすっかり暗くなっていて、道は行き来する人で溢れている。人にぶつかりそうになりながら、省三は帰り道をゆっくりと歩いた。去年の大津祭にはまだ妙法寺にいて、県庁に勤めている橋本と連れ立って宵宮を見て回ったことを思い出した。もう土田庄治は脚気で実家に帰っていた。一年後には自分も同じ病にかかるとは夢にも思わなかった。彼は道の中ほどで足を止めて一休みした。

「本庄さん」

後ろから声がした。省三が振り返ると奥村が立っている。

「本庄さんも、祭に出てこられましたか。岡田さんは一緒じゃないんですか?」

奥村は省三の周りに目をやっている。辺りがうす暗くて人出の多い時には見過ごすことが多い。

「僕は本庄さんと岡田さんにお礼を言いたいと思ってるんです」

省三は意外な奥村の言葉に驚いた。

「僕は小さいころから、なかなか自分の思ってることを言い出したり、行動したりできない、気おくれしやすい性質(たち)なんです。本庄さんと岡田さんがお互いに好意を持って付き合ってるのを見て、いつもけなりいな、と思ってたんです。この前の岡田さんの歌を聞いて、僕はこれではいかん、と思うて決意したんです」

省三が奥村の斜め後ろを見ると、女性が立っている。

「えっ、久世さん、久世綾子さんではないですか」

省三は驚いた。いつの間にか薄闇の中に久世綾子が立っている。今夜は無地の薄い藤色の着物で少々地味な感じだが、かえって美しさが引き立つように見える。この人混みの中でもすぐに見分けのつく容姿のよさである。

奥村が小さいころ、久世綾子がしばしば大津の叔父の家、つまり母の実家に来ていたそうだ。綾子の叔父の家は厳めしい門構えの旧家だが、ささやかな奥村の家も同じ町内にあった。奥村は時々見る少女の綾子にあこがれていた。何度か会って、一緒に遊ぶ機会があったのに、奥村は気おくれがして一緒に遊ぼうと言い出せなかったそうである。そのうちに奥村の家が引っ越しをしてしまって、お互いに会う機会がなくなった。それがこの四月の歌会で、突然綾子が現れて奥村はびっくりしたそうだ。十五年近くたって、美しく成人した綾子にまた気おくれがして、なかなか彼女に近づけなかった、とのこと。

そのうちに奥村は、綾子が東京のお偉方に目をつけられ、不本意な結婚を迫られていることを知った。しかし、なかなか綾子をつかまえて自分の気持ちを言ったり、綾子の叔父の家に行って『綾子さんと付き合わせてください』と言い出せなかった。省三と百合が歌会の後、お互いに待ち合わせて帰っていくのを見て、自分の不甲斐なさを呪っていたが、この前、九月の百合の歌を聞いて決意をした。綾子の叔父の家に行って『責任をもって綾子さんと付き合いたい』と言った。綾子は喜んで同意した。叔父は、昔同じ町内で決して豊かでないが実直といわれていた奥村家を覚えている。二人が交際することを認め、二人が綾子の両親に結婚を前提に付き合いたい、と話に行く時には、力になってやると約束をしたそうである。それできょうが初めて二人だけで大津祭に出かけてきたのだという。

奥村の話をほほ笑みながら聞いていた綾子が言った。

「これから長い争いになるかもしれないわ。でも負けないわ、わたしたち」

綾子はうつむき加減に小さく言ったが、その声はしっかりしていた。

「本庄さん、前から気になっていたのだけど、足が重そうね。滋養のある物、食べてくださいね」

綾子はたおやかに言うと、二人は人混みの中に紛れて見えなくなった。

一旦歩みを止めると痛みは和らぐが、だるさが足の下の方から襲ってくる。苦痛で顔をしかめた。だが気付く人は誰もいない。

鉄砲町にも曳山はある。町会所の二階から渡り廊下が伸びて曳山につながっている。その周りに顔見知りの近所の人が大勢集まっていたが、省三は下を向いて黙って通り過ぎた。

曳山を見上げる気力もなくなっていた。

下宿の畳の上で省三は仰向けに横たわった。昨日荘二郎から手紙が来て、母の病が重くなってきている、と言っている。母の病気は血の道病などではない、多分内臓に大きな病の巣を抱えているのだろう。そこを見つけて治療するには、町の大きな病院にかからねばならない。もう時間がない。省三は天井を見詰めてつぶやいた。自分はこんな病気に負けてはいられない。

「本庄さん、本庄さーん」

階下から児島作次郎の叫ぶような声がする。夢の中だろうか。省三が目を覚ますと、ランプの灯は消えて部屋は真っ暗になっていた。

「はーい」

省三は反射的に大きな声で返事をした。

「一緒に食事をしませんか？」

作次郎は省三の声を聞いてから、今度は声を落として言った。省三はなんとか立ち上がり、壁に手をついて体を支えながら下りて行った。

「本庄さん、大分悪うなってますな。病院へ行った方がよいですよ」

作次郎は階段の下から省三が下りてくるのを見て言った。

「そうですな、来週あたり一遍診てもらおうかな、と思うてます」

「そうしやはりなさい。きょうは祭の宵宮やさかい、たいしたもんありまへんが、一緒に食事でもと思うて、お呼びしましたんです」

作次郎は先に立って台所に省三を案内した。

「祭には昔から児島家は、いも棒とさば寿司を作ることになっていますんや」

ちゃぶ台の上には棒鱈と里芋を煮たいも棒と、さば寿司が乗っていた。ランプの明りでさば寿司の表面が脂でてかてか光っている。作次郎の母親の小さな姿が明りの境目に入っていた。

「本庄さん、具合はどうどすか。いつも遅うまで仕事してなはって、体こわしはるんやないか、思うて心配してますんや。作次郎と大分仕事が過ぎるんやないか、て話してます」

作次郎の母は省三を見上げて言った。

「この棒鱈、よう省三さん訪ねて来やはる娘さんとこのマル初さんで買いますんや。おだしの昆布やかつお節もそうどす。家（うち）は昔からそうしてますんです」

児島家はいつからここに住んでいるのだろうか、と省三は思った。ここの建具も家具も全部煤けて鈍く光っている。住んでいる人もそんなように見える。ここには新しいものは何であっても似合わないのだろう。彼にはそんな気がした。

「昔は何でも船で運びましたんや。大津の港は船で一杯やった。今はだんだんと鉄道で人も物も運ぶようになって、大津も随分さぶしゅうなりましたなあ」

児島の母はさば寿司を一切れ口に運びながら言った。

「そやけどマル初さんの娘さん、百合さん、器量よしで優しい娘さんどすな。本庄さんもよい人見つけはったもんや。あの人、家へ来やはると、家中が一遍に明るうなりますな」

省三は恥ずかしさで顔がほてったが、ランプの明りでは分かるはずはない、と思った。

遠くから祭の囃子が聞こえる。

「思うんですけど、あの百合さん大変でっしゃろ。夜遅う何べんも本庄さん訪ねて来やはる。マル初さんの主人も奥さんも昔気質(かたぎ)の人やで、その目盗んで来るのそうやさしゅうないと、思いますな」

作次郎の母の言葉は省三の胸にずっしりとのしかかった。百合との関係はもう児島母子(おやこ)には分かっていて、いずれ百合の両親も知ることになるだろう。その時までには百合に相応しい、一人前の男になっていなくてはならない。病気などに罹ってはいられない。焦りが彼の心に押し寄せる。

翌日の十日は日曜日で大津祭だった。省三は朝から起き上がらずに体を休めていた。月曜からの仕事に備え、できるだけ休んでおこう、と思った。横になっていると、激しい痛みは和らいだ。ただ足のだるさだけはどうにもならなかった。いっそのこと自分の足を切り離してしまったらどんなに楽だろう、と思う。

県庁前の天孫神社に曳山が全部揃ったのだろうか、ひときわ大きな囃子の音が聞こえてくる。からくりを備えた十三基の曳山が順番に巡行に出て行くのだろう、音は一旦近づいてきて、やがて遠のいて消えていった。

児島母子も祭を見に行ったのだろう、階下は物音一つしない。時々家の前の道を通る人の足音があわただしい。祭の息遣いが部屋に届いてくる。壁一つ隔てて世界が幸と不幸の二つに分かれてしまっているように思えた。

このままでこの病を乗り切れるだろうか、その問いがたえず省三の脳裏を去来する。万一転地療養で古里に帰ることになったら、どういうことになるのだろう。土田庄治のように、雇員の身分では退職を強いられることになるのだろう。大津とも百合ともお別れになる。もう母は起き上がれなくなっている、と荘二郎は書いてきている。自分が家に療養に帰ったら本庄家はどういう状況になるのだろう。

昨日からの不安で省三は押し潰されそうになってあえいでいた。昼には階下に下りて、いつもの自分だけの食事をした。一旦聞こえてきた囃子も止んでいる。祭の曳山が午前中の巡行を終えて、昼休みになったらしい。

省三が昼食を終え、二階の自分の部屋で横たわっていると、また祭囃子の音が始まって、今度はどんどん近づいてくる。昼からの曳山巡行は鉄砲町を通る。囃子は宵宮よりは幾分ゆるい。曳山を曳いて歩く速さに合わせている。鉦（かね）は鼓膜を、太鼓は心臓をカンカンと叩き続ける。高い笛の音は脳に張り付き、人の声は海鳴りのような低い掛け声と、高い歓声を二層に重ねて、耳元に迫る。たくさんの囃子方を乗せた曳山を支える木の車輪は、祭囃子とは別物の軋んだあえぎ声を上げて、省三の頭のすぐ近くを通って行く。一台また一台と通り過ぎて行く。十三もの苦痛が過ぎていくようだ。なんとしんどいことなんだろう、曳山の車輪は。支えきれないほどの人間と重い山を乗せて。車輪は潰れそうになってもたくさんの人に引かれ、あえぎあえぎ巡行している。今まで感じたことのない疲れが彼の体に溜まっていた。彼はまたうとうとまどろんでしまった。

「しょうぞうさん、しょうぞうさん」

耳元で百合の呼ぶ声が聞こえた。確かに百合の声がするのに、目が開かないし手足も動かない。必死で目を開けて起き上がろうともがいた。やがてぼんやりした中から百合の顔の輪郭が見えてきた。

「省三さん疲れてはるんやね。やっと目が覚めたみたい」

目が覚めると、百合の目が黒々と自分の顔の上から見下ろしている。なんと安心できる目なんだろう、と省三は思った。

「あ、百合さん、すっかり眠ってしもうた。今なん時ごろやろうか」

省三は起き上がりながら言った。

「五時をまわったところよ。わたし今お祭の手伝い終わって、急いでやってきたところ。それで、具合はどうなの？」

百合は座りなおした。

「うん、足がだるうて痛む。それに時々頭が痛うなる。多分脚気病に罹ってしもうた、と思う」

「えっ、脚気病って」

百合は次の言葉を呑み込んだ。

「でも、大したことはない、と思う。ここ二、三日歩くのが辛うなってるけど」

省三は百合に会っていると、強がりではなく本当に足や頭の痛みが和らぐ。

「脚気って脚が腫れてだる痛い、辛い病気やって、聞いたわ」

百合は自分が病気にかかったように顔を曇らせた。

「それって、少し前まで脚気菌が悪さをするんだって言われていたけど、違うんだってね。栄養が足りないかなんかで起きるんでしょう。若い男の人がかかりやすいそうだわ」

「大津署でも何人も、罹って転地療養している」

「省三さん来週お医者さんに行って診てもらってよ」

「うん、そうする」

「きっと行ってよ。約束よ」

百合は小指を絡ませて、省三と指切りをした。

「これから一緒に天孫神社へ行こうかと思ってたんやけど、省三さんの足しんどそうやね」

「うん、できたらきょう一杯は家で休んでいたいと思う」

「明日は仕事やし、部屋で休んでた方がいいね。わたし家へ帰ってお祭のお寿司取ってくるし、ちょっと待っててね」

そう百合は言うと、立ち上がって勢いよく階段を下りていった。

半時間ほどすると、百合が階段を駆け上がってきた。省三の前に座ると風呂敷を解いて三段のお重を取り出した。華やかな散らし寿司のお重、さば寿司と巻き寿司のお重、煮物・焼き魚のお重が並んだ。

「百合さんとこのお重、ほんまに豪華やね」

省三は素直に驚きの声を上げた。

「うちのような小さな商家は、普段は何でも始末にしているんよ。お祭だけは特別」

そう言って省三を見て目を細くしてほほ笑んだ。

「天孫神社へ行って夜店見てるより、省三さんと一緒にお重いただく方が、わたし嬉しいわ」

百合は割り箸を省三に渡した。

「百合さん、僕と天孫神社へ行こうかと思ってた、と言ったけど、そこへ二人で行ったら皆に見られてしまうけど」

省三は散らし寿司を頰張りながら尋ねた。百合は暫らく黙って言葉を探しているようだったが、箸を置いて言った。

「わたし決めたの。もう誰が見ていたっていいの。わたしたち何にも悪いことしてるわけではないし、人目なんか気にすることないって、思ったの」

省三は作次郎の母が言った「マル初さんの主人も奥さんも昔気質の人やし」という言葉が頭から離れない。だから余計に百合の言葉が重く省三の心にのしかかる。

「わたしたち、もう離れられないよね、省三さん。誰が何を言っても、何をしても。約束よね」

百合が真っすぐ省三の目を見た。省三は余りに真っすぐな百合の言葉と視線に気圧された。

百合は省三に近づいて抱き付いた。誰が見ていてもいいの、と言った自分の言葉に酔っているのか、彼女は強く体を押し付けてきた。省三は脚の痛みも頭の痛みもすっかり忘れて百合を抱き締めていた。

翌週は少し痛みが軽くなっていた。土曜と日曜の休養がきいたのだろうか、と省三は思った。しかしふくらはぎはだるく、引きずるようにしてしか歩けなかった。

火曜日の十月十二日、隣の町内にある林田内科医院へ診てもらいに行った。土田庄治もかかった病院である。中年の医師は足を叩いたり、上半身を裸にして触ったり、まぶたを上げて目を診たりしていたが、

「脚気ですな。大分進んでいます。しかし今すぐ転地療養が必要というほどではないですな」

メガネの奥から感情のはっきりしない目で省三を見据えながら言った。そう言われると、彼は少し元気を回復した。痛みとだるさが軽くなった気がした。

事務所に戻ると、川勝がつかつかと省三の席にやってきた。

「おい、本庄、この書類の山はなんや」

川勝は省三の机からこぼれ落ちそうになっている書類を一つ摘まみ上げて、省三の方に投げつけた。

「仕事をこんなに溜めて、大津税務署は大損害や。それにお前は脚気に罹ってるな。庶務課で馬場君と二人も脚気病や。ここは脚気菌がうじゃうじゃしとる」

川勝は顔をしかめてはき捨てた。

「さっき、遠藤署長に『本庄に退職願書かしてくださいな。あいつは仕事怠けて、未処理の山作って、大津税務署に大損害かけとります。それに脚気に罹って、仕事は溜まるばっかりになっとります。あいつの代わりに、仕事ようする職員をすぐに入れてもらわんと、庶務課は崩壊する手前どす』てお願いしてきた。署長から沙汰あるまでにこの山全部やっときや。そやないと今月の給料、払わんからな」

そう言い残して川勝は、ごま塩頭を後ろに向けて自分の席に戻った。

その日のうちには署長から沙汰はなかった。

その日は早めの八時に家に帰った。ランプに灯をつけると、すぐに階段を上がってくる足音がした。

「省三さん、お医者さんどう言わはりました？」

百合が息せききって部屋に入ってきた。後ろに束ねた髪が少し乱れている。

「ああ、百合さん、外で待っててくれたの。おおきに。お医者さん『脚気は大分進んでるけど、転地療養するほどではない』ておっしゃった。それほどひどくなってないらしい」

省三は明るい調子で言った。

「ああ、よかった。それ聞いて安心した。少しだけだけど、事務所の帰りに児島さんのお母さんに栄養のありそうなもの渡しておいたんよ、食べてね。今夜は急いで帰らないと。明日も仕事あるし。それから今月は歌会休みやね。歌作る気分になれないわ」

「そうやね、暫らく休みにしよう」

省三にはもう歌を詠む気力がなかった。今月から富子が入ってくるのかもしれない。しかしそんなことまで考える余力は省三に残っていなかった。

百合は省三の手をそっと握って、それから手を離して、さようならをして暗い階段をゆっくりと下りていった。

父の荘平から手紙が届いている。脚気に罹ったらしいけれども、それほど進んでいないので心配はいらない、と四日前に書き送っておいた。その返事である。今まで元気で勤務している、としか書いてこなかった。いきなり脚気病のことを知らせたのだから、さぞ驚いているだろう、と気がかりでいた。父の手紙には、脚気は早期療養が大切だから、署に療養願を提出してすぐ帰郷するように、と強い口調で書いてある。行間には家族の戸惑いと心痛が読み取れる。最後まで母のことは一言も触れていない。それは、母の病状がよほど悪いことを意味しているのだろう。自分が脚気に罹っていることを知った母が、一言も言ってこないはずがない。なんとか帰郷しないで病気を治さなければ、省三は苛立つ気持ちを必死で抑えていた。

省三はランプの灯を大きくして机に向かった。医者の診立てでは、すぐに転地療養するほどではないとのことだから、そんなに心配はいらない。本当にひどくなったら、すぐ帰郷してお世話になる。税務署では、十一月には官制改正で京都監督局管内では四つ五つの税務署が合併されてなくなる。あわせて事務職の整理があり、人員はかなり淘汰されそうだ、いま署を休んで療養するわけにはいかない、と書いた。

そこで手を休めて、省三はしんしんと更ける夜の暗がりを見詰めた。仕事も家事も何一つできない老いた父、寝たきりになってしまった母、小学生の弟、全てを引き受ける兄の荘二郎、その頼りなげな体が暗闇に揺らいで見えた。

「これ以上、荘二郎兄さんに負担をかけられない」

省三は独り言を言いながら封筒を閉じた。

脚のだるさと痛みは残ったままだったが、頭の痛みは間歇（かんけつ）的だった。痛くない時は仕事に集中できた。三四郎が省三の指導で庶務課の仕事に慣れてきていた。外回りの仕事だけでなく事務もだんだんこなせるようになっている。なんとかこの週は乗り切ることができた。

署長からの沙汰はなかった。

その週の土曜日十月十六日、省三は珍しく半ドンで帰った。体を休めてじっとしていると脚気の痛みの襲ってくる回数が減るように思えた。

十七日の日曜日、朝から体を横たえて休んでいると、階下の戸が開く音がする。

「児島さん、岡田です。上がらしてもらいます」

百合の弾けるような声がして、すぐにとんとんという軽やかな音が続いた。省三はあわてて体を起こした。彼女が省三の部屋に入ってきた。

「あれからどう？　省三さん」

百合は省三の顔を見ると同時に尋ねた。

「少しようなったみたい。ここ三日ほどは仕事も大分はかどったし」

「昨日は来れなくて堪忍ね。仕事から帰ったら、お店の模様替えやってたの。わたしも遅うまで手伝いさせられたわ」

百合は省三の前に座って、彼の頭から足まで、次は足から頭までを見た。

「ふんふん、この前と変わったところはなさそうだわ。これで少しは安心やね」

「土曜の半日と日曜一日を何にもしないで体を休めてると、脚気がよくなるような気がする」

「そうかもしれへんね、省三さん働きすぎたんよ」

百合は省三の手を取った。

「それで、きょうはこれからお母さんと出かけないといけないの。六月に着物作ったでしょう。あの時の生地が残ってて、その生地でお母さん、バッグと財布作ろう、て言うてるの。お母さんの知り合いが京の西陣で袋物やってて、これからそこへ二人で行くの」

「百合さん元気でいいね」

省三は百合の元気が本当に羨ましかった。こんな気持ちが生まれたのは初めてで、自分も驚いた。百合は悪いことを言ってしまった、という表情をした。

「堪忍して、気に障ること言うてしもうて。来週からわたし時間空けて、省三さんの看病に来ようかって思ってるの。早いとこ省三さんの病気治して、二人であっちこっち行きたいしね」

「おおきに、百合さん。僕も早いとここんな病気とさようならさせないかん」

省三の病気が急変したのはその日の夕方からだった。胸下が突き上げられるように痛み、部屋の中を転げまわって苦しんだ。脚や頭の痛みは影を潜めていた。時々痛みは引くが、暫らくするとまた激しい痛みに襲われた。それが夜中続いた。児島作次郎は省三の苦しむ声を聞きつけて二階へ上がってきた。しかし彼も背中をさすってやるぐらいで、どうすることもできない。

翌朝十八日、省三は十一時の太湖汽船に乗って帰郷することに決めた。作次郎は出勤せねばならない。母親に十時に人力車を呼びに行くように言って出て行った。

人力車の来る前、省三は机の前に座り、意識を集中し力を振り絞って、百合に手紙を書いた。

百合さん、昨夜から急に胸下が痛んで我慢できなくなりました。ひとまず実家で療養します。お話もせずに帰ること断腸の思いです。

僕はこんな病気には負けません。元気な体になって必ず百合さんのところに帰って来ます。二人は離れないって約束したんですから。

省三

それ以上は書けなかった。『岡田百合さんへ』と宛名書きをして、震える手で封筒に入れて封をした。

百合の闘い

一

広川三四郎は本庄省三が出勤しないのが気がかりだった。自分が知っている限り、省三が無断で欠勤したことはない。最近は小使いの仕事を臨時傭いの駒田潤吉に任せて、自分は省三の手伝いを馬場栄一郎の席を借りてやることが多くなっている。省三の席には書類が積み上がっている。三四郎は主任の川勝鶴吉に省三の様子を見に行く許可を取ろうか迷っていた。彼は、川勝が省三に退職願を書くように迫っているのを見聞きしている。もし省三が病気で出署できないなら、川勝にとって退職を迫る格好の理由になるはずだ。それは三四郎には気の重いことである。彼は決断をしかねて書類を閉じたり開いたりしているうちに、昼休みの時間になった。彼は税務署を早足で抜け出し、通りに出ると走り出した。

児島の家に着くと、入口の戸を勢いよく開けた。

「児島さん、児島さーん」

息を切らして三四郎は大声を上げた。すぐに奥のふすまが開いて、児島の母親が出てきた。

「省三さんどうしやはりました？　税務署に来やはりませんけど」

彼は入口を入って、履いていた草履を脱ごうとした。

「ああ、広川さん」

母親は落ち着いた様子で言った。

「本庄さんは、家へ帰りなはったよ。昨日の晩それはそれは苦しまはって、家で療養する言うて、何にも持たずに帰りはった。『三四郎さんが来たら、郷里に帰ってから税務署には手紙を出す、と言うといてください』との言伝です。お伝えしときます」

三四郎はそれを聞くと、脱ぎかかっていた草履を履きなおして急いで玄関を出た。

彼はこのことを誰に報告しようか迷っていた。これで庶務課は事実上川勝だけになった。もし川勝に報告したら、すぐに署長の所へ行くだろう。話は省三を退職させる方向になるに違いない。三四郎が誰に報告するか決めかねているうちに税務署に着いてしまった。

運よく川勝は席にいなかった。日ごろ話したことのない大山課長が、大部屋の真ん中で廊下に向かって座っている。形だけだが庶務課は彼の兼任になっている。三四郎は大山課長に報告することを思いついた。

「あのー、大山課長」

大山課長は不意に小使いの三四郎に呼びかけられて、じろりと彼を見た。

「本庄さんが病気で家に帰りはったんです。きょうは午前中から事務所へ来やはりませんもんで、昼時間に下宿まで見に行ってきたんです。そしたら下宿のお婆さんが『本庄さん、昨日の晩それは苦しまはって〝郷里に帰ってから税務署へは手紙を出す〟て言伝して、何にも持たずに船で帰りはった』そうです」

三四郎は自分の言ったことで抜けはないか頭で復唱してみた。大山はとりたてて驚く様子もなく「そうか」と言っただけだった。三四郎は拍子抜けした気分になった。しかしとりあえず自分の役割は果たせた、と思って小使い室の方に戻った。

前日、百合は母に付いてバッグと財布を作るため、初めて西陣の袋物屋さんへ行った。

「ごめんくださいい」

母は重いガラス戸を開けて先に店の中に入った。入口との続きは土間になっていて、土間と並行して長い畳の間がある。その奥にランプが灯って、小さな作業台を照らしている。

母の声で中老の短髪の職人が手を止めて、畳の間にやってきた。母は草履をはいたまま畳の間に横座りになって職人と話を始めた。彼のすぐ手の届く所に、幾つものバッグの型の見本や口金が置いてある。見本を取って二人は打ち合わせを始めた。彼は挨拶はもちろん、何一つ世間話や冗談を言わない人だった。百合は二人の話を聞きながら、この人は注文をもらって迷惑なのだろうか、と疑った。どう見ても母が無理なお願いを聞いてもらっているようにしか見えなかった。

話が終わる頃合いに、職人の奥さんが続きの部屋からお茶を持ってきた。母はほっとした表情で奥さんと話を始めた。職人は、百合の気のつかないうちに作業台の前に戻って仕事を始めている。二人の女性の話は西陣から京都・大津のこと、都おどりのこと、百合の仕事、話題は尽きなかった。小一時間しゃべって、やっと一区切りがついた。

「百合、よいバッグと財布ができるわ」

二人が職人の店を出て、狭い西陣の路地に出た時、母が言った。

「あの職人さんは間違いないのよ。うちとは長い付き合いになるねえ」

その職人が親方について修業中だったころ、母は岡田の家に嫁いできた。姑さんに連れられて、袋物を作ってもらいに西陣へ来てその職人さんを知ったそうだ。その時のことを彼女は昨日のことのように娘に話している。

「折角だから百合、河原町へ出て買い物に連れてってあげるわ」

母は生き生きとした顔つきになっていた。口ごろ店の手伝いやら、家事で滅多に出かけることのない母である。こんな時に羽を伸ばそうという気持ちは百合もうなずけた。彼女は心の隅に引っ掛かるものを感じながら、母のお供をした。

その日二人は、暗くなってから歩きくたびれて家に帰ってきた。手には大きくふくらんだ風呂敷を抱えている。

翌日の月曜日、百合は六時に郵便局が終わると、すぐに省三の下宿に向かった。このところ大津は上天気が続いている。こんな日はかえって夕方は肌寒い。彼女は気が急いて歩みを早めた。省三が職場から帰るには早い時間だが、どうしても寄ってみたい、と思った。

「こんにちは、岡田です。お邪魔します」

いつもの通り入口の戸を開けた。きょうはすぐには児島の母親の声がしない。百合は草履を脱いで階段を上がろうとした時、奥のふすまが開いて児島の母が出てきた。

「岡田さん、本庄さんはいやはりませんよ」

「分かってます。まだ帰っていやはらんの当たり前やわね」

一呼吸あって、作次郎の母の声が百合の後ろからした。

「百合さん、びっくりなさらんでくださいよ」

百合は階段を上がろうとしていた足を止めた。不安が心臓に走って思わず振り向いた。作次郎の母は昨日の省三の苦しみようと、今朝自分が呼んできた人力車で、彼が実家へ帰ったことを手振りを交えて話した。

百合は聞き終わって、そのまま二階へ上がった。省三の部屋は薄暗くなっている。彼女は部屋の真ん中に座り込んだ。頭の中が真っ白になって、暫らくはまとまったことが何も浮かんでこない。しかしやがて猛烈な後悔に襲われ、心は無念さで埋め尽くされた。

「どれほど自分は役立たずなんだろうか」

百合は省三の異変に気付いた時を思い起こしていた。写真交換に来た時だった。省三の頬が少し腫れている。彼は奥歯に虫歯ができて時々痛むと言った。あれが最初の兆候だったに違いない。七月のことだ。一週間後、すき焼きの時だ。彼の顔がいつもと違って見えた。そのあと足がもつれ、こけそうになって机の角で指を切ったと言って、絆創膏を貼っていた。あれは八月の例会の後である。あのころにはもう病気は進んでいたのだ。それから何度兆候があっただろうか。みんな見逃してきた。やっと病気に気がついて、食事の材料を差し入れたのは九月の末からだ。百合は自分の迂闊（うかつ）さに腹が立った。そしてとうとう昨日は彼の一番の危機の時、側にいてやれなかった。何の役にも立てなかった。彼女は自分の不甲斐なさを責め続けた。

外の明りはすっかりなくなった。灯のない部屋の中には省三の臭いが残っている。部屋の空気を嗅いでいると、彼と抱き合った感覚が呼び覚まされて、百合の体が火照ってきた。愛する男の胸の中に自分がぴったりと納まる快感が蘇ってくる。そうだった、五山の送り火を中村さんの親戚の家から見上げた。あの時省三さんが一緒でなかったことが、かえって自分の心に火が付いたように思えてくる。お盆の後、省三さんの部屋に行った時、二人は唇を合わせむさぼるように抱き合った。大文字の火が唇にうつったように自分の唇は熱かった。生まれて初めて交わした口づけだった。あれは身も心も暑かった夏の名残だったのだ。

百合はランプを点けよう、と思った。暗がりでもこの部屋の勝手は分かっている。ランプを点けると、机の上に封筒が乗っているのが目に入った。字がのたうっている。『岡田百合さんへ』と読める。彼女は指先で封を切った。

百合は手紙を見ながら、ふと省三を『あの人』と呼ぼうと、思った。今までいつも心の中で『省三さん』と呼んで会話をしてきた。突然彼が遠くへ行ってしまった今は、あの人と呼んだ方が身近に感じられる気がした。

脚気は養生したら治る病気だと聞いている。あの人はきっと私の所へ帰ってくる。二人は離れない、と約束したではないか。百合は淋しさで泣けてくるのを我慢して、あの人はきっと帰ってくる、と心の中で繰り返して、挫けそうな自分を奮い立たせた。

省三の手紙を懐に入れた。肌身で感じていると、いつもあの人を身近に感じられるように思った。

二

省三がいなくなった翌々日、十月二十日のことである。三四郎が庶務課で二つ空いた机を行ったり来たりしていると、署長室から大山課長が出てきた。

「川勝さん、ちょっと署長室へ来てもらえまへんか」

三四郎はいよいよ省三の退職が言い渡されるんだなと思った。代わりに誰が来るのだろうか。今の庶務課ではなり手などいないはずだ。川勝は胸を張ってすたすたと署長室へ歩いて行った。短髪のごま塩頭が扉の向こうに消えた。三四郎は書類を読んでいたが、何度読んでも一向に頭に入らなかった。扉の向こうではどんどん話が進んでいるのだろう。そのことが気になって仕事をしている振りをしているだけだった。

二十分ぐらいたっただろうか、突然荒々しく署長室の扉が開いた。川勝が上気した顔をして、細い目を吊り上げて出てきた。そしてそのまま自分の席へ戻る。

「これが古参職員への仕打ちか。野良犬みたいに追い出しおって」

大きな声で叫んだ。引出しから自分の持ち物を鷲づかみにすると、片足を上げて机を蹴った。机は大きな音を立てて揺れた。職員が一斉に立ち上がって川勝の方を見た。彼は口を真っすぐに結んだまま、一直線に扉に向かって歩いて行った。彼は一度も振り返ることなく、税務署を出て行った。三四郎が川勝を見たのはそれが最後である。

三四郎が馬場の机で身を潜めていると、大山課長が署長室から顔を出した。

「村田君と小使いの広川君、署長室に来てくれまへんか」

村田勘一は大山課長の下で直税課の税務官をしている三十代半ばの属だ。三四郎はなぜ小使いの自分が村田属と一緒に署長室に呼ばれたのか分からない。座っていた馬場の席からそっと周りを見回した。村田がずっと離れた席から署長室に入るのが見えた。他に誰も立ち上がった者はいない。やはり自分が呼ばれているのだ。彼はおそるおそる署長室の扉を開いた。

署長室の中には少人数で会議ができる机とイスが置いてある。入口扉の向こう側に遠藤署長と大山課長が座っている。

「広川君、村田君の横に掛けたまえ」

三四郎はひどく場違いの所に入った気がした。遠藤署長は三つ揃いの洋装、大山課長と村田は羽織袴、彼だけが羽織袴のない着流しである。村田の横にこぢんまりと座った。そんなことにはお構いなしに遠藤が口火を切った。

「やっと、川勝さんには辞めてもらったよ」

遠藤は出席者の顔を一通り見回した。大山だけが相槌を打った。

「これでなかなか根回しに気を使った。東京の本庁か京都の監督局から文句が出ないかひやひやしたけれど、何にもなかった。もっと早う手を打っとけばよかった、と思っている」

遠藤は口ひげと顎ひげのいかめしい顔つきには不相応な表情で言った。彼は続けた。

「去年の暮れ、東京から省のお偉方と川勝さんの弟さんが来た時は僕も窮地だったよ。我が署の税務管内の納税成績がさして良くないところへ、政府のあの大物政治家の名前を出して、圧力だったね。いよいよ川勝さんを課長に昇任させんといかんのかと思ったな。それどころか川勝さんを将来署長に推薦するつもりだ、と言われた時はさすがにびっくりしたね。そんなことしたら組織がもたん。だけどもし断ったら私がどっかへ飛ばされてしまうかもしれなかったからね」

「あの時は八景館で大宴会やったですな。私も川勝さんが昇任したらどっかに飛ばされる、と覚悟しとりました」

大山が引き取った。遠藤は口調を変えて、

「ま、事なきを得たけれども、庶務課には人がいなくなってしまった。新しい組織と人事の任命・異動の発令は十一月に入ってからだが、庶務課だけはきょう付けでする許可をもらってきた。書類はまだないけれど、川勝さんの後任を村田君にやってもらうことにした。大山さんとこの直税課は痛手になるが、十一月には村田君の後任をどっかの税務署からもらうことになっている」

村田は既にこのことは上司の大山から聞いているのか軽く頭を下げた。

「困ったことには、庶務課は馬場君と本庄君が二人とも病気で、新任の村田君一人ではどうしようもない。大山課長から、本庄君が広川君に仕事を教えていると聞いたので、この際広川君に小使いから庶務課の雇員に昇格してもらう。小使いには臨時傭いの駒田君を充てる。彼も読み書きができるようになったそうだね。臨時傭員は折を見て募集する。きょうからこの布陣でやってもらうことにしたので、一つ頑張ってくれたまえ」

三四郎には思いがけないことだった。馬場が復帰するまでの間、省三を手伝うだけのことだと思っていた。

「はい、頑張ってやらしてもらいます」

三四郎は精一杯大きな声で言った。これで明日からあこがれの羽織袴姿で堂々と仕事ができる。省三が大山課長の許可を取ってくれたお陰で、幸運を掴むことができた。喜びがじわりと湧いてきて、思わず頬が緩んだ。それでも省三のことが三四郎の脳裏にある。気の毒なことになったが、彼も二か月もすれば戻ってくるだろう、と考えてみて納得した。

百合は心の張りを失っていた。夕飯のあと、流しで茶碗を洗っていると、持ち違えて落としてしまった。茶碗は派手な音を立てて割れた。台所のちゃぶ台に足をひっかけて父と兄のお茶碗をひっくり返した。あわてて雑巾で畳を拭いていると、父が兄に言った。

「百合は何か気に掛かることがあるんやろうか。このごろよう、ぼんやりしてる風に見えるんやが」

「若い娘のことやから、ちょっとしたことでも面白うない思うて、気に病んでるんと違いますか」

そう言いながら、兄は百合の仕草に目を落とした。父はそれ以上何も言わなかった。彼女は兄には省三のことを言っておかねばと思った。

食事の後片付けをしてから、彼が店の方へ行ったので百合は後をつけた。

「兄さん、悪いことが起こってしもうた」

百合は兄の後ろから声をかけた。彼は店のランプの明りを背にして百合の方を振り返った。

「兄さん、本庄さん脚気病で古里へ帰ってしまわはった」

百合は涙が出てきそうなのをこらえていた。

「そうか、なにか起こったらしいのは分かっていたよ。聞いたら悪いかと思うて、聞かなかったんや」

兄の表情は逆光になってよく見えなかったが、自分のことを気にかけていてくれたのは伝わってきた。

「百合、心配するな。脚気やったら二か月も転地療養すれば治る」

兄はきっぱりと言った。どこか百合を安心させる空気があった。

「二か月したら帰って来やはるやろうか」

百合は涙声になっていた。彼女は兄の前では不思議と気持ちが弱くなる。彼の言葉が心強い託宣のように聞こえた。

百合はまずは省三に手紙を書こうと思った。しかし省三の古里の住所を聞いていなかった。あれだけ何度も会って、たくさん話をしたのに宛先が分からない。またもや自分の迂闊さに腹が立った。

次の日曜日、百合の足は児島の家に向かっていた。もう省三はいないのは分かっている。

しかし自分と省三が一緒にいた何かの証がそこにはあるような気がするのだ。

「ごめんください。岡田です」

玄関の戸を引きながら百合は奥に声をかけた。遠慮がちな小さな声になった。暫らくして児島の母親がふすまを開けて出てきた。

「ああ、マル初さんの百合さん。良いとこへお出でなはった」

母親は階段の下へ来ると、上に向かって大きな声で叫んだ。

「作次郎や、百合さんが来やはったよ。本庄さんの荷物の片付け一緒にやったらどうなんえ」

「それは都合がいいや。百合さん見に上がってきたら?」

二階から作次郎の声が降ってきた。

「本庄さんのお兄さんから葉書が来て、省三さん無事家に着いたそうです。『ここに弟が残してきた荷物、邪魔になると思うので、都合がよい時に送り返して欲しい』と言って来やはりました」

母親が説明してくれたので、

「あら、小母さん、葉書きたの?　わたしにも見せてもらえません?　本庄さんの家の住所知りたいんです」

百合はこんなに簡単に住所が聞き出せるとは思っていなかったので、思い切って来てよかった、と思った。

「分かりましたよ、奥から取ってきてあげます」

母親が奥へ引っ込んだので、百合は二階へ上がった。この階段は何度胸を躍らせながら上ったことか。きょうの百合は重い気持ちで一段一段踏みしめた。作次郎は省三の柳行李に衣類を詰めているところだった。

「百合さん、僕は衣類を片付けるさかい、あんたは本庄さんの机の方やってんか？　なにか厄介なもん出てきたら困るしな」

百合は作次郎が用意している古い櫃の中に、省三の本とか書類などを丁寧に入れていった。筆や硯などを詰めていると、暗闇の中、手探りでランプをつけて省三に手紙を書いたことなどが思い出された。全部机回りの物を詰め終えたが、自分の写真立てや手紙は見つからなかった。あの人が持って帰ったのかしら、と思った。自分はあの人の手紙は肌身離さず胸ふところに入れている。

作次郎の母親が、省三の兄の葉書を持って二階へ上がってきた。

「百合さん、これですよ。向こうさんの住所もちゃんと書いてあります」

百合は葉書を受け取った。省三は小さな華奢な兄だと言っていたが、葉書の文字は立派な堂々としたものだ。文章にも格調が感じられる。彼女はもう一度櫃から筆と硯を取り出して、捨てるはずのやかんの水を硯に注いで住所を写し取った。

百合は階段を下りて、はたきと水を汲んだ手桶を取ってきた。作次郎の母親から手拭を借りて姉さんかぶりをして部屋の拭き掃除を始めた。

「本庄さんは、きちっとした人で清潔好きでしたな。よう拭き掃除をしていやはりました。家は厳しゅう躾(しつけ)はったんでしょうな」

作次郎は柳行李を二つ作り終えていた。


郵便局の電話課では、百合と省三の仲は知れ渡っていて、その省三が病気で帰郷した、という噂が広がっていた。女性たちの間で嫉妬が同情に変わるのは早かった。人の幸福を見聞きするのは腹立たしいが、人の不幸には素早く優しくできる性質が備わっているらしい。百合が仕事時間中にぼんやり考え事をしていても、誰も陰口を言う人はいなかった。

三井寺観音へ行く途中の二人を見つけて、告げ口した中野千代子も百合とすれ違った時、そっと言った。

「百合さん、がっかりしんといてね。本庄さんきっと元気になりはるわ」

百合は自分が同情の対象になっているのが不本意であった。あの人と連絡さえ取れたら気持ちは落ち着くのに、と焦った。

百合は省三の住所は手に入れたが、そのまま直接手紙を送ったものか思案していた。彼がはっきりと言ったわけではないが、言葉の端々から父親を恐れていたのは確かだった。もし自分が彼に手紙を出したらたちまち厳父に見つかり、破かれ、省三さんがお仕置きを受けるのではないか。それどころか自分の両親に跳ね返りがあるかもしれない、と心配した。

省三に手紙を出すには厳父に怪しまれないように男の差出人にする必要がある。そして日常的に手紙をやり取りするには、返信が自分の近くに届かなくてはならない。それは自分の家か職場しかない。さんざん考えたあげく兄に頼むしかなかった。

「兄さん、お願いがあるんやけど」

百合は仕事から帰って、夕食の支度をするあい間をぬって、店にいる兄に言った。

「また本庄さんのことか？」

腰をかがめて仕事をしていた彼は、手を休めて百合の方を見上げた。

「なかなかよい勘してる、兄さん」

「百合の頭ん中は本庄さんより他なんにも詰まってないさかい、すぐ分かる」

「うん、わたし本庄さんに手紙を書こうと思ってるんやけど、本庄さんのお父さん昔風でそれは厳しい人やと聞いてるの。女の名前で手紙出して、お父さんに見つかったらどんなになるか、考えただけで恐ろしいわ。それでわたし兄さんの名前で手紙書いて、本庄さんには兄さん宛に手紙書いてもらうようにしようか、と思うんやけど、兄さんわたしのお願い聞いてくれる」

「恋の橋渡しに兄を使う、という百合の魂胆かい。乗ってやってもよいけど、家で父さんに見つかるかもしれんよ。でもまあ考えてみれば、もし本庄さんが病気になっていなかったら、今ごろは僕が両親に、百合のこと言ってやってるころかもしれんしなあ」

「いつかは分かることやから、見つかったら、その時よ」

「なかなか度胸があるな、百合は」

兄は腰を伸ばして立ち上がった。

「兄さんは仕事ばっかしで、交際の相手見つける暇がないの知ってるし、わたしこれでも妹として自分の周り気い付けて見てるのよ。徳永さよさんなんかがどうかな、て思ってるの。彼女器量よしやし気立てもよいし」

商品を並べていた兄の手がぴたっと止まった。反応ありだ。これで間違いなく兄は自分の味方になってくれる。

百合は自分の手紙が省三の父に見られてもよいように、苦心して男の文体を真似た。父と兄に来た手紙を探して手本にした。文字は周りから『百合は男のような字を書く』と言われているので、それほど工夫はいらなかった。男ってやたらと漢語を使って、他人行儀で、形骸的なやりとりをする人種のようだ。これでは自分があの人に寄せている思いの一割も伝わらないのではないか、と思った。最後に兄の名前と住所、ここに必ず返事を頂きたい、と尚書きで書いた。

念には念を入れて、百合は、本庄家が突然聞いたことのない岡田姓の人物から手紙をもらったら不思議に思うかもしれない、と心配した。省三は病床にあるだろうし、お母さんも大分前から病気だと聞いている。厳父か省三の兄が先に手紙を手にするだろう。そのためには税務署からの手紙にした方がよい。そう思って、彼女は二日後の夕食のあと三四郎の家へ行った。

「ごめんください。岡田です」

百合は三四郎の家の玄関の戸を引いた。児島の家と間取りがよく似ている。上がり框の奥のふすまが開いて、運よく三四郎が出てきた。

「あ、百合さん。こんな時間にどうしやはりました?」

三四郎は玄関のたたきに下りて百合の前に立った。

「三四郎さんは庶務課勤めにならはったんですね」

百合は省三が帰郷して、その代わりに三四郎が庶務課の雇員になったことを聞いていた。

「それやったら、省三さんの家に書類届けたりしてはりますよね？」

「うん、休職の手続きとか、貯蓄の出し入れとかやってあげてる」

「そしたら今度省三さんに書類送る時、この手紙も一緒に入れて欲しいの」

百合は懐から出した封筒を、さっと三四郎の胸元へ差し出した。三四郎は百合の勢いに押されたように手を出した。

「百合さんのことやから、変なことにはならんと思うけど」

「大丈夫。心配せんといて。手紙の中身もわたしよく考えてるのよ。そんなら三四郎さん頼むわね」

百合は軽くお辞儀をして戸を閉めた。


十一月五日に官報で税務署の統廃合と税務官の更迭が発表になった。京都監督局内の京都府・滋賀県下では四つの税務署が統廃合され、その中に山岡署長の田舎の署も入っている。彼は再び京都府の小さな税務署長に異動させられた。今回四つの署長ポストが減ったが、遠藤署長はそのままで、大山課長の異動もなかった。

浜田が湖北の長浜署に転勤が決まった。伊藤は異動がなかった。大津署では転出が属四名と雇員一名で、転入が属四名であった。雇員の転入が一名足りないが、それは三四郎が小使いから雇員に昇格したので辻褄は合っている。しかし前もって川勝が退職させられているので、属が一名減である。滋賀県の中心の大津署で人員数が維持できなかったのだから、他の署では噂通り相当数の人員削減があった。

庶務課の新任の村田主任は有能であった。税務官の経験から署員の庶務課への過度な要望は、それを過度だと分からせ、上手に断っている。自分たちがやるべきこと、消化できる範囲をきちんとわきまえていた。

「庶務課の帳簿類はよくできてるなあ。それに署長が慰労金の評価やら昇任の参考にしているという職員ごとの綴り(ファイル)は、大津署には今までなかったことやね。本庄君はここまでやるのは大変やったんとちがうかな。お陰さんで僕らの仕事はやりやすいよ」

庶務課の仕事を始めて暫らくすると、村田が感心しているのを三四郎は聞いた。村田が責任者になってから、川勝の時のように毎日夜中まで仕事をする必要はなくなっていた。

転出・転入の手続きで税務署内はあわただしい。人事異動は三四郎にはおおかた他人事であったが、浜田の転勤は気になった。特に自分と同じで大津しか知らない彼が、初めて他所へ出て行くのが気になった。彼は署長の受けはよくなかったと三四郎は思っている。

字は粗雑だし、話しぶりも態度も横柄である。交換手の富子との仲は、恐らく署長も知っていることだろう。優等生型の省三とは対照的であった。あの手の人が署長ににらまれて、早々に転出させられるのだろうと三四郎は思った。転勤の前の日、浜田は彼の席へやってきた。

「三四郎、暫らくお別れやな。大津で何かあったらすぐ僕に連絡するんやぞ。それと省三君のことは君に宜しく頼むよ。彼に何かあったら僕に連絡くれよ。あれだけできる奴は僕らの仲間にはいないからな」

浜田は三四郎の肩をポンと叩いた。三四郎はとても自分とは一つ違いとは思えない圧力を感じて、無意識に席から立ち上がった。

「はい、そうします。省三さんのこと気いつけときます」

十一月も半ばの日曜日、大津の商店街でゑびす市があった。三四郎は伊藤に誘われて、夕食を済ませて通りに出た。このごろは天気がよくても五時には暗くなる。

「寒いよなあ、三四郎。おまけに浜田君も、省三君もいなくなって、大津はほんまさびしい町になってしもうた」

伊藤が並んで歩いていている三四郎に言った。

「ほんまですな。こんなに人が一杯歩いてるのに、僕ら気い抜けたみたいに物足りんで淋しい気持ちですな」

「そうよ、彼らといると何か面白いことが見つかりそうで、わくわくしたなあ。山ほどいろんなことがあったような気がする」

伊藤は昔のことを思い出しているのか、その後はおし黙って歩いた。二人は中町通りの商店街を歩いているうちに、マル初商店の前を通りかかった。マル初商店もゑびす市に参加しているので、店の前にランプを灯してぶら下げている。

「百合さんが見える。うつむいて何してるんかな。ちょいと覗いてみますか」

三四郎は店の中に入って行った。

「百合さん、今晩は」

三四郎の声に品物を並べ替えていた百合は顔を上げた。

「あら、三四郎さん、それに伊藤さんも。ちょうどよかったわ、わたし聞きたいことあったの」

「もし手がすいてたら、そこまでゑびす市、見に行きませんか?」

伊藤が言った。

「そうね、店番誰かに代わってもらおうかな。頼んでくるわ」

百合は奥の方に入って行って、すぐに出てきた。百合を中にして三人が並んで歩いた。この三人の組み合わせでは自然と百合が真ん中になる。

「三四郎さんのお陰で省三さんから返事が来たわ。お礼言っとかなきゃ。おおきに三四郎さん」

百合は立ち止まって頭を下げた。

「省三兄いも、少しは元気になってるみたい。今度の税務署の官制改正、細かい所まで聞いてきやはる」

三四郎が言うと、伊藤が後を継いだ。

「ようなってる証拠やな、それは」

「わたしんとこへも、少しずつ回復してきている、って書いてきやはりました。それで伊藤さんに三四郎さん、税務署では転地療養ってどれくらい許可なさるの？」

伊藤も三四郎も知らなかった。

「一か月かな、三か月かな。属と雇員とでは違うんやろうなあ」

伊藤が言った。

「僕の感じでは人によって違うみたいに思う。すぐ退職した人もいるし、三か月位休んでる人もいる」

三四郎は一人ひとりを思い出しながら答えた。

「そやけど百合さん、省三さんは署長のお気に入りやし、僕は長いと思うよ」

「僕も三四郎と同感や。彼の場合、上司の川勝さんに全部仕事押し付けられて、体こわしたんやから。署長もそれは知っておられる。浜田君と二人で署長に訴えに行ったこともあるし」

伊藤が付け加えた。

「そうやったら、今年中に治らはったらまた大津へ帰って来れるんやね」

百合が急に立ち止まったので、先に進んだ二人も歩を止めて後ろを振り返った。

「わたし、省三さんがどこかへ行ってしまわはって、もう大津へ帰って来やはらん夢見て、夜中に目覚めるんよ」

伊藤と三四郎は慰める言葉が見つからず顔を見合わせた。三四郎はお転婆な百合の印象が拭いきれず、気弱な彼女の言葉が不思議だった。一方では百合が内も外も昔の百合ではなくって、自分の未知の領分である女性になってしまっているのに気付かされた。

「百合さんは省三さんと付き合ってから、ほんまに変わりはったなあ。もう昔の百合さんやない」

三四郎の言ったことは百合によく伝わらなかったのだろう、返事がなかった。

「税務署で何かあったら百合さんに知らせるよ。省三君早く治ったらよいのに」

伊藤が慰めるように引き取った。

三人は人混みの中を歩いて、何も買わないうちに大黒座の前に来た。夏に公演していた『不如帰』の芝居は大好評だったらしい。今は興行は休みで、軒下に掛かっていた芝居の名場面を描いた看板は外されて空いている。三人は大黒座を一回りして別れた。


十一月の終わりに税務署の昇任が発表された。今回は税務署の統廃合と、人員整理もあったので昇任は少なかった。その中に浜田金之助が雇員から属に昇任した。つまり一人前の税務官に登用されたのである。京都監督局内では同年代の中で昇任は三人で、滋賀県では彼一人だった。三四郎は意外な気がした。署長からどう見ても評価されているように見えなかった浜田がどうしてだろうか。しかしよく考えてみるとうなずける気もした。組織にはいろんな仕事があり、それに応じた様々な型の人間が必要なのは確かである。さし当たって浜田は欠点も多いが厚顔・積極型の典型なのだ、と思う。もし省三が後一か月病気にならずに勤務していたら、どうだっただろうか。署長は浜田より省三を選んだだろうか。三四郎は答えを見つけられなかった。

秋季税務協議会が大津署で開催された。滋賀県内から大勢の税務官が集まった。浜田もやってきた。彼は伊藤の席の前で立ち話をしている。三四郎は浜田に挨拶をしに行った。

「中道君が行方不明になってしもうたんや」

と言う浜田の声が聞こえてきた。中道は十一月の異動で八幡署から長浜署に転勤になったはずだ。あの大津での放歌の一件から酒癖が悪いことで、八幡署では持て余し気味になっていると三四郎も聞いている。

「省三君に手紙を出したが、古里には帰っていないらしい。八幡の下宿は出たことは確かなんやけど、長浜署には来んかった」

三四郎はふと流民という言葉を思い起こした。もしかすると中道はもっと大きい都市に流れ込んで、人知れず自分の生き方で生きているのかもしれない、そんな気がした。

三四郎は浜田に挨拶したが、彼は伊藤との話に夢中になっている。

「これから富子さんに挨拶に行くかい？」

伊藤が聞いた。

「富子からはなんの餞別ももろうてないし、手紙も一度もない」

浜田が怒ったように言った。

「伊藤君は岡野さんと続いているの？」

今度は浜田が尋ねた。

「うん、まあ、ゆっくり付き合ってる。浜田君に聞いてもらうような変わったこと何もないよ」

話が女性のことに移っていったので、三四郎は二人から離れた。

三

小使いの駒田がストーブの薪を持ってきた。

「駒田さんもストーブ焚き、慣れはりましたな」

三四郎がストーブに手をかざしながら言った。去年の冬は自分も駒田と交代でストーブ焚きをやっていたのだ。

「駒田さん、煙もくもく出して川勝さんにどなられていたなあ」

伊藤も手を出していた。

十二月の上旬の土曜日、半ドンの勤務が終わってから、馬場と伊藤と三四郎がストーブの周りにイスを持ってきて集まっている。

「なんとか生き延びられたなあ、僕は」

馬場栄一郎が噛み締めるように言った。彼は十二月から職場復帰した。まだ歩くのには不自由があるので、動かずにできる仕事をしている。

伊藤が馬場の方を見て尋ねた。

「僕はなんで川勝さんが、あんなに省三君を苛めたのかよう分からんのです。馬場さんやったら知ってはりますな？」

馬場がストーブに両手をかざしながら間をおいて、

「川勝さんに、後ろ盾がいやはったの知ってるわね？」

伊藤も三四郎もうなずいた。

「その人、川勝さんの弟さんで、大臣にもならはった大物政治家のカバン持ちやってはったんですわ。カバン持ちちゅうの正式な役職では秘書いうそうです。川勝さん、京都で職人してはったんやけど、日本に税務署ができて人手が足りん時、弟のカバン持ちさんに頼んで大津の税務署へねじこんでもろうた。その政治家さんもカバン持ちさんも京都にいやはった随分昔のことや。親分の政治家さんがそのあと東京へ行って大物にならはったもんやから、カバン持ちさんまでも東京へ行ってえらい力持ちはった」

馬場はストーブを見詰めながら続けた。

「税金集めるのは役場の仕事やさかい、川勝さんは昔は担当の町村役場へ行って『税金集めー、税金とれー』言うて回ってはった。そやけど税務署の役割が変わって、税務官の仕事の内容も変わった。自分の担当地区で納税組合の作り方を指導したり、役場と一緒になってどうやって納税率上げるか考えんといかんようになった。時代が変わったんやな。それで川勝さんが担当してた役場から『あんな役に立たん年寄り、うちへ寄越さんといてください』いうて署長に苦情がきたそうや。彼、六年前に庶務課に転属になった。自分は後ろ盾があるし、庶務課で課長になる、行く行くは署長に昇進すると思ってたらしいけど、主任待遇の属やった。それに庶務課は事務が仕事やさかい、口だけの川勝さんには無理やわね。彼、監督局へ行ったり、どっか遊びに行って油ばっかり売ってはった。後ろ盾あるもんやから、監督局も署長も何にも言わんかった」

「それはみんなが知ってる」

伊藤が相槌を打った。

「川勝さんのやり方は君らも知ってるわね。新入りが来ると、いきなり無茶苦茶な仕事を言いつける。新入りが音を上げて『できません』言うてくるの待ってるんやなあ。それをもっと痛めつけて服従させる手や。一旦服従させたら職人の弟子みたいに手足にしてこき使う。自分は親方になって左団扇。それがやり方や。僕の時もそうやった」

馬場は昔を思い出しているのか厳しい口調になった。

「ところが本庄君は勝手が違ごうた。川勝さんが命令したこと全部やってしもうて、おまけに署長からも褒められる。川勝さんが自分の仕事を本庄君にまる投げしてるうちに、彼は庶務課の仕事のやり方も帳簿も全部改めてしもうた。署長も署員も大歓迎やった。だけど川勝さんはてんで仕事が分からんようになって、誰にも相手にされんようになった」

伊藤も三四郎もうなずいた。馬場は続けた。

「日本国も戦争で大借金してしもうた。東京から納税の率上げるように何回も指示が出たわね。署長も業績上げんと昇進どころか今の地位も危ない。それで部下に担当の役所へ行ってもっと率上げるよう締め上げてこい、と命令してはった。納税率上がるまで帰って来んでもよい、なんて言うたもんやさかい、税務官の出張も残業も接待も一遍に多うなった。税務官がようけ仕事できるようにするのには庶務課も強化せんといかん」

三四郎もその通りだと思う。税務官が動くと庶務課も同じように忙しくなる。

「署長はあらかじめ本庄君を庶務課に入れて、定員を三人に増やしていた。そやけど川勝さんみたいな勘定外の人がいると、実質二人では増える仕事の量に追いつかない」

「署長は自分の意中の古参を庶務課に入れて責任者にして、馬場、本庄の三人にしたいと思ってた。機会を待ってたんやな。ところが去年の暮れ東京の省のお偉方と川勝さんの弟さんが関西に来やはった。大津にも来て八景館で宴会があった。カバン持ちさん、署長に兄さんを課長に推薦するようにしつっこく圧力掛けはった。ところが今年の初め、その人、突然カバン持ち止めはった。あの日糖事件と関係あったんやないか、とちょっと聞いたことがある。けど僕らにはよう分からん。彼が政府の大物さんと関係がのうなったのが分かったのは、大分たってからやった」

日糖事件、つまり大日本製糖株式会社の疑獄事件は、贈賄側のこの会社の経営幹部と、収賄側の代議士が多数逮捕されて、この年の初めから新聞紙上を賑わしていた。ついこの間、十二月初めに判決が出たところなのを三四郎も知っている。日本が背伸びをしてきた結果、その無理が社会の各層に出ているのだ、と新聞で読んだことがある。三四郎もなんとなくそんな気がしないでもない。

「へえー、そんなことあったんですか。さすが庶務課の馬場さんやなあ、物知りや」

伊藤がストーブに手をかざしたまま、感心した顔を馬場の方へ向けた。

「それから署長は川勝さん呼んで、あれができてない、これができてない言い出しはった。川勝さんを辞めさすつもりやった。川勝さんも後ろ盾いんようになって、気い付きはったんや。自分は課長昇進どころかクビになるかもしれん。署長は本庄君を高う評価していて、彼は今年の年末には雇員から属に昇任するかもしれん。そしたら庶務課は主任待遇の属である自分を入れて、属が三人になってしまう。自分が残るのには僕か本庄君のどちらかを辞めさせせんといかん、少なくとも本庄君が属に昇任するのを阻止せんとあかん、と思わはった。僕は属やから辞めさせにくいし、標的は本庄君にしぼられたというわけや」

「そういえば、川勝さん、よう署長から呼び出し食ってましたなあ。あれ、署長が川勝さんを辞めさせようとしてはったんですな。分からんかったですな」

伊藤は納得した表情を見せた。

「結果は、川勝さんは辞めさせられたが、本庄君は病気になってしもうた。本庄君の病気には僕の責任もあるけど」

三四郎は馬場の話を聞きながら、省三の病気には大いに馬場に責任があるように感じている。馬場は頑張りが足りない。すぐに仕事の手を抜く。少なくとも彼がもう少し我慢して十一月の人事異動まで頑張ってくれていたら、省三さんは病気にならなかったかもしれない、と思っている。

「僕は本庄君のように突っ走る型やない。彼のように才能もないし頑張りも無理も利かないんや。周りの状況を見てそれなりにやっていく人間かな。それで署長の評価はいつも真ん中か下。年期がきてなんとか属に昇任した類や」

馬場は青白い顔に自嘲の表情を浮かべて言った。

三四郎は、自分も馬場の類かもしれない、到底浜田金之助や本庄省三にはなれないだろうと思う。彼には伊藤もその類の気がする。ここにいる三人はよく似た型で、こうしてなんとなく安心して群れていられる。

「それで馬場さん、省三さんはいつまで療養許可されてるんですか？」

三四郎は百合の心配を代わって聞いてみた。

「それは僕も分からん。京都の監督局の意向もあるし、署長の一存だけではいかんところもあるようだ。僕の場合は長くて三か月のような気がした。誰もそうは言わんかったけど、そんな気がしたんや」

馬場は答えた。

「省三兄いは、家にいてもやる気満々みたい。この前『納税の栞』が大津署に届いたので、みんなに配る前にすぐに送りましたんですわ。手紙が来るたびに、『栞』、『栞』て書いてきやはるよって真っ先にしたんです。きっと兄いのことやから、この栞に書いてある国民の心得を全部暗記しやはるんと違いますか」

三四郎が言うと馬場と伊藤が顔を見合わせた。この栞は京都税務監督局が作って、それが全国に広がった物で、京都局内では以前から骨子が箇条書きにされて張り出されている。職員は少々うんざりしていたものであった。

年も大分押し詰まってきたころだった。庶務課の村田、馬場、広川三四郎の三名が署長室に呼ばれた。会議机の向こう側には遠藤署長と大山課長が座っている。全員が座り終えるのを待って遠藤が話し始めた。

「君たちも承知のことだが、十一月には税務署の統廃合があって、税務官の更迭があった。それを受けて今は組織をすっきりして、事務の整理をすることが求められている。大津署も滋賀県の中核税務署として今回直税課と庶務課の組織を分けて管理することになった」

そこまでしゃべって、遠藤は扉側に座っている三人を順番に見た。三四郎は次に署長は何を言い出すのだろうか、と緊張して聞いていた。

「直税課は従来どおり大山課長にやってもらう。庶務課は独立した課になって、課長を村田主任に昇任して担当してもらう。いいね、村田君」

「はい、承知しました。署長」

村田は短く落ち着いた声で答えた。

「それで、その庶務課なんだが、課長の下に属が一人で雇員が二人ということになる。このご時勢だから雇員の二人は多すぎる」

三四郎は驚いた。つまり自分か省三のどちらかが余分だというのだ。遠藤は続けた。

「それで、私も気の毒に思うんだが、大山課長と相談して、本庄君に今年中に辞職願を書いてもらうことにした。以前の関係から最初は大山君に手紙を書いてもらう。次に私の方から、経緯と病気が治って大津署に欠員ができたら、優先的にもう一度採用すると説明するつもりだ」

三四郎は動揺した。これでは自分の昇格が省三の辞職につながってしまうではないか。しかしすぐに彼は、これは仕方のないことだと思い直した。省三の病気には自分は何の責任もない。しかし馬場はどうだろうか、と思ってそっと彼を横目で見たが、彼は表情を変えずに聞いている。

その日のうちに大山の手紙は省三宛に出た。三四郎も馬場も別々に彼宛に手紙を書いた。何か書かねばいられない気持ちだった。

四日後に省三から辞職願が届いた。遠藤が受け取ると、それはすぐに庶務課に回って三四郎のもとに来た。来年早々に省三の給与の清算をすれば、彼は大津署と関係がなくなる。

三四郎が遠藤署長に呼ばれた。省三に出すようにと手紙を手渡された。

「山岡署長から、本庄君を辞職させてはいかん、と手紙を貰った」

遠藤は読んでいた書類を机の上に置くと、顔を上げてぽつり、と言った。

「それに京都の監督局から『署の都合で病気になった雇員について処遇を配慮するように』とのお達しがあった。つまり辞めさせてはいかんということだな。監督局のお偉方に本庄君のことを頼んだ人がいるんだなあ。頼んだ筋の見当はつくんだが、どうしてだか私には分からん。おっと、こんなことは君には関係なかったね」

署長は省三を辞職させたが、大津署と省三との関係をつないでおくように自分に指示しているのだ、と三四郎は思った。

三四郎は年末から迷っていた。省三が退職したことを百合に伝えねばならないと思っている。欠員ができれば優先的に採用する、との署長の言葉があったとしても、税務署が辞職を迫ったことは確かだ。自分が庶務課の雇員に昇格したため、省三が辞職する羽目になったのも心に引っ掛かることである。百合にどう説明したらよいだろうか。三四郎は鬱陶しい気分で明治四十三年の正月を迎えた。

正月二日は上天気で朝から冷え込んでいた。三四郎は白い息を吐きながら、父から譲られた正月用の紋付の羽織と袴を着けて、百合の家を訪れた。

普段着のまま百合が店の入口に現れた。

「三四郎さん、新年おめでとうさんです。旧年中はお世話になりました。本年も宜しく」

百合がお辞儀をしながら丁寧に挨拶をした。

「大晦日までお店忙しかったの。こんな格好で正月の挨拶に出て堪忍ね。外冷えるし、お店の中に入ってもらっていい？」

店の中は年始の休みのため商品が少なめになって覆いが掛かっていた。二人が話をするには丁度よい広さが空いている。

「おめでとうさん、百合さん。今年も旧年同様に宜しく」

三四郎も型通りの挨拶をした。

「正月早々来て下さるのは、何かよくないことがあったんやねえ」

百合は、三四郎が伝えにきたことをもう知っているように表情を曇らせた。三四郎は先手を取られて言い詰まった。

「うん、年末に……」

百合は三四郎を見て黙っている。

「年末に省三さんが辞表を出しはった」

百合は何も言わない。

「署長は『病気が治ったら本庄君を優先的に採用する』て言うておられる。そやから大津税務署と省三さんが関係のうなった、というわけではないんや」

百合は視線を三四郎から店のガラス戸の外へ移した。通りは冬の白い光が差しているが、正月のことで人通りは途絶えている。

「僕も馬場さんも省三さんと連絡取り合って、税務署へ戻って来やはるの後押しするつもりなんや」

百合は外を見ながら言った。

「省三さん可哀そうやなあ。体こわすまで頑張りはったのに」

三四郎は百合から視線をそらして、下を向いた。

「もうちょっとでよくなるって、書いてきていやはるのに」

「百合さん、大丈夫や、病気治ったらぜったい省三さん大津へ戻ってきやはる」

三四郎の声が頼りなげに店の中に響いた。百合は戸の外に目をやったまま佇んでいる。


それから暫らくして、百合も省三から大津税務署に辞表を出した、という手紙をもらった。病気は大分回復してきている、とも書いてある。短い手紙だった。

省三から次に手紙が来たのは一月の中旬だった。大津にも雪が薄く積もった日だった。

百合はかじかむ指で封を切った。母美保が死去して雪の中埋葬したという内容だった。

「自分を頼りに生きてきた母に、何の治療もしてやれず死なせてしまったこと、無念の一言です」

百合はいつか省三が話してくれた、彼の古里の葬儀の様子を思い出していた。深い雪の中を白と黒装束の葬儀の行列が続く。足を引きずりながら母の棺の片隅を抱える省三の姿が、まぶたに浮かんで涙が止まらない。茫漠とした墓場の雪に埋まった土饅頭の前で、幼い弟と二人で省三が立ち尽くしている光景が、百合の脳裏に浮かんでやがて焼き付いて離れなかった。

四

暫らく百合に省三からの便りはなかった。彼女はすっかり元気をなくしていた。このままあの人は大津へ帰ってこないのではないか、心配がどんどん大きくなり、不安に苛まれた。何度汽船に乗って省三の古里へ会いに行こうか、と思ったかしれない。心を決めて太湖汽船の波止場まで歩いていくが、もし行って恐ろしい彼の父親に見つかったら、と考えるだけで足がすくむ。省三からの便りを祈るように待った。

そんな時、百合に難問が持ち上がった。彼女が勤め先から帰ると、母が神妙な顔つきで呼び止めて、店の奥にある座敷に行くように言った。百合が座敷に入ると、床の間を背にして父が座っている。彼女が父の前に座ると、母は壁を背にして父と百合の間に入った。

「子供やと思うてた百合も、もう十八になるんやなあ」

父は珍しくしみじみとした調子で百合の顔を見た。彼女は父と母の雰囲気から、一番恐れていることが起きようとしているのではないか、と思った。

「実はなあ、百合や、お前に縁談がきている」

百合は畳の筋目に目を落とした。

「去年、お前がお母さんと着物を作ってもらいに行った、あの呉服屋さんからの話なんや。浜通りの米問屋の石川屋さんの跡取りがどうや、言うて来やはった。石川屋さんいうたら昔から大身上（おおしんしょう）の米の仲買さんや。願ってもない話やないかと思うがのう」

父は言葉を切って母の方を見た。

「百合や、これはよい話やないか。あの呉服屋さん、百合がはっきり物を言うさかい、すっかり気にいらはったんや。『こんな娘さん嫁にしやはったら、商売あんじょういくこと請け合いや』いうて石川屋さんに薦めはったそうや」

母は百合の方に身を乗り出した。百合は畳を見詰めたまま黙っている。まずいことになってしまった。せめて母親だけには一言、省三さんのことを言っておくべきだった。

しかし今、彼のことを言ったら、取り返しのつかないことになりそうだ。ここは時間を稼いで知恵を絞るべきだ、と思った。百合が押し黙って何も言わないので、父は言った。

「まあ、突然のことやし、百合もびっくりしたやろう。まだ心構えもできてないことやろうから、暫らく考えてから返事をしようか」

「もったいない話やないか、百合や。早う決めるんやで」

母は今にも承諾の返事をして、見合いの日取りを決めてしまいたさそうだった。

百合には辛い日々になった。両親とはできるだけ顔を合わせたくなかった。顔が合うと彼女は目をそらして脇の方へそれた。いくら知恵を絞っても縁談を断るよい理由が見つからない。兄の助けを借りたいと思ったが、肝心の省三が税務署を辞職して無職になって、病気療養中では両親の説得は無理だろうと思う。悶々としているうちに日数だけがたって行く。

ある日、母親がたまりかねたように百合に言った。

「百合や、石川屋さんのこと、そろそろ返事をせんと、先方さんに失礼になると思うが」

百合は厳しい表情の母親の横を、下を向いたまますり抜けた。

「どうしたんやろう、あの娘は。こんなよい話やのに何が気に入らんのやろう」

後ろで母親の困惑した声がした。


二月になった。

「百合や、石川屋さんとの縁談のこと、呉服屋さんから催促がありましたよ」

母親が百合の行く手をふさぐように前に立った。

「呉服屋さんが言わはりました『そろそろお見合いの日取りを決めんとあきまへんな。どうですやろう、二月二十日に両家とも拙宅へ来てもらうことにしたら。その日は日曜で日柄も申し分おまへん。石川屋さんは、〝それで結構です〟と言わはりました』そうや。お父さんも承知しやはりましたよ」

今度は母が毅然と言った。

「百合には着ていく着物もあるし、バッグもこの前作ったたし。ほんまにこの日を待ってたみたいやね」

母親は無言の娘の気を引くように言った。百合が店の方に向かうと父親と会った。

「百合や、よかったなあ。石川屋さんはうちと違うて大店（おおだな）や。先方さんへ行ったら、そらそれなりの苦労があるやろうけど、百合やったらやっていけると、父さんは思ってる。先方さんの親御さんには可愛がってもらうんやで。それにしても石川屋さんと縁続きになるとは願ったり叶ったりやな」

父親は後の方を独り言のように言った。

翌日のことだった。兄が百合を呼び止めた。

「百合、まずいことになってしまいそうや。商工会議所で耳にしたんやけど、石川屋さんの跡継ぎと、お前の縁談が噂になっているぞ」

兄の話によると、二人の縁談の話を聞いていた別の男が、マル初さんの娘さんやったら、税務署か市役所の若い者と恋仲になっている、と聞いているんやけど、と言ったそうだ。

「百合と本庄さんのことは、近々うちの両親と石川屋さんに分かってしまうぞ」

このままでは省三さんと無理やりに別れさせられてしまう。百合は心配で寝つけなくなった。せめて夢の中でよいから省三さんと結ばれたい、と願いながら寝つこうとするが、そんなにうまく夢は見られなかった。朝には現実が待ち受けていた。

百合は文字通り窮地に立たされた。もし今、父親に省三とのことを話したら、二人の仲が引き裂かれることは火を見るよりも明らかだった。いっそのこと死んでしまおうかと思った。首をくって死のうか、高い所から飛び降りようか、それとも琵琶湖の桟橋から身を投げようか、どれが一番苦しくなくて美しく死ねるのか、いくつもの思いが頭の中をぐるぐると駆け巡った。琵琶湖の桟橋に行ってみたり、三井寺観音堂の高台へ行ったりした。しかし省三が必死で病気と闘っていることを思うと、そんなことはよくない、と思いなおした。

そんな時、助人が現れた。郵便局で百合の異変に気付いた友人の徳永さよが声をかけた。

「百合ちゃん、近ごろ変よ。やつれた顔して、体ふらふらしてるよ。何かあるんやね。わたし百合ちゃんの話聞くわ」

さよと百合は仕事の帰り、近くの広場で話し合った。

「百合ちゃん、石川屋さんやったら、確か中野千代子さんとこと親戚やったはずよ。千代子さんと若旦那とは従兄妹かなんかや、と聞いてるわ」

思いがけない話だった。寝不足でぼんやりしていた百合の頭に稲妻が走った。余り近しくない中野千代子さんだが、彼女を説得して味方につけよう。百合は徳永さよから彼女の家の場所を聞くと、二月の寒空の中、大津の街を早足で歩き続けた。夕暮れが近づいていた。

「石川屋の徳ちゃんやったら、よう知ってるわ。任しといて、わたし百合ちゃんのためにうまくやるわ」

中野千代子の家の玄関先で、百合はかじかむ手をこすりながら、彼女に訴えるようにお願いした。省三と百合が二人で歩いているのを見かけていた千代子は、百合の状況をすぐに分かって、女同士だから、と言って快く引き受けてくれた。

意外なことが大津署で起こった。富子が突然辞職願を出したのである。署長も周りの人も驚いた。彼女の父親からの依頼で、署長があわてて面談したところ「もうこんな職場興味ありませんわ」と署長をにらみながら言ったとか、そんな噂が流れた。去年の末からひどく投げやりな態度が目立っていたので、浜田の転勤が原因かもしれない、と二人の関係を知っている署員は言い合った。しかし離れたとはいっても浜田は同じ県下の税務署にいる。彼女が退職したらもっと疎遠になる。このことで富子が辞めるのは不自然なように感じる人もいた。

百合の見合いの日が近い二月の中旬のことだった。百合が家に戻ると、ひどく落胆した表情で母親が呼び止めた。

「あのなあ百合や、さっき呉服屋さんのご主人が『石川屋さんの話、なかったことにしてくださいな』て言うて来やはった。先方の石川屋さんからそう言うて来られたそうや。『家の返事が遅うなったからやろうか』と聞いたんやが、そうでもなさそうやった。『私の力がないもんで、娘さんにも迷惑をかけた、上手に謝っといてくださいな』て呉服屋さんが頭を下げはった。『やっぱり家の格が違うんやろうか』と言うて、父さんはがっかりしていやはった」

百合は胸をなでおろした。中野千代子が言葉通りやってくれたのだ。彼女は実にうまくことを運んでくれた。省三とのことが岡田家に分からないように断ってきた。助かった、さすがに石川屋さんは度量の広い大店だと感心した。両親には本当に申し訳ないが、省三さんが元気で戻ってきたらきちんと話をしよう、と思った。

やっと百合に省三からの手紙が届いた。彼女は兄からもぎ取るようにして手に取った。「病気は快方に向かい、全快に近くなっています。本日、馬場属と広川さんに大津署で欠員がないか尋ねる手紙を出しました」。百合の心配は一遍に消し飛んだ。また元の百合に戻った。一度は死のうかと思って上っていった三井寺観音堂だが、近々お礼参りをしよう、と心に決めた。

翌日仕事が終わると、百合は広川三四郎の家に寄った。彼は未だ帰っていなかったが、母親は「おっつけ帰って来ますやろう」と言った。百合が玄関から顔を出すと、向こうの角に三四郎の姿が見えた。羽織袴の一人前の格好になっている。

「三四郎さん」

百合が三四郎の家の玄関から勢いよく出てきた。彼女の用件はもう分かっていたので、彼は一度百合をじらしてみたい衝動に駆られて、玄関の前で立ち止まった。

「百合さん、きょうは何の用事ですか?」

三四郎はじろりと百合を見た。

「暫らく税務署も営業税のことなんかで、ばたばたしてましして。これ日本国のために大切な仕事で、税金をしっかり取らんと国が成っていかんのです。僕も税務官を支えることが本業なもんですんで、ほんまに忙しかったですわ。でも忙しいだけ僕もやり甲斐があるということですさかい」

三四郎はおもむろに腕組みをして、言葉を切った。

「なにもったいぶってるのよ」

百合は三四郎の足を履いている下駄で踏んづけた。

「痛いよう、百合さんなにするんや」

三四郎はびっくりした。省三のことになったら彼女はどんなことでもしでかすような気がして、恐ろしいような羨ましいような説明のつかない気持ちになった。

「すぐ言うよ、百合さん。　省三さんから昨日手紙が届いて、すぐ馬場さんが署長の所へ持って行かはった。　署長は『今すぐ欠員はないけれども、そのうちにできるだろう。できたら本庄君を優先する』と、おっしゃった」

三四郎は踏んづけられた自分の足元を見た。足袋に踏まれた跡が残っているが、ひどいことにはなっていないらしい。すぐに痛みはなくなった。

「そのうちって、どれぐらいかしら、三四郎さん」

「僕みたいな下っ端には、皆目分かりまへん」

税務署の定員は決まっているのだから、誰かが辞めるか転勤しない限り欠員は出ない。いつ欠員が出るか、そんなことを自分が分かるはずがない、と三四郎は思う。百合は見くびったような目付きで三四郎をにらんだ。美しい女性ににらまれると結構怖いものだ。

「けど、新しい動きがあったら、すぐ百合さんに知らせますさかい」

「分かったわ。ちゃんと省三さんが大津へ戻って来やはるように面倒見るのよ。それ三四郎さんの役目でしょう」

三四郎はきつい百合の言葉に、思わず彼女の顔を窺った。省三が病気で休んだお陰で彼が小使いから雇員に昇任したこと、庶務課で雇員が二人になったので、省三が辞表を書かされたことなど百合は誰かから聞いているのだろうか。伊藤か、税務署の交換の女性から聞いていることは考えられる。三四郎は、所詮自分は省三と百合の間で使い走りをする脇役なのだ、と思えて残念な気持ちになった。

それから百合は三日にあげず三四郎の家にやってきた。意味がよく分かっていない彼の母までも、女同士通じ合って百合の肩を持って、三四郎を攻め立てた。二人の女性から遠まわしながら、無能で意気地なし呼ばわりされて彼は悶々と日を送った。

四月に入った早々に富子の後任の交換手が三四郎の席へやってきた。

「広川さん、長浜署の浜田さんから電話ですよ」

三四郎はこの初々しい交換手に好感を持っている。今度は自分が主役になる順番だと思う。近ごろはどのようにして彼女に近づこうかと頭を悩ましていた。

それにしても富子は可哀そうなことになった、と三四郎は思う。彼は富子が辞めたのは浜田の転勤のせいではなく、省三が辞職させられたのが原因だと思っている。省三の近くで仕事をしてきた三四郎は、富子が省三に好意を寄せていることは分かっていた。彼は役所からの帰り二度、岡野を連れた富子につかまった。一度は「百合さん、よう本庄さんの下宿へ行かはるんやろうか？」と聞かれた。もう一度は「百合さん、本庄さんになにか贈り物してはるのかしらん？」と尋ねられた。三四郎は、そんなことは本人たちに聞いたらよいのに、と思ったが、富子が怖かった。彼は知っていることを全部富子に話してしまった。

しかし三四郎は、省三をめぐって、富子は百合には勝ち目がなかった、と思う。百合と比べて富子は、見てくれや態度に反し古い類の女性で、核心のところで引いてしまう。意外と自分の主張ができないのだ。年末に署長が自分を呼んで省三への手紙を渡した時、省三を辞職させないように、京都の監督局に働きかけた筋がある、と言った。あの時三四郎は富子の筋ではないか、とぴんときた。以前彼は、富子は京都の監督局の誰かの伝手で大津署に勤めているのだ、と聞いたことがあった。後で伊藤に確かめてみると、富子の伯父が監督局にいるらしい、と言った。あれは富子が百合に勝つために切った最後の札だったのかもしれない、三四郎にはそんな気がした。

三四郎が受話器を取ると向こうで大きな浜田の声がした。

「やあ三四郎、元気かい。ちょっと聞きたいことあるんやけど」

「相変わらず先輩、お元気そうですな」

「僕はどこへ行っても変わらんよ、元気や。話は省三君のことやけど、暫らく前に彼から病気はほぼ全快したって、手紙もろうた。仕事を探そうと思うてる、て書いてあった。君も知ってると思うが、国会で決まった『宅地地価修正法案』が公布された。それで長浜では臨時雇員が入り用になったので、省三君に声をかけようか、と思ってるんや」

ここで浜田は一息ついて、受話器は静かになった。三四郎は話が思わぬ方向に転がりそうな気配なので、それが自分にどうつながってくるのか頭を巡らしていた。

「彼は大津署に戻りたがってる。それはよう知っているんやけど、もし大津署で欠員がないと長浜署に、と思ってる。どうなんや大津の様子は、三四郎」

「はい、署長からは『欠員があれば大津署で優先的に採用する』との話は伺ってますんですが、今はまだ欠員がある、ということにはなってません」

「そうか、そんなら僕が彼を長浜署に推薦しよう。初めは臨時雇いやけど、すぐに欠員が出て正式雇いになるはずや。住む所は僕と同じ下宿で空いた部屋があるし、要るもんは全部僕が貸してあげる。すぐ決まりそうやな」

浜田の上機嫌な声が受話器の向こうで響いた。三四郎はあわててしまった。これで省三が長浜署へ行ってしまったら、百合からどれだけなじられるだろうか。もしかすると遠藤署長からも叱られるかもしれない。そうはいっても今のところ大津署で欠員がある、とは聞いていないのでどうしようもない。

「そうですか。それはお疲れさんですな」

三四郎が中途半端な言いまわしをしているうちに電話は切れた。

三四郎は、これはまずいことになりそうだ、と直感した。このことはまず馬場栄一郎に報告しておこうと思い、彼の机の横に立った。

「馬場さん省三さんの件で報告ですが」

馬場は座ったまま三四郎の方に顔を向けた。

「今さっき、長浜署の浜田さんから電話がありましたんですが、長浜署で『宅地地価修正法案』とかの公布で臨時雇員が要るので、もしこちらで欠員が出ていないなら、省三さんを長浜署で採用したい、という話なんです」

馬場は暫らく考えていたが、

「署長は本庄君の病気には自分にも一端の責任はあるように思っておられるようだ。それで彼の病気が治れば採用するつもりでおられる。長浜署で採用されてしまうのは具合が悪いやろうな。このこと署長の耳に入れておかんと」

馬場は立ち上がって村田課長の席へ向かった。

事態はすぐに動き出した。村田課長が遠藤署長に報告すると、

「なに、長浜署が本庄君を臨時雇員で採用するとな。臨時雇員なら監督局の許可はいらん。署長の裁断でいける。本庄君にはすぐに、とりあえず臨時雇員で採用し、欠員ができたら前と同じ条件で本採用にする、と連絡してくれたまえ」

と言われた。馬場が省三に手紙を書くことになった。

その日、時計が終業の時刻を打つと、三四郎はすぐに署を出た。きょうも百合は来るだろう。これで女どもへのうっ憤は晴らせる、と思うと気持ちがよかった。

「三四郎や、きょうは帰りがえらい早いが、なにかよいことでもあったんかいの？」

母が機嫌のよさそうな三四郎を見て言った。

「そうや、百合さんが来たら話してやるさかい」

　暫らくすると、

「ごめんください」

　予想通り百合の声がして、表の戸が開いた。

「あら、どうしたの三四郎さん。わたしより早いなんて」

　百合は玄関を入った所で立ち止まると、上がり框に腰を掛けている三四郎と目が合った。

「なにか、えらい構えようね。きっとよいことあったんやね。省三さんの採用決まったのかしら？」

　百合はにっこりした。三四郎はどうして百合に自分の心を読まれて、先手を打たれてしまうのか歯がゆい。きょうは百合をさんざん焦らして、うっ憤を晴らそうと思っていたが、叶わずに素直にありのまま話すことになった。

「で、省三さんいつから大津に来られるのかしら？」

　百合は晴れ晴れとした表情で尋ねた。

「省三さんの準備もあるやろうし、多分二、三週間のうちに来やはる、と思う」

　奥のふすまを開けて三四郎の母が玄関に出てきて二人のやりとりを聞いている。三軒隣りに下宿していた省三を、三四郎の母も好いていて気にかけていたのだ。

「三四郎さん、小母さんも、おおきに」

百合は風呂敷包みを抱えなおすと、戸を開けたまま踊るような足取りで路地に消えて行った。


良いことは続く時には続くもので、京都監督局傘下の京都の税務署で欠員が出た。監督局から大津署に誰か税務官を出して欲しいと要望があった。遠藤と大山は直税課の税務官を出すことに決めた。直税課で一人欠員ができるのである。遠藤は代わりに省三を採用するように大山に提案した。

「ようおす。彼ならうちの課で引き受けさせてもらいます」

大山は二つ返事で了解した。京都に出す税務官は中堅なので、仕事は若手の税務官に引き継ぎ、省三はその若手の税務官の仕事を引き継ぐ玉突きになった。大津署から出て行く税務官の引継ぎを先にやらねばならないので、省三は暫らく庶務課にいることになった。馬場が省三に、大津署が正式な雇員として前と同じ条件で採用する、出署は四月十八日の月曜日からできないか、という連絡をした。省三にとって異存のあろうはずがなかった。

三日後に再手続きのための履歴書とともに感謝の手紙が届いた。

三四郎は肩の荷が下りたような気がした。多分馬場もそうだろうと思う。

「これで一件落着ですな」

三四郎が後ろの席を振り返って晴れ晴れとした表情で馬場に言った。馬場もにやりと笑った。この男が笑顔を見せることは滅多にない。


三四郎は省三から私信をもらった。四月十七日の日曜日午後三時半の汽船で着く。下宿は、児島さんにもう一度お願いしたいと手紙を出したので、三四郎からも声をかけて欲しい、と書いてある。

省三が大津に着く一週間前の日曜日、三四郎は百合に会って下宿のことなど話してみようと思って家を出た。鉄砲町の路地から中町通りに差し掛かった時、すれ違った人から不意に声をかけられた。

「広川三四郎君やおまへんか」

考えごとをしてうつむいて歩いていた三四郎は立ち止まると、土田庄治が道の真ん中に立っていた。

「土田さん、お久し振りですな。どうしていやはりました？」

土田は省三の友達だが、自分とはそれほど親しい仲ではなかった。

「いやー、久し振りで大津に来たんですわ。省三君なんかと一緒に妙法寺に下宿して、税に通ったこと懐かしいなあて、思いながら歩いてたんです」
田さん、大阪の商店で働いてはるんですな。もう脚気はすっかりようなりはったんで
」
すな。ようなりました。今度は田舎へ徴兵検査で帰ってましたんです。なんと甲
した。まだどこで何するか抽籤（ちゅうせん）済んでませんので分かりまへんけど」
ぶりや身なりを見ると、大阪のどこかの商店で下積みの仕事をしているんだろ
できた。
と、省三君が脚気になって税務署を辞めて療養している、て聞いたんやけど、
三四郎君何か知ってまへんか？」
しやはって、この十八日から元の通り働くことに決まりました」
「で[illegible]大津署に採用されたんでっか？」
たなあ、な顔をしたが、すぐに元の顔つきになった。
「次の日曜に。僕が税務署辞めてからもずっと手紙でやりとりしてる。彼だけやっ
なんは。それで省三君はいつ大津に来るんやろうか？」
「残念やなあ。
て連絡もろうてます」
いたいんやけど、それまで大津にいれんしなあ。済まんけど三四郎

君、省三君が着いた[illegible]から『宜しく、そのうち大津へ会いにくるよ』って言伝頼めま

へんか？」[illegible]ん」

「分かりました。彼は、省三がどうして皆から信頼されているか分かるような気

三四郎は[illegible]めていって自分の将来に関係なさそうな人とも分け隔てなく付き

がした。省[illegible]そんな面倒で骨折り損に見えることは、これからも自分にはでき

合ってい[illegible]。

そうに[illegible]

百[illegible]顔を向けた。

[illegible]しゃい」

「[illegible]ら土曜の昼まで郵便局で働いて、それから休みの日も店を手伝うて、

[illegible]やなあ」

[illegible]はなく本気でそう思った。自分などは、土曜半ドン、日曜は何をする

[illegible]らしている。

るの。そんなの当たり前やないの。土曜と日曜、わたしが店番するから

い仕入先やら得意先回りして配達もできるんでしょ。それでこんな小さ

な店もってるんよ」

　三四郎は言葉に詰まってしまった。

「で、百合さん省三さんのことやけど」

　百合の動きが止まって、さっと顔を三四郎に向けた。

「省三さん、十七日三時半の船で着きはる、って連絡貰ってるけど、百合さん知ってはりますか？」

「『大津署でもう一度採用していただけますので、その船で行きます』ってわたしも手紙貰った」

　百合は三四郎に近寄ってきた。

「それで省三さん、もう一度下宿を児島さんにお願いする手紙を出しはったそうです。それで僕は児島さんに確かめに行くように頼まれてるんです」

「あら、それやったら三四郎さん、あなたこの前、二、三週間のうちに省三さん税務署に着かはると思う、って言ったでしょう。わたし次の日、児島さんの所へ行って頼んできたわよ。そしたら児島さん『本庄さんの帰って来やはるの、待ってます』って、おっしゃってたわ」

「そんなら、僕がわざわざ行くことはないんや」

三四郎はぶっきらぼうに言った。省三のことになると百合の手際が余りによいので、とても自分の出番などないように思えた。今度は感心するより腹立たしさが勝った。彼はもしかすると、これが嫉妬というものだろうか、と思った。もっとも嫉妬をしても自分には何の益もなさそうなので余計に腹が立った。

五

四月十七日は上天気だった。

百合はその日は早く目が覚めた。いつもより早めに店の掃除を片付け、家族が起き出す前に朝ご飯の準備をした。

「なにか良いことがあるんかのう、百合に」

父が独り言のように言った。

「嬉しいことがあるんやろう。何か言い出すまで黙って見といたらよいと思うよ、父さん」

兄が引きとった。百合は三日前に、兄には省三が大津に戻ってくる話をしていた。

「そうか百合、よかったな。今度は栄養あるもん食べて、体を大事にせんとあかんな」

兄は笑顔で彼女の顔を見て言った。

百合は三時前には大津港に着いていた。桟橋にはまだ誰もいない。彼女はバッグを抱えて、桟橋を先端まで行って引き返し、太湖汽船会社の建物前まで来て、もう一度桟橋を渡った。じっと立って待っていられなかった。

そのうちに人が桟橋の付け根付近に集まり始めた。中に駒田潤吉の姿があった。最近郵便局へよく来る顔だ。百合は三四郎の後を継いだ税務署の小使いであることを知っていた。省三から何度も彼のことを聞いたことがある。

「税務署の方ですね」

百合が声をかけた。駒田は省三に恋人がいるのを知っている。そして彼女がその人であることにすぐ気付いた。彼は誰に聞かされなくても、省三がもう一度大津署に採用されて、きょうの三時半の太湖汽船で港に着くことを知っていた。省三のことは何一つ聞き逃さないように耳を澄ませていたのだ。彼は税務署の中で、省三が戻ってくれることを一番待ち望んでいた人だった。

「本庄さんほんまによかったですね」

百合は、彼がどうして自分と省三の仲を知っているのか不思議だったが、この人は省三が帰ってくるのを心から喜んでいると、肌で感じた。

桟橋の付け根にロープが張られ、出迎えの人は桟橋に入れないようになった。三時半の少し前になると、待っていた人たちは一斉に北の方角を見た。船が北の方から近づいてきてだんだんと大きくなった。いつの間にか三四郎が人々の群れに交じっている。やがて省三を出迎える三人は一つになった。

船が桟橋に横付けになった。船腹に二か所木の橋が架けられ、ぞろぞろと乗客が桟橋に降りてきた。百合は目を凝らして省三の姿を探した。なかなか姿が見えない。様々な年恰好の人がいて、若い男性はたまにしか下りてこない。先ほど橋を下りた一人の青年が、もしかするとあの人かもしれない。彼女はもう一度その青年に目をやった。彼は精気のない顔色をして、左脇に柳行李を、右手に風呂敷包みを持っている。ゆっくりした足取りでこちらへ歩いてくる。やせて顔色も変わっているが、見覚えのある目鼻立ちだ。間違いない省三さんだ。

「省三さーん」

百合は人混みを掻き分けて前に出た。何人もの乗客に挟まって、省三はゆるゆると桟橋を歩いている。彼も百合の姿を見つけて近づいてきた。

「お帰りなさい」

百合は三四郎と駒田がいるのも忘れて、省三に飛びついた。彼は柳行李と風呂敷包みを足元に置いた。駒田が二つの荷物を手に取った。

「よかった省三さん、帰って来れて」

百合がにこにこしながら省三の耳元で言った。

「約束通り帰って来ました」

驚くほど弱々しい声だった。

「三四郎さん、駒田さん、お休みのところ出迎えほんまに有難うさんです」

その言葉に二人が頭を下げた。すぐに三四郎が駒田の袖を引いた。二人は省三と百合を残して少し離れた所に立った。桟橋付近は到着した人、迎えにきた人でごった返している。

「駒田さん、僕ちょっと心配になってるんやけど。省三さんが下りて来やはった時、目の前に来るまで本人や分からへんかった。省三さんの病気、すっきり治ってないんと違うやろうか？」

駒田は黙っている。

「もしかするとここから鉄砲町まで歩くの無理かもしれへん。人力車に乗ってもろうたらどうやろうか？」

そう三四郎が言うと、

「僕、省三さんが桟橋歩いて来やはるの見てたんですけど、あそこ歩くだけで息切れてます。明日から税務署へ通うの無理やないか、と考えてたんです」

今度は三四郎が黙ってしまった。

「それで省三さんさえよければ、小使い室使ってもらおうと思うんです。今から鉄砲町やのうて税務署へ行こうて、省三さんに言いませんか？」

「そうしてもらえると、助かります。そやけど駒田さんはどこに行かはるんですか？」

「僕はどこへでも行きます。廊下ででも布団敷いて寝ます」

三四郎は、駒田の言葉を聞いて複雑な気持ちになった。彼は駒田を小学校も終わっていない無教養な人間と見做していたが、この人は自分にない何か侮れないものを持っている、と思うことがある。駒田より良い知恵が自分には浮かびそうもなかった。

「省三さん、ちょっと話なんですが」

三四郎は、百合と抱き合わんばかりの近さで立っている省三の後ろから近づいた。省三は三四郎を振り返った。

「省三さん、仕事に慣れるまで児島さんの家やのうて、税務署の小使い室に泊らはった方がよいのやないか、と駒田さんと話してましたんです。そやからこれから人力車で税務署へ行った方がよいと思いますけど」

省三は心外そうな表情をした。

「わたしも、それがよいと思うわ。健康回復するまで無理しん方がよいわ」

すぐに百合が賛成した。

「そんなことしたら、駒田さん行くところのうなってしまいますがな」

省三は首を横に振った。

「僕やったら、心配ありませんです。省三さん、小使い室、遠慮せんで使ってください」

駒田が省三の荷物を抱えたまま言った。

「足は大分歩けるようになったんやけど、このごろ、胸の下がきりきり痛むことがあるんです。すぐ息切れするみたい。駒田さんの厚意に甘えさしてもらおうかな」

省三が遠慮がちに言った。

「ほんなら僕、人力車呼んできます」

三四郎が小走りで駅の方へ向かった。


省三は通用門を通って無事小使い室に入った。三畳一間に小さな押し入れが付いている。駒田は自分の持ち物を全部押し入れに突っ込んで畳を空けた。三四郎が荷車を借りてきて、児島作次郎の家から布団を運んだ。百合が一旦家に帰って、夕方に省三と駒田の弁当を持ってきた。駒田は廊下に茣蓙（ござ）を敷いて自分の夜具に包（くる）まって眠った。

省三の大津での一日目はこのようにして始まった。

翌朝、駒田は小使い室の外側についている竈でいつも通りご飯を炊いて、味噌汁を作った。二人で朝食をした。

省三は署長室で辞令をもらった。俸給は昨年辞職した時と同じだった。遠藤署長が言った。

「本庄君、どうも君の姿を見ているとまだ体は万全ではないように思う。配属は直税課にしているが、暫らく庶務課で養生したまえ。脚気はなかなかすっきりしない病気だからな。それから、明日病院へ行ってその後の経過を診てもらうことだな」

省三はまた元通り頑張るつもりだったのが、署長から労わる言葉をかけられて、少々拍子抜けがした。自分の顔色や姿が、人には病人に見えるのが不本意だ。

席は三四郎の横に用意されている。席に着くとすぐに馬場と伊藤が寄ってきた。

「お帰り、省三君、戻れてよかったね」

伊藤がにこにこしながら言った。

「本庄君、暫らく仕事はなしにして、庶務課でゆっくりするといいよ」

馬場が長身を屈めて省三の顔を覗き込んだ。省三は自分のいない間に庶務課の課長になった村田に挨拶に立った。胸がつかえるような気がして、咳き込んでしまった。

「本庄君、無理しなくていいよ。君は座っていればよい」

村田が自分の席から穏やかな調子で言った。川勝の時と何から何まで違う。自分がいなくても庶務課の仕事はうまく進んでいると感じた。省三は自分の席で周りをゆっくり見回したが、全てゆるやかに滞りなく運んでいるようだ。庶務課に自分の居場所がないのは明らかだった。

初日は時計が終業時間を打つと、省三はすぐに小使い室に引き上げた。その夜も百合が弁当を持ってきた。

省三が大津に着いた日、百合は兄に省三の様子を話して聞かせた。

「脚気はしつっこい病気やさかい、十分養生しないと完治せんと聞いてる。本庄さんも一人では大変やなあ。百合もできることはやってあげんといかんな」

その夜、百合の家族全員が食事をしている時、兄が箸を置いた。

「百合の知り合い、脚気になって困ってはるそうやな。独り身で下宿してるそうやし、困った時はお互いさま、滋養あるもん作って持って行って上げたらよいと思う」

「そうなんよ、兄さん。気の毒なことになってしもうて。実家で養生してたんやけど、仕事もあるし無理して出て来はったんや。でもまだちょっと治りきってないみたい。病気ぶり返したら気の毒やし、わたし毎晩弁当作って上げるって約束したの」

「そうして上げたらよいと思う。店の物で役に立つもんあったら使っていいよ」

「おおきに、兄さん。その人きっと喜ぶと思うわ」

両親は二人の会話を食事をしながら聞いていた。頑張って働いている二人の言うことだから、両親が口を挟むことではないという雰囲気だった。


翌日、省三は林田内科医院へ行った。林田医師は足を金槌で叩いた。それから上半身裸になった省三の胸から腹の辺りを繰り返し摘まんだり押したりした。体の後ろも同じように摘まんだり押したりした。省三は顔をしかめた。きりきり痛みを感じる場所がある。医師は痛みますか、と何度も念押しをした。

「あなたは去年の十月十二日にここへ診察に来たね。それから実家で療養していたんだね?」

医師は自分の席に戻り、机の前に座ってカルテを見ている。

「はい、そうです」

「実家の近くの病院か医院で診てもらっていなかったんかね?」

「いいえ、どこにもかかってません」

一旦医者が脚気だと診断したら、あとは自宅で治るまで療養するのが常識だと省三は思っている。

「実家の住所はこの前の診察の時に書いている。ここで療養していたわけだね？」

「はい」

「そうだね、ここ四、五か月の間に胸や腹が痛んだり、背中が痛んだりしたことはなかったかね。熱が出たかもしれない」

医師はゆっくりとした調子で聞いた。最初に胸の下が痛かったのは、帰郷する前日だから十月十七日だった。それから母が死んで暫らくして二月のことだったが、猛烈に胸と背中が痛んだことがあった。省三は母を亡くした悲しみと無念さで、この痛みに耐えて耐え抜いた。それから痛みはすっと引いたので、職場復帰の活動を始めたのだった。

「はい、最初は去年の十月十七日で胸の下が痛みました。次はこの二月に胸と背中が猛烈に痛んだことがありました。でもその後、痛みはすっと消えてしまいました」

医師はカルテから目を離して省三を真正面から見た。暫らく間を置いて静かに言った。

「脚気の症状はもう出ていない。けれど肋膜炎と腹膜炎を起こしている」

「えっ肋膜炎、先生、それはひどいんでしょうか？」

省三の声は驚きで揺れた。肋膜炎が厳しい病気なのは聞いたことがある。

「軽くはない。当面仕事はできない。すぐに療養せんといかん」

「また療養ですか」

省三は気落ちして、つぶやくように言った。

「しっかり療養しないと大変なことになる」

医師の表情はメガネで分かりづらい。

「いいかね、これから職場に戻らずにすぐ休みなさい。職場には私の方から手紙を書いておくから。それから三度の食事はきちんと摂ること。食事はお粥に梅干か麩の煮たものぐらいにすること。その間に滋養物として毎日牛乳二合と卵二個をとること。それだけ守って養生すれば三十日後には仕事ができる体に戻る、私が請け合うよ」

省三は落胆した。折角大津署に再雇用してもらったのに、何の仕事もせずにまた一か月療養しなくてはならない。税務署から一か月の療養許可が出るだろうか。省三は不安だった。しかし医師に言われてみると、自分の症状は軽くはない気がする。体の芯がいつも疲れていて、時々胸の病気かと思うような咳が出る。

省三は林田医師に頭を下げて、春の日和の中をとぼとぼと税務署に向かった。その時彼の横をスッと一台の人力車が通り過ぎた。その人力車は彼を追い越すと二、三十歩前で止まった。中から袴姿の若い女性が降りてきた。彼女は後ろを振り返ると、

「本庄さーん」と叫んだ。

省三は驚いてよく見ると久世綾子だった。すっかり様子が変わっていて、すぐには見分けられなかった。彼女は省三に近づいてきた。

「ご病気いかがですか。わたし、本庄さんが大津に戻らはったの知っていたんです。岡田百合さんが看病なさっているそうね」

綾子は省三の表情を窺うように言った。

「久世さんどうしはったんですか、袴なんかはいて。びっくりしてます」

「わたし、生き方変えたんです、百合さんにならって」

綾子はちょっとうつむくと、顔を上げて省三に話し始めた。奥村との付き合いのことを大津の叔父さんと一緒に両親に話しに行ったが、どうしても認めてもらえなかった。それで彼女は考えた。岡田百合さんは自分の思い通りに本庄さんと付き合っている。どこが違うんだろうか。そこで思い当たったのが、百合さんは仕事を持っている。自分は親のすねかじりだ、ということだった。彼女は大津の叔父さんの助けを借りて、仕事を探すことにした。そしてこの四月から大津の女学校の代用教員になったそうだ。今は代用教員で叔父さんの家に居候しているが、そのうち正教員になって独立したい、と言う。整った顔立ちは変わらないが、彼女の表情が今までとは違って、明るく生き生きとしているように省三には思えた。髪も簡素に後ろに束ねて白いリボンで括っている。彼は自分の病気のことをすっかり忘れて綾子の話に聞き入っていた。

「それで、本庄さんのご病気はどうですの？」

綾子に聞かれて省三は我に返った。

「さっき病院に行って診察してもろうたんですけど、医者は肋膜炎だ、言うんです。これから一か月療養せんとあかんそうです。仕事もせんと」

「あら、一か月で治るんならよいんやないですか。それと本庄さん、歌、続けてくださいね。『われ求め行けば浪漫綾花』それとも『浪漫の綾子』かしら……わたしも本庄さんに詠んで欲しいわあ」

綾子は省三を見て笑顔になって続けた。

「わたしも西鶴寺の住職さんも本庄さんの歌、好きなんです。住職さんは、本庄さんは歌をありのまま素直に詠んでいて、好感が持てる、これからはこんな歌が主流になる、と言うてはりましたよ」

綾子はやっぱりいつまでも能天気なお嬢さんだと省三は思った。彼女は人力車を待たせているので、と言って別れていった。

ここで療養したい、省三は心底そう思っている。出費はどうなるのだろうか。児島さんの下宿に移って、家賃を払って、食事を児島さんの母に作ってもらう。牛乳二合と卵二個は彼にとって大変高価な食べ物である。林田医院への支払いも出てくる。一体一か月幾らになるのだろうか。手持ちのお金はないに等しい。もし税務署を退職せねばならなかったら、万事休すだ。省三は小使い室で布団に包まって悶々としているうちに眠ってしまった。

昼には駒田が朝炊いたご飯を持ってきてくれた。彼は何も聞かなかった。

夕方に百合がやってきた。省三が横になっているのを見て心配そうな表情になった。

「お医者さんの診立てはどうだったの？」

「うん、脚気はよくなっているけど、一か月の療養やって。肋膜炎と腹膜炎になってるらしい」

「お医者さん、一か月療養したら治るって言わはったの？」

百合の顔が一遍に明るくなった。省三は布団の上に上半身を起こした。

「うん、お粥に梅干か麩の煮たものをきちんと三度摂って、それと滋養のため一日に牛乳二合と卵二個をとったら三十日で治るっておっしゃった」

「よかったじゃないの。それぐらいで治るのなら」

百合は省三の横に座りなおした。

「けれどもまた一か月療養せんといかんようになってしもうた。今度は何にもしないうちに療養で休みやから、税務署も許可してくれないかもしれへん。そうなったら給料も入ってこないし、万事休すや」

省三は力なく言った。

「そんな気い落とさんでも、きっとよい知恵浮かんでくると思うわ。ちょっと待っててね。わたし食事の支度してくる」

百合は部屋を出て行った。省三は寝汗で布団が湿っているのに気付いた。最近よく寝汗をかいている。

その夜は百合がお粥と麩の煮たもの、卵を二個持ってきた。牛乳はどこで売っているのか分からない、と言っている。明日誰かに聞いてみるわ、と元気よく帰って行った。

翌朝、駒田がお粥を作ってくれた。昨日百合が持ってきてくれた麩の煮たものが大分残っている。林田医師が言った通りの食事ができた。

朝から村田課長と三四郎が来た。

「署長が様子を見てきてくれ、とおっしゃった。それでどうなの本庄君」

村田が小使い室の戸から半分身を入れて言った。省三は布団の上に体を起こして、林田医師から聞いたことを二人に説明した。

「一か月の養生ですか」

三四郎からため息交じりに落胆の言葉が口を出た。署長がこの一か月をどう判断されるか彼には見当がつかなかった。しかし万一また省三が辞職に追い込まれたとしても、彼は直税課の職員だ。今度は自分とは関係ない、と思い直した。村田、馬場との関係はうまくいっているし、庶務課は程よく機能している。三四郎は急速に省三離れして、ここ何か月かで自分が一人前になってきた自覚を持てるようになっていた。

二人は勤務中だから、と言ってすぐに戻っていった。省三は父と兄に手紙を書こうと思っている。彼は林田医師から養生の仕方を聞いてから、ずっと考えていた。医者が近くにいる大津で養生したい、そのためにはどうしても一か月の生活費と治療費が要る。食費は大分かかりそうだ。税務署から給料をもらったとしても、五円から十円不足しそうだ。昨年実家に帰ってから、兄には負担をかけっぱなしだ。またお金を無心することになる。しかし彼には兄しか頼れる人はいなかった。彼は起き上がって、柳行李を開いて筆と硯を取り出した。持ってきた紙に考え考え文章を綴った。布団の上に起き上がると胸がつかえる気がする。咳が止めようとしても続く。昼前に書き上げて、駒田が小使い室に戻った時に出してくれるように頼んだ。

その夜、百合は少し遅くなった。

「牛乳がやっと見つかったわ。こんなの飲んでる人、大津ではめったにいないそうよ」

百合は五合ビンに入った白く濁った液体を、大事そうに抱えてきた。風呂敷から麩の煮たものと卵を二個取り出した。

「牛乳は温めないといけないそうよ」

彼女は小使い室を出て外にいる駒田と話をしている。彼から鍋を借りて、火を熾して牛乳を温めているらしい。省三は百合の気配を遠くで感じながら、安らかな気持ちに満たされた。熱が出ているのだろうか、頭がぼんやりとして眠い。


次の日は四月二十一日の木曜日だった。省三は二年前のことを思い浮かべながらうつらうつらとしていた。二年前の四月二十二日、大きな夢を抱いて大津港に着いたのだった。いろんなことが、いろんな人が頭の中に浮かんだり消えたりした。署長からは何の音沙汰もない。このまま暫らく籍を置いておけるのだろうか、それともきょう明日にでも辞表を出すようにとの連絡があるのだろうか。自分が書いた手紙は明日にも家に着くだろう。父と兄はどれほど落胆するだろうか。二人の表情が目に浮かぶ。頭の中が不安と恐れで一杯になって、胸は苛まれ続けた。

その夜も百合は元気にやってきた。

「児島さんの家へ寄ってきたのよ。どうかしら、明後日の土曜日の午後に引っ越ししたら。わたしも半ドンだし、三四郎さんにも手伝ってもらうわ。駒田さんにもお願いしたいし。児島さんはその日でよいんやって」

百合は麩の煮つけと、野菜と高野豆腐の炊き合わせを取り出している。

「それで、児島さんにお願いしてきたのよ。省三さんの病気が治るまで家賃ただにしてもらえませんかって」

ちらっと、横になっている省三の顔を見て反応を確かめ、続けた。

「そしたら、作次郎さん、お母さんの方を見ながら『うちも家賃がないと飢え死にする、っていうほど困ってはいないし、どうやろうな、困った時はお互いさまやから、暫くただにして上げるのは』て言わはったわ。そしたらお母さんも『貧乏人同士、困った時はお互いさまやし、そうしやはったらどうえ』て相槌うたはったわ」

省三は、自分がこれだけ多くの人の厚意にすがり、迷惑をかけていることに消えてしまいたい気持ちになった。

「省三さん、ぼちぼちよくならはるわね」

百合は省三の頬を軽くつねってほほ笑んだ。彼には百合のはち切れんばかりの健康が眩ゆいばかりだった。

翌日二十二日、省三は朝から起き上がって、明日の引っ越しのために荷物をまとめ始めた。柳行李を持ち上げて動かすだけで息が切れた。「すっかり病人になってしもうた」。思わず独り言がでた。持ち物は少しだからすぐに整理がついたが、疲れて暫らく横になった。駒田が朝炊いてくれたご飯と、百合からのおかずで昼は済ませた。熱があるのだろうか体がだるい。横になっていると、小使い室の入口の戸が音もなく開いた。省三の目にぼんやりと入ってきた人の輪郭が映った。見覚えのある小さな姿だ。

「あっ、荘二郎兄さん」

省三は驚いて布団の上に上半身を起こした。また咳が出て止まらない。

「兄さん、なんでここにいるの？」

省三は咳き込みながら、とぎれとぎれに言った。荘二郎は省三の横に来て正座した。

「省三や、辛かったやろう。さあ家に帰ろう」

荘二郎は穏やかに言った。省三は仰天した。

「荘二郎兄さん、今なんて言うたの？」

「省三、家で養生しよう。それが一番や」

「家で養生するやって、僕はいやや。ここで病気を治す」

省三の体内の血が一気に燃え上がった。

「お医者さんが、ここで養生したら一か月で回復して仕事ができるようになるって、おっしゃった」

省三は布団の上に正座して荘二郎と向き合った。

「お医者さんは、保証する、とおっしゃった」

荘二郎は黙って省三を見ている。悲しそうな目だった。沈黙が続いた。たまりかねて省三が言った。

「兄さんは、林田医院へ行ってきたの？」

荘二郎は首を縦に振った。省三は全身に冷や水を掛けられたように身震いがした（もしかしたら、医師は自分には内緒で兄に別のことを言ったのではないか、まさか）。不安が胸を過(よぎ)った。

「兄さん、もしかしたら、本当は僕の病気重いんやろうか？」

省三は探るように尋ねた。荘二郎はためらいがちにまた首を縦に振った。

「兄さん、明日から僕はまた児島さんの家に下宿して、そこで養生することになったんや。兄さんには言うてなかったけど、僕ここで交際している女の人がいるんや。岡田百合さんて名前やけど、その人が看病してくれることになってる。お医者さんもいるし、僕は大津で養生したいと思ってる」

省三はこの前帰郷した時、兄に百合のことは言わなかった。超硬派の兄には女性の話はなじまないように思えたからだ。

「ここで養生すること、許してもらえんやろうか。それはお金はかかるけど、下宿代も暫らくただにしてもらうようになった。家で養生するより早く治る、と思う」

荘二郎は無言で省三を見ている。

「僕は元気になって兄さん、いつかは百合さんと一緒になろうと決めてるんや」

暫らく沈黙があった。

「省三、もう一遍頼むけど、黙って家に帰ってくれんかい」

「兄さん、病気は重くても僕はここで養生したい」

省三はにらむようにして言った。また二人に沈黙が流れた。荘二郎は重い口を開いた。

「どうしても、というなら、言いとうないけど、言わんとしようがないんかなあ。省三、驚かんで欲しいんや」

省三は兄の『驚かんで欲しい』という言葉に底知れない恐怖を感じた。

「林田医院から家に手紙が来た。あなたの弟さんの病は重篤で、手紙が着き次第医院へ来るように、と書いてあった」

省三は息を呑み込んだ。もしかすると自分への説明は、本人を驚かさないための方便だったのかもしれない。

「それで、きょうの朝一番の汽船で大津に来て林田医院へ行ってきた」

荘二郎は言葉を切って、視線を省三からそらした。

「お医者さんは『手遅れです』とおっしゃった」

『手遅れ』という言葉が、氷の矢となって省三の耳から全身を貫いた。体じゅうの血を凍らす冷たい衝撃が走った。彼は布団に倒れこんだ。荘二郎の頬には一筋涙が糸を引いた。

「『内側の肋膜が破れている……もう手の施しようがない』と言うておられた」

省三は不意に死という、悲しみとも苦しみともつかない得体の知れないものに向き合わねばならなくなった。今このように生きている自分がこの世から消えてなくなる、その想像のできないことが現実だと宣告されたのだ。堪えられる限度を通り越すと、人間は悲しいという気持ちが薄れるのだろうか。

彼はもう一度布団から上半身を起こした。

「兄さん、僕の命はどれくらいあるんやろうか？」

それに荘二郎は答えなかった。

「もう少ししかないいんやなあ」

省三は自分で確認するように言った。医師が言う通り、自分のお腹の中で膜が破れていく様子が今となっては分かる気がする。

「お医者さんは『内側の肋膜はそんなに簡単に破ける物やない、長い間痛んだはずや。あなたの弟さんは我慢し過ぎたんやなあ』て言うておられた」

省三には胸の下の異変に思い当たる時期がある。しかしそんなことは最早どうでもよかった。荘二郎は涙をこぶしで拭った。

「ここへ来る前、署長さんにはお話ししてきた。『弟さんは気の毒なことになりました。仕事のことはこちらで始末しますので、気にせずにお引き取りください』とおっしゃった。病院から税務署にも手紙はいっていて、署長さんも容体をご存知だった」

「兄さん、暫らく僕を一人にさせてもらえんやろうか。一時間か二時間かそれぐらい」

省三はきちんと座り直した。熱は引いたように思えた。

「四時の汽船に乗って帰る。省三や、その百合さんにはこれ以上迷惑をかけてはいかんぞ」

荘二郎は立ち上がって、よろめくような足取りで部屋から出て行った。

省三は百合に会わずに帰ろう、と決心した。もう一度別れにしっかりと百合を抱きしめたい、と思った。しかしそれが何になるのだろう。明日のない抱擁に意味などあろうはずがない。それに百合に会って何を言うのか。恋人への永遠の別れの言葉などない。

この五日間幸せだった。百合に会うために大津に帰ってきたみたいだ。いや本当にそうだったのかもしれない。省三は筆と硯を取り出して手紙を書いた。去年の一月に初めて百合に会ってからのことが、次々と脳裏に浮かんできた。

省三は手紙を書き終えて、封をした時に駒田が小使い室に入ってきた。

「駒田さん、僕、家に帰ることになったんです。四時の汽船に乗って兄さんと帰ります。それで百合さんにお別れ言えんようになってしもうたんです。この手紙渡して欲しいんです」

駒田は仕事の合間に小使い室の廊下に戻ってくる。見知らぬ人が小使い室に入って出て行くのは見ていたはずだ。そしてそれが省三から聞いたことのある彼の兄であることは様子から想像できただろう。彼が省三を連れて帰るという。駒田はすぐ大変な事態になったのが分かったようだ。彼の表情が曇った。省三は、片手で壁を支えに立ち上がった。

「駒田さん、ほんまにお世話になりました。おおきに。これでお別れです」

駒田は無言で省三を見詰めている。省三は入口の方に歩き出した。

「駒田さん、体に気いつけて。長生きしてくださいい」

駒田は感情を押し殺し、静かで震える口調で言った。

「もう省三さんには会えんのですか？　ほんまですか？」

駒田は突っ立ったまま大粒の涙をこぼした。

「省三さんはたったひとりの恩人なんです」

荘二郎が音もなく部屋の前に立っている。

「省三、帰ろう。人力車に来てもらっている」

駒田が省三の柳行李と風呂敷包み一つを手に取った。省三は体を支えていた壁から手を離し、荘二郎の肩におぶさった。

「軽うなってしもうて」

荘二郎はつぶやくように言った。省三をおぶって税務署の通用門を出た。後ろを歩く兄と人力車に乗った弟は浜通りに消えていった。

六

百合は省三が大津に戻ってから幸せだった。食事を作って、卵や牛乳を買いに行く、それを病気の省三に届ける。枕元で思い出話や、きょうあった郵便局の話をする。これからの話もする。心の安らぐ時間だった。これから以前のように、児島さんの二階に移るともっと気楽に行けるようになる、そう思うと楽しみだった。大好きなあの人の看病をしていて、ずっとこうしているのも悪くはないと、ふと思ってしまって、何と不謹慎な、と思い直した。

しかし心の中に不安もあった。省三の病気は去年の十月より少しもよくなっていない。むしろ悪くなっているのではないか、と思えるのである。顔色が以前より悪いし、苦しそうに咳き込むことがある。肋膜炎とか腹膜炎とかが悪さをしているように思える。医師は一か月で治る、と省三さんに診立てをしたそうだが。

その日の二十二日、百合は職場で外出する用事があった。税務署の方面へ行くのでちょっと寄り道をしてみようと思った。四時前だった。まだ税務署は執務中なのでいつもとは少々勝手が違った。そっと通用門を通って小使い室の戸を開けた。

「おじゃまします」

声をかけたがいつもの返事がない。布団が片付いて部屋は空いている。もしかしたら、また私はとり残されたのか、百合は頭から血が引いて倒れそうになった。廊下を見ると、駒田がこちらの方へ歩いてくる。彼女は走って行った。

「省三さんがいません。どこ行かはったんですか？」

駒田は小使い室を指して言った。

「部屋の中で話しますさかい」

駒田は懐から省三の手紙を取り出して、百合の前に差し出した。表には『岡田百合さんへ』としっかりした端正な字で書いてある。

「省三さんはどこにいやはるんですか、駒田さん教えてください」

百合は急いで封を切りながら叫んだ。手紙を一瞥すると彼女の顔はみるみる蒼白になった。

手紙の最後に歌が詠んである。


『現世(うつしよ)は見果てぬ夢か彼岸より聞きてもどらん恋の晩鐘』


(彼岸より聞きてもどらん……)。百合の頭は真っ白になった。立ち眩みがして床に蹲(うずくま)ってしまった。ふと百合は返歌かもしれない、と思った。私が省三さんと合わせた唇は五山の送り火(お盆の間それぞれの家に帰っていた先祖の精霊を、彼岸に送り返す送り火)の口づけになってしまったのかもしれない。

「省三さんは四時の汽船で帰らはりました。兄さんが連れに来やはったんです」

駒田の言葉を最後まで聞かずに百合は立ち上がると走り出した。通用門を抜けて、本庄家の兄弟が消えていった浜通りを走った。学校街を抜けて幾つもの銀行の前を通って走った。袴姿の女性が息を切らして走って行くのを、通りの人は珍しそうに見送った。だんだん息が苦しくなって倒れそうになった。百合の頭の中はもう一度あの人に会って生死の境から取り戻したい、その思いで占められていた。周りはぼんやりとしか見えない。郵便局の前を通り抜けて、大津港の太湖汽船の埠頭に着いた。しかし桟橋に汽船はなかった。間に合わなかった。桟橋の向こうに目をやると、汽船の後姿が見えて、ゆっくりと遠ざかって行く。百合は長い桟橋を駆け抜けて一番端から身を乗り出した。

「省三さーん」

百合は恥ずかしさも忘れて大声で叫んだ。

「省三さーん」

百合は気が狂ったように大きく手を振った。汽船の一番後ろで誰かが手を振っているように見える。あれはあの人に違いない、と百合は思った。

百合は桟橋を下りると、広場で客待ちをしている人力車に駆け寄った。

「お願い、三井寺まで急いでください」

百合は素早く人力車に乗った。すぐ車は走り出した。

「お願い、もっと速く走って。時間がないんです」

車から身を乗り出して車夫を急がせた。人力車は猛烈な勢いで大津の海岸通りを抜けて、北国橋を渡って三井寺の大門通りに入った。両脇は門前の商店街で通りに人出が多い。

「娘さんの急用だ、どいてくれ、道を空けてくれい」

車夫は大声を上げて人に道を空けさせた。

仁王門の前で人力車を飛び降りると、百合は階段を駆け上って三井寺の金堂に出た。左側に鐘撞き堂がある。

鐘撞き堂の入口は分厚い戸で閉まっている。柱との隙間に指を入れて思い切り引くと戸は開いた。お堂の天井の梁に鐘撞き棒が吊ってある。その鐘撞き棒から百合の目の前に太い綱が下がっている。百合は両手で綱を持つと力一杯後ろに引いて、渾身の力をこめて振り下ろした。

『グオーン』

大きな響きが堂内の粗い縦格子の窓から四方へ広がった（あの人に届いて。省三さん、帰ってきて。百合さんといつも一緒だよ、て約束したではないですか）。百合は祈りながらぶら下がるように太綱に身を任せた。涙が溢れ出てきた。もう一度振り下ろした。百合は三度撞くと、鐘撞き堂を出た。金堂から僧侶が一人出てきた。いつもより鐘の鳴るのが早いので不思議に思ったのだろう。百合の視界に一瞬彼の姿が入って消えた。

彼女は三井寺の境内を三井寺観音堂に向かってまた走った。両側に高い石垣塀が続く広い砂利道を駆けた。ゆるい上り道から、長い石段に差しかかると足がもつれてきた。息を切らせて石段を上り切って三井寺観音堂の見晴台に着いた。

省三と眺めた見晴台からはあの時のように、視界一杯に青い空と青い湖が広がっている。そのはるか先に白い汽船が一艘北の方角に向かっている。（あの船だ）。もう船は形になっていない。白墨の切れ端のようにしか見えなかった。

百合は見晴台の石の長イスに腰を下ろした。あの人はやっぱり湖の奥深くに帰って行った。でもあの省三さんがいなくなるはずがない。いつか『百合さん』ってはにかみながら、私の前に現れる。鐘が届いてきっと戻ってきやはる。百合はそう思った。

（了）

＊文中の「三井の晩鐘」は『近江むかし話』（東京ろんち社刊）を参考にしました。

あとがき

二十年ばかり前、勤務していた会社を少し早く定年退職して、母親が一人暮らしていた滋賀県の実家に帰ってきた。屋敷内には、今では用済みの先祖代々の品物が保管されている蔵がある。その蔵の隅に櫃(ひつ)が数個あって、昔からの手紙や書類がしまわれていた。私の幼いころは、毎年五月に屋敷の周りに植わっていた茶を摘んで、その後土間に二基の焙炉(ほいろ)を運び入れ、炭火をおこし、その上に助炭(じょたん)(二メートル×一メートルほどの木枠に和紙を貼ったもの)を乗せて、手もみで緑茶を作っていた。それに合わせて蔵から櫃が持ち出され、助炭の和紙が焦げると、櫃の中の古い文書や手紙が次々と貼られていた。一日かけて我が家の茶作りが終わると、翌日から近所の茶作りが始まった。こうした茶作りが、昭和四十年代まで、百年近く続いたようだ。そして櫃の中の古い書類は大方焼失してしまった。私が帰郷した時には最後の櫃の半分ほどに、ほこりをかぶった書類が残っているだけだった。定年後の趣味として古文書に興味を持ち始めていた私は、櫃ごと母屋に担いでいって、掃除機にかけた。そしてまだほこりにまみれている書類の中から、何気なく一束の書類を手に取った。それが本編の主人公本庄省三が残した百合からの手紙の束だった。百年近く前の恋が蘇った瞬間である。

明治時代は社会全体が前時代から根底より変わった、大変化の時代だった。この時代のエリート層や庶民の中でも成功した人たちは、今でも我々の興味を引き、さまざまに語り続けられている。なんといっても彼らは時代の変革者だったり、今に続くそれぞれの分野の創始者だったので魅力に溢れている。

一方この時代の市井の若者が話の主人公として語られることは滅多にない。彼らがどんな青春時代を送り、どんな生き方をしたのか意外と知られていない。私がこの小説を書く動機となった一つは、貧しい農家に生まれ、学歴もなく、成功を収めたわけでもない本庄省三という庶民の若者の生きた証と、小さな商店の娘・岡田百合の愛の記録を残したい、と思ったからである。

前半は省三の視点で、できるだけ克明に彼の日常の生活を記し、後半は二人の恋をリードした岡田百合の視点で書いた。百合は、特に女性にとって束縛の多い時代の中で、知恵を絞り自分の愛を貫こう、と奮闘した女性であった。彼女はどんな人生を送ったのだろうか、私は百合のその後を知らない。彼女なら自分の生き方を貫いていってくれただろうと想像している。

脚気病について補足すると、明治時代の後期には動力式精米機が、従来の足踏み式や水車式の精米機に代わり普及し、精米のレベルが飛躍的に上がった。ご飯の味は格段によくなったが、胚や糠にあった貴重な栄養分が失われる弊害があった。まだ脚気病が栄養の不足から起きる病気だとの認識は一般化しておらず、しばしば悲劇が起こる原因となっていた。

最後に。この小説の中山家は中川家をモデルとした。中山龍之介は中川卯之助氏がモデルで、氏は明治二十八年大阪の岩井文助商店へ奉公に出た。大正二年奉公を明け、岩井文助商店（後に岩井産業、今は双日）より暖簾分けで、東京日本橋にラシャ輸入問屋中川商店を開いた。不運にも卯之助氏が昭和十二年急死をして事業は継続できなかった。氏の四女が、宝塚を経て戦後女優として活躍した淡島千景氏で、末の息子が日本アニメの草創期のメンバーの一人であるが、早逝した中川雄策氏である。もし省三が後二年生きていたら、彼と百合、そして中川商店の運命はどう変わっただろうか、と想像するのである。

著者プロフィール

大釜 心一（おおがま しんいち）

1944年、滋賀県高島市に生まれる。1968年、大阪外国語大学（現大阪大学）イスパニア語科卒。2002年、松下電器産業㈱（現パナソニック社）定年退職。著書に『ビザンツの壺　カタルーニャ・アラゴン連合王国の物語』（竹林館）がある。

五山火（ござんび）のうつりて熱き唇を

2024年4月15日　初版第1刷発行

著　者　大釜 心一
発行者　瓜谷 綱延
発行所　株式会社文芸社
〒160-0022　東京都新宿区新宿1－10－1
電話　03-5369-3060（代表）
03-5369-2299（販売）

印刷所　株式会社フクイン

ISBN978-4-286-25187-5